ハヤカワ文庫NV

〈NV1474〉

大統領失踪

〔上〕

ビル・クリントン＆ジェイムズ・パタースン

越前敏弥・久野郁子訳

THE PRESIDENT IS MISSING
by
Bill Clinton and James Patterson

Translated by
Toshiya Echizen and Ikuko Kuno
Published 2020 in Japan by
HAYAKAWA PUBLISHING, INC.
This book is published in Japan by
arrangement with
THE KNOPF DOUBLEDAY GROUP
a division of PENGUIN RANDOM HOUSE LLC
and LITTLE, BROWN AND COMPANY
a division of HACHETTE BOOK GROUP, INC.
through THE ENGLISH AGENCY (JAPAN) LTD.

謝辞

弁護士で友人のロバート・バーネットに特に深くお礼を申しあげる。この本でわたしたちふたりを引き合わせ、助言を授けたり、おだてたり、ときに鞭を振るってくれたりした。デイヴィッド・エリスにも深謝を。つねに忍耐強く賢明で、事前の調査にはじまり、第一、第二の梗概、そして山のような原稿にまで付き合ってくれた。デイヴィッドの協力とひらめきがなければ、この物語は生まれていなかっただろう。

ヒラリー・クリントンに。この本に書かれたような脅威や、見過ごされた警告のもたらす結果と隣り合わせに、いっしょに生きて戦ってきた。いつも励まし、リアリティを失わないよう助言してくれたことに感謝する。

スー・ソリー・パタースンに。批判と励ましの技術を熟知し、たびたびその両方を同時に披露してくれたことにお礼を言う。

メアリー・ジョーダンに。周囲がみな動揺しているときも、つねに冷静だった。

デネーン・ハウエルとマイケル・オコナーに。わたしたちが契約とスケジュールを守り、的確な判断をするのを支えてくれた。

ティナ・フルーノイとスティーヴ・ラインハートに。未熟な共著者が責任を果たすのを助けてくれた。

そして、わたしたちの安全と無事を守るために命を捧げてくれている、アメリカ合衆国シークレット・サービスと、すべての法執行機関、軍事機関、情報機関、外交機関で働く人々に、心から感謝を申しあげる。

上巻目次

主な登場人物

■アメリカ合衆国

ジョナサン（ジョン）・リンカーン・ダンカン……大統領
レイチェル・カーソン……ダンカンの妻
リリー（リル）……ダンカンの娘
キャサリン（キャシー）・ブラント……副大統領
キャロリン（キャリー）・ブロック……大統領首席補佐官
ジェニー・ブリックマン……大統領次席補佐官
アレックス・トリンブル……シークレット・サービス警護部門のトップ
ジェイコブソン……同警護官
ダニー・エイカーズ……大統領法律顧問
ドミニク（ドム）・デイトン……国防長官
ロドリゴ（ロッド）・サンチェス……統合参謀本部議長
エリカ・ビーティ……ＣＩＡ長官

エリザベス（リズ）・グリーンフィールド……FBI長官代行
サム・ヘイバー……国土安全保障長官
ブレンダン・モハン……国家安全保障問題担当大統領補佐官
レスター・ローズ……下院議長
デボラ・レーン……ダンカンの主治医
ジョアン……ダンカンの秘書
デヴィン・ウィットマー
ケイシー・アルバレス
……緊急脅威対策班の共同班長

■〈ジハードの息子たち〉

スリマン（スリ）・ジンドルク……テロ組織〈ジハードの息子たち〉のリーダー
ニーナ・シンクバ……謎の女
オーガスタス（オーギー）・コズレンコ……ニーナの相棒
バッハ……暗殺者

■各国首脳

ノヤ・バラム……………………イスラエル国首相
ダヴィド・グラルニック……………イスラエル諜報特務庁（モサド）
　　長官
ユルゲン・リヒター……………ドイツ連邦共和国首相
ディーター・コール……………同情報局（ＢＮＤ）局長
ドミトリー・チェルノコフ……………ロシア連邦大統領
イワン・ヴォルコフ……………同首相
サアド・イブン・サウード……………サウジアラビアの国王

■アメリカ政府の役職解説

アメリカ合衆国大統領……国家元首。行政府の長。軍の最高司令官。

副大統領…………………大統領の次席。大統領の死亡、辞任、免職時に職務を臨時代行する。

国防長官…………………国防総省の長。アメリカの陸、海、空軍、海兵隊および州兵を統括。

統合参謀本部議長………統合参謀本部の長。アメリカ軍を統率する軍人（制服組）トップ。大統領および国防長官の軍事顧問。

国土安全保障長官………国土安全保障省の長。同省はテロの防止、国境管理、サイバーセキュリティなどを目的に同時多発テロ事件以降に設置。

CIA長官………………国外での諜報活動を行う中央情報局の長。

FBI長官………………テロ事件、連邦政府の汚職、広域事件などを捜査する連邦捜査局の長。

首席補佐官………………ホワイトハウス職員の統括および大統領のスケジュール／面会管理が主な業務。閣僚ではない。

大統領失踪

〔上〕

五月十日
木曜日

1

「まもなく下院特別調査委員会を開会し……」

鮫の群れが周回し、血のにおいに鼻孔を動かしている。正確な数は十三で、そのうち八匹が対立党、五匹がわたしの党の鮫だ。わたしは弁護士や顧問とともに、この群れから身を守る準備をしてきた。そして、いくら準備を整えても、捕食者から身を守る術はないに等しいと思い知らされた。ある時点で、水に飛びこんで反撃するしかなくなる。

〝思いとどまってください〟昨晩、キャロリン・ブロック首席補佐官は、幾度となくおこなってきた説得をもう一度試みた。〝聴聞会には一歩も近づいてはいけません、大統領。何もかも失い、得るものはありません〟

〝あなたは委員会の質問には答えられません〟

〝大統領生命の終わりです〟

わたしは対面にずらりと並んだ十三の顔に視線を走らせる。スペイン異端審問の現代版だ。中央にすわった銀髪の男が、〈ミスター・ローズ〉という名札の奥で咳払いをする。

下院議長のレスター・ローズは、ふだんは委員会の聴聞会に出席しないが、今回は例外らしく、仲間の議員を引き連れてやってきた。わたしの施政を妨害して政治的にも個人的にも破滅させることに、人生の第一目標を置いているとしか思えない面々だ。聖書が記されるよりも前から、権力への渇望は人間を野蛮にしてきたが、政敵のなかにはわたしのすべてを心底憎んでいる者がいる。わたしが大統領の座を追われるだけでなく、投獄されてはらわたを抜かれて八つ裂きにされ、歴史の本から消えるまで満足しないのだろう。ノースカロライナ州にある自宅を全焼させ、妻の墓に唾を吐きかけることとさえ辞さないのではないか。

わたしはマイクの湾曲した柄を伸ばし、可能なかぎり自分のほうへ引き寄せる。委員会の面々がハイバックの革張り椅子に、王や女王のように背筋を伸ばしてすわっているのに、自分だけ前かがみになって話すのはごめんだ。背をまるめた姿勢は、ひ弱で卑屈に見える――相手の言いなりであるという潜在的なメッセージが伝わってしまう。

わたしは孤立無援だ。側近も弁護士もいなくて、資料もない。マイクを手で覆って弁護士と小声でことばを交わし、それから手をどけて「記憶にありません、下院議員」などと証言する姿をアメリカ国民に見せるつもりはない。逃げも隠れもしない。来る必要はなかったし、むろん来たくもなかったが、わたしはこうしてここにいる。アメリカ合衆国大統領がただひとりで、声高に非難する一団に立ち向かおうとしている。

隅の席で側近三人が見守っている。大統領首席補佐官のキャロリン・ブロック、最も古い友人で大統領法律顧問のダニー・エイカーズ、大統領次席補佐官で上級政治顧問のジェニー・ブリックマン。みな感情を押し殺して無表情を装っているが、内心は不安だ。三人ともわたしが聴聞会に出席することに反対した。大統領になって以来最大の過ちである、と口をそろえて言った。

にもかかわらず、わたしはここにいる。時が来た。三人が正しかったかどうか、じきにわかる。

「大統領」

「はい」状況を考えると、〝議長〟と返すべきなのだろう。この男にふさわしい呼び名は山ほどあるが、ここで使うのはやめておく。

さて、相手はどんなふうにはじめるのか。質問に見せかけた自己満足のスピーチか、型どおりの軽い質問か。だがわたしは、レスター・ローズが議長になる前の中堅議員だったころ、下院監視委員会で証人に質問する姿をビデオでいやというほど見ていた。ローズは最初からずばりと急所を突いて、証人をうろたえさせるのが好きだ。この男は――実のところ、一九八八年のテレビ討論会で、大統領候補のマイケル・デュカキスが死刑制度に関する最初の答弁で大失敗して以来、だれもが知っているが――冒頭で相手に鋭い一撃を加えれば、人々の記憶にはそれしか残らないことをお見通しだ。現職の大統領に対しても同じ作戦をとるつもりだろうか。

もちろん、そうだろう。

「ダンカン大統領」ローズは切り出す。「われわれはいつからテロリストの保護をおこなっているのですか」

「そんなことはしていません」わたしは相手のことばにかぶせるように言う。こんな質問で勢いづかせるわけにはいかない。「これから先も断じてありません。わたしが大統領でいるあいだは」

「それはたしかですか」

本気でこんなことを言っているのか。顔がかっと熱くなる。開始から一分も経たないうちに、この男はわたしを怒らせている。

「議長」わたしは言う。「わたしのことばに嘘はない。はじめにはっきりさせておきましょう。テロリストの保護などおこなっていません」

ローズはいったん間を置く。「大統領、これはことばの解釈の問題かもしれません。〈ジハードの息子たち〉をテロリスト集団だとお考えですか」

「当然です」側近たちからは、〝当然〟ということばを使わないよう進言されている。適切に使わないと、横柄で相手を見くだした響きがあるからだ。

「その集団はロシアから支援を受けていますね」

わたしはうなずく。「はい、ロシアは折にふれて支援しています。ロシアはほかのテロリスト集団も支援していて、わたしたちはそのことを非難してきました」

「〈ジハードの息子たち〉は三大陸でテロ行為を犯しました。まちがいありませんか」

「ええ、そのとおりです」

「多数の人々の命を奪いましたね」

「はい」

「アメリカ人も含めて？」

「はい」

「ブリュッセルの〈ベルウッド・アームズ・ホテル〉で爆発があり、五十七人が犠牲になりましたが、そのなかにはカリフォルニア州議会議員の代表団も含まれていましたね。また、ジョージア国では、航空管制システムがハッキングされ、三機の飛行機が墜落しましたが、そのうちのアメリカへ向かう一機にジョージアの大使が乗っていましたね」

「はい」わたしは言う。「わたしが大統領に就任する以前のことですが、〈ジハードの息子たち〉はどちらの犯行も認めて――」

「わかりました、では、大統領就任以降の話をしましょう。ほんの数ヵ月前、〈ジハードの息子たち〉はイスラエルの軍用システムをハッキングし、同国の工作員や部隊の移動に関する機密情報を暴露しました。それは事実ですね？」

「はい」わたしは答える。「事実です」

「そして、ここ北米でも」ローズは言う。「つい先週の五月四日、金曜日、〈ジハードの息子たち〉はまたしてもテロ行為に及びました。トロントの地下鉄網を管理するシステムに侵入して電源をシャットダウンし、その結果起こった電車の脱線事故で十七人の死者とさらに多くの負傷者が出て、何千人もの乗客が暗闇に取り残されましたね？」

たしかに、その事件も〈ジハードの息子たち〉の犯行だった。死傷者の数も正しい。だが、〈ジハードの息子たち〉にとって、あれはテロ行為ではなかった。

あれは試運転だった。

「亡くなったうち、四人がアメリカ人でしたね？」

「そのとおりです」わたしは言う。「犯行声明は出ていませんが、〈ジハードの息子たち〉の犯行と見てまちがいないでしょう」

ローズはうなずいて、資料に目をやる。「大統領、〈ジハードの息子たち〉のリーダーですが、スリマン・ジンドルクという名前の男ですね？」

さあ、いよいよだ。

「はい、スリマン・ジンドルクは〈ジハードの息子たち〉のリーダーです」

「世界で最も危険で活動的なサイバーテロリストですね？」

「そう言っていいと思います」

「トルコ出身のイスラム教徒ですね？」

「出身はトルコですが、イスラム教徒ではありません」わたしは言う。「宗教とは関係のない極端な民族主義者で、西洋諸国が中央ヨーロッパや南東ヨーロッパに影響を及ぼすことに強く反発しています。ジンドルクの言う〝聖なる務め（ジハード）〟は、宗教とは無関係です」

「ご見解はわかりました」

「情報機関の分析も、すべて同じ見解です」わたしは言う。「あなたも報告書を読んだはずだ、議長。イスラム教のせいにして大騒ぎしたいなら、そうすればいいでしょう。しかし、それでわが国の安全を守ることはできない」

ローズは皮肉っぽい笑みを浮かべる。「いずれにせよ、ジンドルクは世界の最重要指名手配テロリストですね？」

「なんとしても捕らえなくてはならない」わたしは言う。「わが国に危害を加えようとするテロリストは、だれであれ」

ローズが少し間を置く。またあの質問——〝それはたしかですか？〟——をしようかどうか、迷っているにちがいない。もし言われたら、意志の力を掻き集めて自分を抑えなければ、テーブルをひっくり返して相手の喉につかみかかってしまいそうだ。

「念のため確認させてください」ローズが言う。「アメリカ合衆国はスリマン・ジンドルクの逮捕を望んでいますね？」

「確認する必要などない」わたしは鋭く言う。「そのことに疑念をはさむ余地はない。まったくない。わたしたちはスリマン・ジンドルクをこの十年間追ってきた。捕らえるまで追いつづける。これでじゅうぶんだろうか」

「大統領、恐縮ながら——」

「いや」わたしはことばをさえぎる。「〝恐縮ながら〟で質問をはじめるのは、恐縮のかけらも感じられないことを言おうとするときだ。議長、あなたが内心で何を思おうと自由だが、どうか敬意を表するのを忘れないでもらいたい——わたしにではなく、テロを防いで祖国の安全を守るために人生を捧げている人々に対して。わたしたちは完璧ではないし、この先も完璧ではありえない。だが、変わらず全力を尽くしつづける」

そこで手をひと振りする。「さあ、質問をつづけてください」

脈が激しく打ち、わたしはひとつ息を吸って、側近三人に目をやる。政治顧問のジェニーがうなずいている。ジェニーはつねづね、わたしが新しい下院議長に対してもっと強く出るべきだと主張している。ダニーの表情からは何もうかがえない。冷静な首席補佐官のキャロリンは、背をまるめて膝に肘を突き、顎の下に両手を入れている。もしオリンピックの審判だったら、ジェニーはいまのわたしの猛反撃に九点をつけるだろうが、キャロリンは五点以下だろう。

「わたしはまぎれもない愛国者です、大統領」銀髪の敵が言う。「アメリカ国民は、先週アルジェリアで起こった事件に強い懸念をいだいていますが、それについてはまだ議論すらはじまっていません。国民はあなたがどちらの側についているのかを知る権利がありま す」

「どちらの側についている？」わたしは思わず身を乗り出し、テーブルに設置されたマイクの基部を危うく叩き落としそうになる。「わたしはアメリカ国民の側にいる。それが答だ」

「大統――」

「わたしは、祖国の安全を守るために休みなく働く人々の側にいる。世論の動向や政治の風向きなどを考えない人々、成功しても称賛を求めず、批判にさらされてもみずからを守る術のない人々だ。わたしはそうした人たちの側にいる」

「ダンカン大統領、この国を守るために日々戦っている人々を、わたしも強く支持しています」ローズは言う。「しかし、いまはその人たちの話をしているのではありません。あなたの話ですよ、大統領。これはゲームではありません。わたしも好きこのんでこんな質問をしているわけではないのです」

この状況でなければ笑っているところだ。レスター・ローズは、二十一歳の誕生日を心待ちにする大学生の若者のように、この聴聞会の日が来るのを待ちわびていた。

すべてが見せかけだ。ローズ議長がこの聴聞会を画策した真の目的はただひとつ――大統領の不正を明るみにし、下院司法委員会に付託して弾劾の手続きを開始することにある。ローズの側にいる八人の議員の選挙区は、どこも漫画のように区割りされていて、つぎの選挙も安泰だ。聴聞会の途中でズボンを脱いで親指をしゃぶりはじめても、二年後には競争することなく再選されるだろう。

側近たちは正しかった。わたしにとって不利な証拠が強力であろうと脆弱であろうと、あるいは存在しなかろうと関係ない。賽(さい)は投げられた。

「さあ、質問を」わたしは言う。「早くこの茶番を終わらせよう」

部屋の隅でダニー・エイカーズが渋面を作り、キャロリンに何やら耳打ちしている。キャロリンはうなずくが、眉ひとつ動かさない。ダニーはわたしが〝茶番〟ということばを使い、聴聞会で攻撃的な態度をとっているのが気に入らないのだ。わたしの言動は〝きわめて不適切〟に見えるから議会が審問を求めるのは当然だ、と彼が言ってきたことは一度や二度ではない。

ダニーはまちがってはいない。全容を知らないだけだ。ダニーはわたしとキャロリンが知っている機密情報を入手する権限を持たない。すべてを知ったら、考えが一変するはずだ。この国は、いまだかつて経験したことのない危機に直面している。

だからこそわたしは、自分でも想像していなかったことをしたのだ。

「大統領、あなたは今年の四月二十九日、日曜日、スリマン・ジンドルクに電話をしましたか？　ほんの一週間余り前のことです。世界の最重要指名手配テロリストと電話で連絡をとったのか、とらなかったのか、どちらですか？」

「議長」わたしは言う。「これまで繰り返し申しあげたし、あなたもご承知のとおり、国家の保全のためにおこなっていることのすべてを公表はできない。国の安全保障と外交には多くの不確定要素や複雑な交渉がからんでいて、政府の施策の一部には機密扱いにせざるをえないものがあることを、アメリカ国民は理解している。隠したいからではなく、機密扱いにする義務があるからだ。これは大統領特権です」

ローズはおそらく、機密情報に大統領特権が適用されることに異を唱えるだろう。だが、わが法律顧問のダニー・エイカーズによると、大統領には外交に関する憲法上の権限があるので、こちらに勝算があるという。

どちらにせよ、わたしは答えながら胃が縮むのを感じる。しかしダニーは、ここで大統領特権を発動しなければ、権利を放棄したのも同然になると言っていた。そしてもし放棄したら、一週間余り前の日曜日に、地球上で最重要指名手配のテロリスト、スリマン・ジンドルクに電話をかけたかどうかという質問に答えなくてはならない。

ぜったいに答えてはいけない質問に。

「大統領、アメリカ国民はそんな答弁で納得するでしょうか」

議長、アメリカ国民はあんたが議長であることに納得するだろうか。国民はあんたを選挙で議長にしたわけではない。あんたはインディアナ州の第三下院選挙区で八万票を獲得しただけだ。こっちが獲得したのは六千四百万票だ。にもかかわらず、あんたの仲間はあんたを下院のトップにした。あんたが巨額の資金を調達し、そのうえわたしの首を獲って壁にかけると約束したからだ。

こんなことを言えば、テレビ受けが悪いだろう。

「では、四月二十九日にスリマン・ジンドルクに電話したことを否定なさらない——それでよろしいですか」

「その質問にはすでに答えたはずです」

「いいえ、大統領、まだお答えになっていません。フランスの《ル・モンド》紙が、流出した通話記録と匿名の情報提供者の告発文を掲載しましたが、それによると、あなたは今年の四月二十九日、日曜日、スリマン・ジンドルクに電話をかけて話したことになっています。ご存じでしたか」

「記事は読みました」わたしは言う。

「否定なさいますか」

「答はさっきと同じです。このことについて議論する気も、電話をかけたかどうかで堂々めぐりをするゲームに付き合う気もない。わたしは否定も肯定もしないし、この国の安全を守るために何をしているかを論じるつもりもない。安全保障の理由から、秘密を保持する必要がある以上は」

「大統領、ヨーロッパ屈指の大手新聞社が記事を掲載したのなら、もはや秘密と言えるかどうか疑問です」

「わたしの答は同じです」わたしは言う。なんとまぬけな響きの答弁だろう。まるで弁護士のようだ。

「《ル・モンド》紙によると」——ローズは新聞を掲げる——「〝ジョナサン・ダンカン合衆国大統領は、〈ジハードの息子たち〉のリーダーで、世界最重要指名手配テロリストのひとりであるスリマン・ジンドルクに電話をかけ、テロ組織と西洋諸国の妥協を模索した〟とされています。これを否定なさいますか、大統領」

わたしは答えられず、相手はわたしが答えられないことを知っている。この男は子猫が毛糸玉で遊ぶように、わたしをつつきまわして楽しんでいる。

「すでに答えました」わたしは言う。「繰り返す気はありません」

「ホワイトハウスは《ル・モンド》紙の記事に対して、なんの見解も公表していません」

「そのとおりです」

「しかし、スリマン・ジンドルクは見解を公表しましたね。ビデオを公開してこう言いました。〝望みをかなえてもらいたければ、大統領が慈悲を乞うことだ。さもなければアメリカ人に容赦はしない〟ジンドルクはそう言いませんでしたか」

「言いました」

「それに対し、ホワイトハウスは声明を発表しました。〝アメリカ合衆国はテロリストの大言壮語に取り合うつもりはない〟と」

「そのとおりです」わたしは言う。「断じて屈しない」

「あなたは慈悲を乞いましたか、大統領？」

政治顧問のジェニー・ブリックマンが、髪を引き抜きそうなほど苛立っている。ジェニーも機密情報を入手する権限を持たないので、事の全容を知らない。だから最大の関心事は、わたしがこの聴聞会で堂々と戦う姿を見せられるかどうかだ。〝反撃できないのなら〟ジェニーは言っていた。〝出るべきではありません。あの人たちのくす玉人形(ピニャータ)にされるだけです〟

ジェニーは正しい。つぎはレスター・ローズが目隠しをし、わたしの胴体が割れて機密情報や政治的失態が飛び出すことを願いながら、棒を打ちおろす番だ。

「首を振っていらっしゃいますね、大統領。念のため、確認させてください。あなたはスリマン・ジンドルクに慈悲を乞うたことを否定——」

「アメリカ合衆国が何かを求めて、だれかに慈悲を乞うことなどありえない」

「わかりました、ではスリマン・ジンドルクの主張を否定——」

「アメリカ合衆国が」わたしは繰り返す。「何かを求めて、だれかに慈悲を乞うことはありえない。これで確認できただろうか、議長。もう一度言おうか」

「では、慈悲を乞うていないのなら——」

「つぎの質問を」わたしは言う。

「わが国を攻撃しないよう、丁重に頼んだのですか」

「つぎの質問を」わたしは繰り返す。

ローズはことばを切り、資料に目を走らせる。「そろそろわたしの持ち時間が終わります。あと二、三、お尋ねしたいことがあります」

これでひとり倒した——ほぼ倒した——が、まだ十二人の質問者が残っている。みな、気のきいたことばや痛烈な皮肉や、決定的な質問を用意してきたにちがいない。

ローズは質疑の冒頭だけでなく、締めくくりでも強烈なパンチを放つことで知られている。とはいえ、この男が何を質問するかはもうわかっている。向こうもわたしが答えられないことをわかっている。

「大統領」ローズは言う。「五月一日、火曜日の話をしましょう。アルジェリアでのことです」

一週間余り前だ。

「五月一日、火曜日」ローズはつづける。「親ウクライナ・反ロシアの分離独立派グループが、アルジェリア北部の農場を急襲しました。スリマン・ジンドルクが隠れていると見られた場所で、実のところ、ジンドルクはそこにいました。分離独立派グループはジンドルクの居場所を突き止め、殺害する目的でその農場へ向かったのです。

ところが、その目的は達成されませんでした。アメリカ合衆国の特殊部隊とＣＩＡ工作員たちが妨害したからです。そして、スリマン・ジンドルクは混乱にまぎれて逃亡しました」

わたしは微動だにしない。

「妨害を指示なさったのですか、大統領」ローズは訊く。「もしなさったのであれば、理由をお聞かせください。なぜアメリカ合衆国大統領が、テロリストの命を救うために部隊を派遣したのでしょうか」

2

「オハイオ州選出のカーンズ議員の発言を認めます」

わたしは鼻柱を揉み、押し寄せる疲労と闘う。この一週間、ほとんど寝ていないうえ、片手を背中で縛られたまま身を守らざるをえない緊張がつづき、消耗している。だが何よりも、苛立っている。わたしにはすべきことがある。こんなことに費やす暇はない。

わたしは自分の左手、質問者から見た右手へ目をやる。マイク・カーンズは下院司法委員会の委員長で、レスター・ローズの腹心だ。知能の高さを誇示しているつもりなのか、蝶ネクタイを好んで着ける。だが個人的に言わせてもらえば、付箋のメモ書きほどの知性すら感じない。

それでも、この男は質問のしかたを心得ている。政界入りする前は、ずっと連邦検事だった。カーンズが首を獲った人物のなかには、製薬会社二社の最高経営責任者（CEO）やかつての州知事も含まれている。

「テロ活動を防ぐことは、国の安全保障上きわめて重要です。同意なさいますか」

「もちろんです」

「では、テロとの戦いを妨害するアメリカ国民は、国家に対する反逆罪を犯していることになりますね。同意なさいますか」

「非難すべき行為です」わたしは言う。

「国家に対する反逆罪にあたりますか」

「それは法律家と裁判所が決めることです」

カーンズもわたしも法律家だが、あえて言った。

「テロとの戦いを妨害したのが大統領であった場合、弾劾に値するでしょうか」

第三十八代大統領のジェラルド・フォードはかつて、下院議員の過半数がそう決めれば、なんでも弾劾に値する罪になる、と指摘した。

「それはわたしが決めることではありません」

カーンズはうなずく。「そうですね。大統領は先ほど、アルジェリアでスリマン・ジンドルクへの攻撃を阻止するよう特殊部隊とCIA工作員に命じたかと質問されたとき、証言を拒否なさいました」

「カーンズ議員、わたしが証言したのは、国の安全保障にかかわる事柄はすべてを公然と議論できるわけではない、ということです」

「《ニューヨーク・タイムズ》紙によると、反ロシアの武装集団がスリマン・ジンドルクの居場所を突き止めて殺害を計画しているという機密情報があり、あなたはそれに基づいて決定をくだしたとされています」

「記事は読みました。それについて話すつもりはありません」

大統領というものは、正しい道を選ぼうとすると、少なくとも短期的にはみずからの立場が危うくなる決断をくだすことを、遅かれ早かれ迫られる。国が大きな危機にさらされているのなら、正しいと信じることをして、いずれ政治の潮流が変わるのを願うしかない。それが大統領として国民に約束した仕事だ。

「大統領、合衆国法典第十八編第七九八条に精通していらっしゃいますか」

「合衆国法典の細かい条項までは記憶していないが、諜報活動取締法のことですね」

「そのとおりです、大統領。機密情報の悪用について定めたものです。該当する個所には、アメリカ合衆国の安全や利益を害する形で故意に機密情報を利用したいかなる者も、連邦法違反にあたると書かれています。そうですね？」

「そうだと思います、カーンズ議員」

「わが国への攻撃を企んでいるテロリストを守る目的で、大統領が故意に機密情報を用いた場合、この法律は適用されるでしょうか」

大統領法律顧問のダニーによると、第七九八条は大統領には適用されない。諜報活動取締法を読みあげたところで小説を朗読しているのと同じことで、大統領はどんな情報も自由に機密扱いの解除ができるという。

だが、そんなことは関係ない。仮に連邦制定法の適用範囲について、こちらが法解釈の論議を仕掛けたところで――その気はないが――相手はどんな理由でもわたしを弾劾できる。それが犯罪行為である必要もない。

わたしがしたことはすべて、この国を守るためだった。もう一度することもためらわない。問題は内容をいっさい明かせないことだ。

「いま申しあげられるのは、わたしはつねに国家の安全を念頭に置いて行動しているということです。この先もそれはまったく変わらない」

隅でキャロリンが携帯電話の画面に目を走らせ、返信を打っているのが見える。すべてを中断して対応すべき万一の事態に備えて、わたしはキャロリンから目を離さない。アメリカ中央軍のバーク大将から何か連絡があったのだろうか。国防次官からか、それとも緊急脅威対策班からか。わたしたちはいまも多くの球を空中に投げ、脅威を監視して防御を試みようとしている。もういつ起こってもおかしくない。だが少なくともあと一日、猶予

があるはずだ——いや、そう願っている。ひとつだけたしかなことは、何ひとつたしかで
はないということだ。いかなるときも警戒態勢を崩してはならない。もしかすると、いま
この瞬間にも——

「ＩＳＩＳのリーダーに電話をかけるのは、国を守ることでしょうか」
「なんだって？」わたしは聴聞会に意識をもどす。「なんの話だ。わたしはＩＳＩＳのリ
ーダーに電話をかけてなどいない。この件とＩＳＩＳになんの関係がある？」
言い終える前に、わたしは自分が何をしたかに気づく。手を伸ばしていまのことばをつ
かみとり、口に押しもどせたら、と思う。だが、もう遅い。この男はわたしがほかに気を
とられている隙に、うまく罠にかけたのだ。
「ほう」カーンズは言う。「つまりあなたは、ＩＳＩＳのリーダーに電話をかけたかわた
しが尋ねると、明確に否定なさるわけですね。ところが、スリマン・ジンドルクに電話を
かけたかどうかを議長が尋ねると、〝大統領特権〟を発動する。国民がそのちがいに理解
を示してくれることを願いますよ」
わたしは息を吐き、キャロリン・ブロックを見やる。無表情を保っているものの、険し
い目に〝だから言ったでしょう〟という表情がかすかに浮かんでいる気がする。
「カーンズ議員、これは国家の安全保障にかかわることです。ことば尻をとらえるゲーム

ではなく、真剣な問題だ。そちらが真剣な質問をする気になったら、喜んで答えましょう」

「アルジェリアの戦闘でアメリカ人の死者が出ました。ネイサン・クロマティというCIA工作員が、反ロシアの武装集団によるスリマン・ジンドルク殺害を阻止しようとして、命を落としました。国民はこのことを真剣な問題と受け止めるでしょう」

「ネイサン・クロマティは英雄でした」わたしは言う。「わたしたちは彼の死を悼んでいる。もちろん、わたし自身も」

「クロマティのお母さまがこのことについて話すのをお聞きになりましたね」

わたしは聞いた。職員たちも聞いた。アルジェリアでの出来事のあと、ホワイトハウスは何も公式に発表しなかった。できなかったのだ。ところが、死去したアメリカ人のビデオを武装集団が公開し、しばらくしてクララ・クロマティが、これは息子のネイサンであると声をあげた。さらに、ネイサンがCIA工作員であったことも明らかにした。それで大騒ぎがはじまった。マスコミが殺到し、それから数時間も経たないうちに、クララはなぜ自分の息子が、多くのアメリカ人を含む無辜（むこ）の人々の命を奪ったテロリストを守るために死ななければならなかったのか、理由を教えてくれと訴えた。今回の聴聞会は、悲嘆のなかにいるクララ・クロマティが台本を書いたようなものだ。

「クロマティ家の人たちに対して答える義務があるとは思わないのですか、大統領」

「ネイサン・クロマティは英雄だった」わたしはもう一度言う。「愛国者だった。そしてわたしたちと同じく、国家の安全保障のための行動は公表できないことを理解していた。そしてわたしはミセス・クロマティと個人的に話をしたし、ご子息のことは心から残念に思っている。それ以上のことは何も言う気はない。話せないし、話さない」

「では、振り返ってみて」カーンズは言う。「テロリストと交渉する方策は、いまのところあまりうまくいっていないとお考えでは？」

「わたしはテロリストと交渉などしない」

「交渉という言い方がお気に召さなければ」カーンズは言う。「電話をする、論議する、でもいい。あるいは甘やかす――」

「テロリストを甘やかしてなど――」

頭上で照明が二度すばやく点滅し、話が中断される。何人かが不満の声をあげ、キャロリン・ブロックが耳をそばだてて、頭のなかにメモを記す。

カーンズは中断をきっかけに、つぎの質問に移る。

「大統領、あなたは武力の誇示よりも対話を好み、テロリストと話し合って問題を解決するほうがいいとお考えなのですね」

「そうではない」わたしは言いながら、こめかみがうずくのを感じる。この手の行きすぎた単純化は、わが国の政治の悪い部分を端的に表している。「わたしが繰り返し述べてきたのは、事態を平和的に解決する手段があるなら、それに越したことはないということだ。柔軟な態度と降伏はちがう。こうして集まったのは、外交政策について議論するためだったのか？　せっかくの魔女狩りに水を差すようで申しわけないが、もっと本質的な議論をしよう」

部屋の隅に目をやると、キャロリン・ブロックが眉をひそめ、冷静な表情を珍しく崩している。

「柔軟な態度というのもひとつの言い方ですね、大統領。甘やかすという表現もできますが」

「わたしは敵を甘やかしてなどいない」わたしは言う。「それに、武力の行使を放棄したわけでもない。武力はつねに選択肢のひとつだが、必要と見なさないかぎり行使はしないというだけだ。学生のころからカントリー・クラブに出入りし、信託資金を持ち、ビールをがぶ飲みするしか能がなく、頭蓋骨がシンボルの秘密クラブで新入会員をいたぶり、相手をだれかれかまわずイニシャルで呼ぶたぐいの人間には、理解しがたいことかもしれない。だが、わたしは戦場で正面から敵と対峙してきた。だから、若者を戦場へ送る前に、立ち止まって考える。わたしもかつてそうした若者のひとりであり、危険を承知しているからだ」

ジェニーがつづきを促すように、身を前に乗り出している。ジェニーからはつねづね、兵役時代の話をするように言われている。〝軍歴の話をしてください。捕虜になったときの話を。負傷し、拷問を受けたときの話を〟と。有権者に好意的な印象を与える材料だとジェニーは選挙戦のあいだじゅう、あきらめずに説得を試みた。もし顧問たちの進言を聞いていたら、わたしは選挙期間を通じて、軍にいたころの話ばかりしていただろう。しかし、わたしは聞き入れなかった。ただ話したくなかったからだ。

「お話は終わりましたか、大統――」

「いや、まだ終わっていない。いままで話したことはひとつ残らず、議長を含めた下院の主立った面々にもう説明してある。わたしは聴聞会には応じられないと伝えたはずだ。あなたがたは〝わかりました、大統領、われわれも愛国者です。あなたがすべてを話せないとしても、ご意向を尊重します〟と言って応じることもできたのに、そうしなかった。わたしを召喚して点数を稼ぐチャンスを逃したくなかったからだ。非公式に伝えたことを、もう一度公(おおやけ)の場で言わせてもらおう。わたしがだれと何を話し、どんな行動をとったかについて、答えるつもりはない。危険だからだ。国家の安全に対する脅威なのだよ。国を守るためなら、大統領の座をおりることもいとわない。だが、これだけはまちがえないでもらいたい。どんな行動をとるときも、どんな発言をするときも、わたしは合衆国の安全と防衛を第一に考えてきた。これからもそれはけっして変わらない」

カーンズはわたしに侮辱されても、まったくひるんだ様子がない。わたしを怒らせることに成功し、気をよくしているらしい。いまはまた資料に目を落とし、質問と確認事項の一覧を読んでいる。わたしは落ち着くよう自分に言い聞かせる。

「今週くだした決断のなかで、いちばんむずかしかったことはなんだったね、カーンズ議員。聴聞会にしていく蝶ネクタイを決めること？　それとも、そのバーコードのようなふざけた髪の分け目を決めること？　だれの目もごまかせていないのに。

わたしはこのところ、国の安全を守るためにほぼすべての時間を費やしてきた。きびしい決断の連続だ。未知数の問題を数多く残したまま、決断しなくてはならないこともある。あるいは、選択肢のすべてが掛け値なしのクソということもある。それでも、いちばんましなクソを選ばざるをえない。もちろん、自分が正しい判断をくだしたのかどうか、それがいい結果をもたらすのかどうかはわからない。だから、つねに最善を尽くすのみだ。そして、それを背負って生きていく。

批判も甘んじて受ける。ゲームの全体像もわからずにいきなりチェス盤の駒に手を伸ばし、それがこの国をどれだけ危険にさらすかなど知りもせず、見当はずれの一手を打つような日和見政治家からの批判にも耐えてみせよう。

カーンズ議員、わたしのしたことを洗いざらい話せたらいいのだが、国の安全保障上、あいにくそれは許されない。あなたも当然わかっているはずだ。それでも、卑劣な攻撃をせずにはいられないのだろう」

部屋の隅でダニー・エイカーズが両手をあげ、中断の合図をする。

「ああ。きみの言うとおりだ、ダニー。もう時間だよ。終わった。試合終了」

わたしはテーブルのマイクを乱暴に叩く。椅子をひっくり返して立ちあがる。

「わかったよ、キャリー。証言しようと思ったのは、まちがいだ。連中に八つ裂きにされる。よくわかった」

キャロリン・ブロックが椅子から立ち、スーツの皺を伸ばす。「みなさん、お疲れさまでした。部屋から退出してください」

ここは大統領執務室の向かいにあるローズヴェルト・ルーム。会議を――この場合は模擬聴聞会を――開くのにぴったりの場所だ。セオドア・ローズヴェルトが義勇騎兵として馬にまたがった肖像画と、日露戦争の終結にひと役買ったとして受賞したノーベル平和賞のメダルが飾られている。窓はなく、入口を守るのもたやすい。

全員が立ちあがる。大統領報道官が蝶ネクタイをはずす。カーンズ議員の役を完璧に演じるために用いた、ちょっとした小道具だ。すまなさそうにこちらを見るが、わたしは手をひと振りする。報道官は与えられた役目を果たし、わたしが来週、予定どおり特別調査委員会の聴聞会で証言した場合に考えうる最悪のシナリオを示そうとしたにすぎない。

レスター・ローズ役を演じたホワイトハウス法律顧問局の弁護士は、銀髪のかつらまでかぶる念の入れようで、そのせいもあって、ローズ下院議長というよりジャーナリストのアンダーソン・クーパーに見える。やはりばつが悪そうな目をこちらに向けるので、わたしは同じく手をひと振りして安心させてやる。

部屋から徐々に人がいなくなると、わたしはアドレナリンが引くのを感じ、どっと疲れる。だれも教えてはくれないが、大統領という仕事ははじめてのジェットコースター体験とよく似ている——ぞくぞくする高みにのぼったかと思うと、どん底まで急降下する。

やがてわたしは、暖炉の上にかかった義勇騎兵の肖像画をながめながら、足音を聞く。キャロリンとダニーとジェニーが、檻のなかの傷ついた動物に近づくように、おそるおそる近づいてくる。

「個人的には〝いちばんましなクソ〟が気に入りました」ダニーが表情ひとつ変えずに言う。

レイチェルからはよく、わたしは悪いことばを使いすぎると言われていた。悪態は創造性の欠如を表している、と。ほんとうにそうだろうか。抜き差しならない状況に陥ったとき、わたしがつく悪態は、実に創造性に富んでいる。

それはともかく、キャロリンをはじめとする側近たちは、この模擬聴聞会がわたしのセラピーとなることを見抜いている。たとえ説得の甲斐なく、わたしが聴聞会に出る考えを貫くとしても、言いたいことを一度思いきりぶちまけておけば、少なくともストレスの発散にはなるし、いざ本番というときに、汚いことばを使わずに大統領らしく質問に答えられると考えているのだ。

ジェニー・ブリックマンが、いつものようにつかみどころのない口調で言う。「来週証言するときは、完全なまぬけになっていただかないと」

わたしはジェニーとダニーに向かってうなずく。「キャリーとふたりにしてくれ」いまわたしと機密情報について話せる権限を持っているのは、三人のなかでキャロリンだけだ。

ジェニーとダニーが出ていく。

「何か進展は？」わたしはキャロリンに尋ねる。いまこの部屋には、わたしたちふたりしかいない。

キャロリンがかぶりを振る。「何も」

「やはりあす起こるのか」

「ええ、おそらく」キャロリンはジェニーとダニーが出ていったほうを顎で示す。「ふたりの言うとおりです。月曜日の聴聞会で勝ち目はありません」

「聴聞会の話はこれまでだ、キャロリン。わたしは模擬聴聞会を開くことに同意し、きみたちに一時間という時間を与えた。だが、もう終わった。いまはそれよりもっと重要なことがある」

「はい、大統領。概況説明の準備はできています」

「緊急脅威対策班、バーク、国防次官と話したい。この順で」

「承知しました」

「すぐに行く」

キャロリンが立ち去る。わたしはひとり部屋に残り、一番目のローズヴェルト大統領の肖像画をながめながら思いをめぐらす。だが頭にあるのは、月曜日の聴聞会のことではない。

月曜日にこの国がまだ存在しているかどうかということだ。

3

女はロナルド・レーガン・ワシントン・ナショナル空港のゲートを出ると、一瞬足を止めて方向案内表示板を見あげるふりをするが、実のところ、機内から開けた空間に出て解放感を味わっている。深々と息を吸い、口に入れたジンジャー・キャンディを舌でもてあそぶ。ヴィルヘルム・フリーデマン・ヘルツォークが弾く〈バイオリン協奏曲第一番〉の奇抜な第一楽章が、イヤフォンから静かに流れてくる。

〝楽しそうな顔をしろ〟とよく言われる。監視されているときは楽しげな表情を浮かべるのが一番で、最も疑いを持たれにくい。笑い声をあげたり冗談を口にしたりはできなくても、笑みをたたえて満足そうな顔をしている者は、危険人物に見えない。

だが、女は〝セクシーな雰囲気をまとう〟ほうが好みだ。それならひとりでもできるし、毎回うまくいっている。女はゆがんだ笑みを浮かべ、ボッテガ・ヴェネタのキャリーケースを引きながら、ターミナルを気どった足どりで歩いていく。これはほかと同じひとつの役柄にすぎず、必要なときだけ身につけて、用がすみしだい脱ぐ上着だが、どうやら効果はあがっているらしい。男たちがしきりに視線を合わせようとし、胸の谷間に目を落とす。印象に残る程度に乳房が揺れて見えるよう、計算して服を選んである。女たちは百七十五センチを超える長軀に羨望のまなざしを向け、膝上まである濃褐色の革のブーツから燃えるように赤い髪までをながめまわしたあと、夫の反応を確認する。

印象に残るのはまちがいない。ありふれた光景にまぎれた、長身で脚が長くて胸の大きい赤毛の女のことは。

そろそろ逃げきれたと思っていいかもしれない。いまはターミナルを出てタクシー乗り場へ向かっている。もし気づかれていたら、何かの動きがあったはずだ。ここまで無事に来ることはできなかっただろう。とはいえ、まだ断言はできず、女は警戒をゆるめない。どんなときも。〝集中が切れた瞬間、ミスをする〟と、二十五年ほど前、女の手にはじめてライフルを握らせた男は言った。「冷静」と「論理」のふたつを指針に女は生きている。つねに頭を働かせ、けっして内面を外に出さないこと。

足が痛いが、女はフェラガモのサングラスの陰で眉根を寄せるにとどめる。唇に浮かべた自信ありげな笑みは崩さない。

外のタクシー乗り場に着き、新鮮な空気を吸いこむが、自動車の排気ガスに吐き気を覚える。制服姿の空港係員がタクシー運転手に向かって声を張りあげ、乗客を車へ誘導している。親たちがぐずる子供をあいだにはさむようにして、スーツケースを転がしている。

女は中央の通路へ移動し、暗記したナンバープレートをつけてドアにミチバシリのステッカーが貼られた車を探す。まだ来ていない。しばし目を閉じ、イヤフォンから聞こえる弦楽器の音に耳を傾ける。好きなアンダンテの楽章だ。最初の憂いに満ちた切ない調べが、やがて穏やかで思索的とも言える調べへと変わっていく。

目をあけると、待望のナンバープレートを前につけ、ミチバシリのステッカーを助手席側のドアに貼ったタクシーが順番待ちの車の列にいるのが見える。女はキャリーケースを引いて、その車に乗りこむ。むっとするファストフードのにおいで、朝食が喉までせりあがる。それを抑えて座席に深く腰をおろす。

急速（アレグロ・アッサイ）の情熱的な最終楽章にはいったところで、女は音楽を消す。イヤフォンをはずすが、心強いバイオリンとチェロの音色が聞こえないと、自分が無防備になった気がする。

「道路の混み具合はどう？」女は中西部訛りの英語で尋ねる。

運転手がバックミラーで女をちらりと見る。じっと見られるのを好まないと、あらかじめ聞かされていたにちがいない。

〝バッハをじろじろ見るな〟

「きょうはとても順調です」運転手はことばを選び、〝すべて問題なし〟を意味する暗号を口にする。女が待ち望んでいたことばだ。これほど早く面倒な事態になると思っていたわけではないが、何が起こるかはわからない。

女はひととき緊張から解放され、片方の脚を反対側の脚にかけてブーツのファスナーをおろしてから、もう片方も同じようにする。長いブーツと高さ十センチの上げ底から解放され、小さく安堵の息を漏らす。爪先を伸ばし、親指で両の土踏まずを強く押す。タクシーの後部座席では、これが精いっぱいのフットマッサージだ。

運がよければ、今回の任務のあいだ、百七十五センチの身長になる必要はもうないだろう。百六十五センチで事足りる。女はキャリーケースのファスナーをあけて、グッチのブーツを折って入れ、代わりに履くナイキのスニーカーを取り出す。

タクシーが渋滞した道路に合流し、女はまず右の窓を、つぎに左の窓を見る。頭をさげて、膝のあいだへ身をかがめる。ふたたび顔をあげると、赤毛のかつらが膝の上に置かれ、きつく結った漆黒の髪が現れる。

「それで……本来の自分にもどった気がするのでは？」運転手が尋ねる。

女は答えない。冷たい目で運転手をにらむが、運転手はバックミラーに映る女と視線を合わせない。この男は何もわかっていない。

〝バッハは世間話がきらいだ〟

それに、もう長いあいだ、アメリカ人が言うところの〝本来の自分にもどった〟気がしたことなどない。せいぜい、たまに緊張がほぐれた気がするくらいだ。しかし、この仕事を長くつづけ、自分を作り替える——ひとつの仮面を別の仮面と替え、ときに陰にとどまり、ときにありふれた光景にまぎれる——機会が増えるほど、ほんとうの自分はおろか、自分という概念すら忘れてしまいそうになる。

それもあと少しで終わりにする。女はそう誓いを立てていた。

かつらをはずして靴を履き替え、キャリーケースはファスナーを閉めて座席の隣に置いてある。女は足もとのフロアマットへ手を伸ばす。マットのへりを探しあてて上にあげ、面ファスナーを剝がす。

マットの下から、掛け金のついたカーペット張りの床が現れる。両側の掛け金をはずし、覆いを剝がす。

いったん上体を起こして、速度計に目をやる。運転手がばかげたスピード違反などをしていないか、パトロールカーがたまたま通りかかったりしていないかを確認する。

それからまた腰をかがめ、床にはめこまれた硬いケースを取り出す。解除ボタンに親指をあてる。すぐに指紋が認証され、ロックが解除される。

雇い主がわざわざ武器をいじる理由はないと思うが、慎重を期してここに隠してある。

女はケースをあけ、中をさっと検める。「こんにちは、アンナ」小声で呼びかける。アンナ・マグダレーナは美しい。それは艶消しの黒いセミオートマティック・ライフルで、二秒以内に五発連射でき、ドライバー一本で三分以内に組み立てと分解が可能だ。もちろん、これより新しいモデルも市場に出まわっているが、アンナ・マグダレーナはどんな距離からでも、けっして期待を裏切らない。その精度は何ダースもの人々が――理屈の上では――証明している。たとえば、七カ月前まで体の上に首がついていたコロンビアのボゴタの検察官や、十八カ月前、膝に置いた子羊のスープにいきなり脳みそをぶちまけたダルフールの反乱軍のリーダーなどだ。

女はすべての大陸で殺していた。将校、活動家、政治家、実業家を暗殺した。女は性別と、好きなクラシック音楽の作曲家でのみ知られている。あともうひとつ、百パーセントの成功率でも。

〝これはきみにとって最大の試練になるだろう、バッハ〟雇い主の男は言った。

〝ちがう〟女は訂正した。〝最大の勝利になる〟

五月十一日
金曜日

4

わたしははっと目を覚まし、暗闇を見つめながら電話を手探りする。朝四時を過ぎたばかりだ。キャロリンにメッセージを打つ。〝進展は？〟

すぐに返信が来る。キャロリンは寝ていない。〝何もありません〟

それはそうだろう。何か起こっていたら、ただちに電話をかけてきたはずだ。しかし、直面している危機の正体がわかってからというもの、こうして早朝のやりとりを交わすのが習慣になっている。

わたしは息を吐いて両腕を伸ばし、高ぶった神経を鎮めようとする。もう眠ることはできない。ついにこの日が来た。

寝室のトレッドミルでしばらく体を動かす。野球をやっていたころから、運動して汗をかかないと落ち着かない。この仕事に就いてからは特にそうだ。一日のストレスを事前に解消するマッサージのようなものだ。レイチェルの癌が再発してから、わたしは運動中も目を離さずにいられるように、寝室にトレッドミルを置いた。

きょうは体調を考えてゆっくり歩くにとどめ、走るのも速足もやめておく。よりにもよってこんなときに、持病がぶり返したからだ。

歯を磨き、歯ブラシを確認する。すすぎ残しの粘ついた練り歯磨きしかついていない。鏡の前で大きく横に口をあけ、歯茎を調べる。

着ているものを脱いで後ろを向き、鏡を見る。紫斑はふくらはぎに集中しているが、太腿の裏にも浮いている。悪化しているようだ。

シャワーを浴びたあとは、大統領日報を読み、それに載っていない最新情報の報告を受ける時間だ。それから食堂で朝食をとる。以前はレイチェルといっしょだった。〝これから十六時間、あなたは世界のものになるけど〟レイチェルはよく言った。〝朝食のあいだはわたしのものよ〟

たいがい、夕食もいっしょだった。そのためにやりくりして時間を作ったが、レイチェルが生きているあいだは、朝食も夕食もこの食堂ではとらなかった。いつも隣のキッチンの小さなテーブルにつき、ここよりくつろいだ雰囲気のなかで食べていた。たまに、無性に一般の人々のように気分転換したくなることがあり、そんなときは自分たちで料理をした。ノースカロライナの自宅にいたころと同じように、ふたりでパンケーキを裏返したり、ピザ生地をこねたりしたことは、かけがえのない思い出だ。

わたしは固くゆでた卵にフォークを突き刺し、ラファイエット公園の向こうにあるブレアハウスを窓からぼんやりながめる。テレビの雑音がホワイトノイズの役割を果たしている。レイチェルが逝ってから、新しく入れたテレビだ。

なぜニュースが気になるのか、自分でもわからない。どの番組も弾劾のことばかりで、キー局はあらゆる話をねじ曲げて、自分たちの考えた筋書きに合わせようとしている。

MSNBCでは、外交問題専門の特派員が、イスラエル政府が有名なパレスチナ人テロリストを別の刑務所へ移送している、と伝えている。〝これは大統領がスリマン・ジンドルクとおこなった「取引」のひとつではないでしょうか。イスラエルも巻きこんだ服役囚の交換では？〟

CBSニュースは、わたしが対立党の南部選出の上院議員を、空席の農務長官に指名することを検討していると伝えている。〝大統領は、閣僚のポストを与えれば罷免賛成票を減らせると考えているのでしょうか〟

もしもいま、フード・ネットワークにチャンネルを合わせたら、一カ月前に取材でホワイトハウスを訪れたとき、わたしが好きな野菜としてトウモロコシをあげたのは、罷免をめざす議員リストに名を連ねるアイオワとネブラスカの上院議員の機嫌をとろうとしたからだ、と声高に語っているかもしれない。

FOXニュースは〝ホワイトハウスの混乱〟というテロップを流し、わたしが証言をすることの是非についてはスタッフのあいだでも意見がまっぷたつに割れていて、キャロリン・ブロック首席補佐官は証言賛成派、キャサリン・ブラント副大統領は反対派であると報じている。〝現在、緊急対策が検討されており〟まさにいま、ホワイトハウスの前で記者が伝えている。〝来週の下院特別調査委員会は党派的傾向の強い見世物であるとして、大統領に翻意を促して出席を拒否するよう説得する動きも見られます〟

NBCの〈トゥデイ〉は、色分けした全米地図に、上院の五十五の対立党議員と四十五のわが党の議員の札を配置している。わが党の議員で、二年後に改選を控えた組は、離反すべきかどうかで揺れているかもしれない。十二人が寝返れば、わたしは弾劾裁判で罷免される。

CNNは、ホワイトハウスのスタッフとわたしが、きょうの朝にも上院議員に対して弾劾裁判で無罪に投票するよう迫る模様だと伝えている。

ABCの〈グッド・モーニング・アメリカ〉は、ホワイトハウス関係者筋の話として、わたしがすでに次期大統領選挙への再出馬を断念し、一期で大統領の職を辞する代わりに、弾劾発議を見送るよう下院議長に取引を持ちかける見通しだと報じている。

こんな戯言をどこで聞きつけたのか？　たしかに扇情的ではある。そして、扇情的なニュースはいつでも事実より売れる。

それでも、世間が弾劾の話題で持ちきりになっていることに、スタッフは心を痛めている。ほとんどのスタッフは、アルジェリアの一件やわたしのスリマン・ジンドルクへの電話について、議会やマスコミや国民と同じく、何も知らされていない。にもかかわらず、ホワイトハウスが非難の集中砲火を浴びるなか、一致団結して誇りを守ろうとしている。本人たちは気づいていないが、それはわたしにとってどれほどありがたいことか。

わたしは電話をかける。レイチェルがいたら、朝食のときまでも電話を手放さないわたしを殺していたかもしれない。「ジョアン、ジェニーは？」

「ここにいらっしゃいます、大統領。そちらへ向かうよう言いましょうか」

「頼む。ありがとう」

キャロリン・ブロックがやってくる。わたしが食事中でも、遠慮なくはいってくるのはキャロリンだけだ。ほかはだれも邪魔しないようにと、わたしが口に出して指示したわけではない。これも大統領首席補佐官の数多い仕事のひとつだ。合理化を推し進めたり、門番の役をつとめたり、憎まれ役を買って出たりなど、キャロリンはわたしが些事に手を煩わせなくてすむように計らっている。

けさもいつものようにシャツのボタンを上まできっちり留め、しゃれたスーツに身を包んで、黒っぽい髪を後ろでひとつにまとめている。カメラに映っているあいだは、けっして隙を見せない。自分の仕事はスタッフと友達になることではなく、みなをまとめて、すぐれた仕事を褒め、細部に目を配り、大統領が重要な仕事に専念できる環境を整えることだ、と一度ならず言っていた。

とはいえ、それでは自分の役割をあまりに過小評価している。大統領首席補佐官ほど過酷な仕事はない。もちろん、人事やスケジュール管理など、細かいこともする。一方、わたしが大きな仕事をするときも、つねにそばにいる。議員、閣僚、利益団体、報道機関にとっても頼れる存在なのだから。これほどの人材はほかにいない。キャロリンはこうした仕事を一手に引き受けて、自我を表に出さない。賛辞を贈ろうものなら、一分の隙もない服に糸くずがついたかのように、さっとそれを払う。

キャロリン・ブロックが未来の下院議長候補と目されていたのは、それほど昔のことではない。三期目の連邦議会下院議員で、保守色の強いオハイオ州南東部の選挙区で勝利をおさめ、出世の階段を駆けあがっていた。聡明で人あたりがよくてテレビ映えがし、すべての項目で高水準の実力を具えた、メジャーリーグで言うところの〝ファイブ・ツール・プレイヤー〟だった。資金集めの集会で人気を博し、強い人脈を築いて、わが党の下院選挙委員会委員長という、みながうらやむ役職についた。まだ四十歳そこそこで、最低でも下院の頂点にのぼりつめると思われていた。

そして二〇一〇年がやってきた。わが党にとってきびしい中間選挙になると、だれもがわかっていた。相手は元知事の息子という強力な対立候補を立ててきた。選挙まで残り一週間の世論調査で、支持率は拮抗していた。

選挙の五日前の深夜、ふたりの側近とワインを飲んで疲れを癒しているとき、キャロリンは当時著名な弁護士だった夫を対立候補が悪意たっぷりに非難したことを猛然と罵った。その発言がマイクで拾われた。だれがどうやって仕掛けたのかは、いまだに謎のままだ。そこは閉ざされたレストランで、キャロリンはふたりの側近と自分しかいないと思っていたという。

キャロリンは対立候補のことを〝おフェラ野郎〟と言ったのだった。その音声は数時間のうちに、ケーブルテレビのニュースとインターネットでひろがった。

その時点で、キャロリンには選択肢があった。録音された声の主は自分ではないと否定することもできた。側近はふたりとも女性だったので、どちらかが言ったことにすることもできた。あるいは、疲れて少し酔ってもいたし、夫を標的にされたせいで取り乱した（おそらく真相はそんなところだろう）と釈明することも。

けれども、キャロリンはそのどれも選ばなかった。ただ、こう言っただけだ。「プライベートな会話が漏れたことを残念に思います。もしこの発言をしたのが男性だったら、問題になることはなかったでしょう」

個人的にはこの切り返しが大いに気に入った。いまなら世間の反感を買わずにすんだかもしれない。だが当時、この発言で保守層の支持率が急落し、キャロリンは落選した。

〝おフェラ野郎〟ということばが永遠についてまわる以上、おそらく二度とチャンスがめぐってこないことをキャロリンは理解していた。政治の世界は傷を負った者に残酷な仕打ちをするものだ。

キャロリンの敗北はわたしの勝利に貢献した。キャロリンは政治コンサルティング会社を設立し、技能と知恵を生かして全米各地で候補者を勝利に導いた。大統領に立候補することを決意し、選挙運動を指揮する人材が必要になったとき、わたしの頭にある名前はただひとつだった。

「こんなくだらないものを見るのはおやめください、大統領」キャロリンが言う。CNNでは、名前を聞いたこともないどこかの政治コンサルタントが、電話の件でわたしが沈黙

を貫いているのは　"戦術的に重大な過ち"　で、下院議長に　"主導権を渡している"　と述べている。

「ところで」わたしは言う。「きみがわたしに特別調査委員会で証言させたがっていることを知っていたかい？　ホワイトハウスで起こっている内戦で、きみは証言支持派の部隊を率いているらしい」

「いえ、まったく知りませんでした」キャロリンは独立戦争の場面が描かれた食堂の壁紙のほうへ歩いていく。これを最初に飾ったのはジャッキー・ケネディで、友人からの贈り物だった。それをベティ・フォードが趣味に合わないとして、はずした。カーター大統領がふたたび掛けた。それ以来、掛けたりはずしたりがつづいてきた。レイチェルが気に入ったので、わたしたちは壁にもどすことにした。

「コーヒーでも飲まないか、キャリー。きみを見ているとこっちまで緊張する」

「おはようございます、大統領」大統領次席補佐官で、上級政治顧問のジェニー・ブリックマンが言う。ジェニーはわたしの知事選挙戦を担当し、大統領選ではキャロリンの下で活躍した。小柄で愛らしいが、脱色した金色の髪は乱れ、口の悪さはトラックの運転手にも負けない。わたしのにこやかなナイフだ。ほうっておいたら、わたしのために戦争をはじめかねない。敵を斬るだけではすまないだろう。もしわたしが制止しなければ、喉から腹まで切り裂くにちがいない。ピットブル並みの自制心と愛らしさで、ずたずたに引き裂きそうだ。

わたしが当選したあと、キャロリンは政策の分野に転向した。いまでも政情全般に目を配ってはいるが、おもな仕事はわたしの政策が議会を通過するよう計らい、外交政策を推し進めることだ。

一方のジェニーは政治的駆け引きに専念し、わたしを再選させることに全力をあげている。そして不運なことに、いまはわたしが無事に一期をつとめあげられるかどうかを心配している。

「いまのところ、こちらの下院議員は静観しています」ジェニーはわが党の下院指導部と協議している。「アルジェリアの件について、ぜひ大統領のお話をうかがいたいそうです」

わたしは思わずにやりとする。「実際はこう言われたんじゃないか。〝とっととケツをあげて自己弁護するように伝えろ〟」

「だいたいそのとおりです、大統領」

仲間たちには大変な思いをさせている。いくらわたしを擁護したくても、当の本人が沈黙しているのではお手あげだ。どうにかしてやりたいと思うが、いまはまだ何もできない。

「そのことはまたあとで話そう」下院の票について、まったく楽観できないことは承知している。レスター・ローズが票の過半数を握り、対立党の議員は弾劾のボタンを押したくてうずうずしている。もしレスターが投票を求めれば、わたしは敗れる。それでも、わが党の下院議員が強く反対すれば、上院の弾劾裁判で無罪を勝ちとる可能性が高まるだろう。レスターの党は上院で五十五票を有するが、大統領を罷免するのに必要な票数は全体の三分の二にあたる六十七票だ。わが党の下院指導部が結束すれば、上院議員も寝返りにくくなる。

「上院からも同様のことを聞いています」ジェニーは言う。「ジャコビー院内総務は——ご本人のことばですが——〝想定上の支持〟をすることで、わが党の議員をまとめようとしています。つまり、罷免は究極の措置なので、そのような重大な決定をくだすにはもっと情報が必要だということです。でも、当面は先入観を持たずに静観するという意味でしかありません」

「わたしを進んで擁護する者はいないということか」

「大統領が何もなさらないからです。ローズに股間を蹴られっぱなしで、やり返さないんですから。うんざりするほど聞かされましたよ。〝アルジェリアはまずい。非常にまずい。大統領は納得できる説明をしないと〟」

「わかった、すこぶる愉快だよ、ジェニー。つぎの報告を」

「この件でもうひとつだけ――」

「つぎの報告だ、ジェニー。すでに十分間、弾劾の件について話したし、ゆうべはあの模擬聴聞会に一時間を費やした。ひとまず弾劾の話は終わりだ。ほかにも考えるべきことがある。さあ、つぎは？」

「大統領」キャロリンが割ってはいる。「再選に向けた争点の整理をさせてください。まずは、国民の関心が高くて支持を得られる政策からはじめましょう。最低賃金の引き上げ、攻撃武器の規制、教育費の税額控除。マイナスを打ち消すプラスの材料が必要です。それで反論できるでしょう――周囲は難癖をつけて騒いでいるが、こちらは断固として国を前へ進める、と伝えるのです。セイラム魔女裁判をやりたい者にはやらせておき、大統領は現実の人々のために現実の問題の解決に尽力する、と」

「弾劾を取り沙汰する声に掻き消されないだろうか」

「ジャコビー院内総務の見解はちがいます。上院議員たちは、大統領のもとに結集するため、党に有利となる争点を強く求めているそうです」

「下院でも同じことを聞きました」ジェニーが言う。「議員たちが飛びつきそうなこと、ほんとうに関心のあることをテーマに定めれば、大統領を守ることがいかに重要であるかに気づくでしょう」

「わざわざ気づかせてやらないといけないのか」わたしは嘆息する。

「はい、大統領――正直なところ、いまはその必要があります」

わたしは両手をあげて言う。「いいだろう。つづけてくれ」

「まずは来週、最低賃金の引き上げ政策からはじめます」キャロリンが言う。「つぎに攻撃武器の規制です。それから教育費の税額控除――」

「攻撃武器規制法案が下院を通過する可能性は、レーガン・ナショナル空港をわたしの名前に変更する決議案といい勝負だろう」

キャロリンは唇をすぼめてうなずく。「そうですね、大統領。可能性は低いでしょう」

キャロリンが攻撃武器の規制を強く推しているのは、法案が通過する見通しが高いからではない。少なくとも今議会ではむずかしいだろうが、そのことは互いにわかっている。キャロリンはつづける。「けれど、あなたはこの法案の正しさを信じていて、そのために闘ってくれるだろうと人々も期待しています。ところが対立党の反対で、国民の大半が支持するこの法案と最低賃金引き上げ法案が否決される。国民は対立党の正体を知るでしょう。そしてあなたはゴードン上院議員を窮地に追いこむ」

ローレンス・ゴードンはわが党の三期目の上院議員で、上院議員のだれもがそうであるように、自分こそ大統領にふさわしいと思っている。だが、ほかの大多数の上院議員とちがい、自党の現職大統領に対抗して立候補することも辞さない人物だ。

しかも、このふたつの法案に対して、党とも国民ともちがう立場をとっている。ゴードンは最低賃金引き上げ法案に反対票を投じた。そのうえ、全米ライフル協会の弁によると、銃器所持の権利を保障する憲法修正第二条を強く支持し、宗教や言論の自由を謳った修正第一条、被疑者の人権を守る修正第四条、私有財産を保護する修正第五条よりも大切だと考えているらしい。ジェニーは、ゴードンが靴ひもを結ぼうという気になる前に、膝をつぶしておきたいと考えている。

「ゴードンは予備選挙にも出ないだろう」わたしは言う。「そんな度胸はない」

「ゴードン議員はアルジェリアの一件にだれよりも注目しています」ジェニーが言う。

わたしはキャロリンを見る。ジェニーの政治的な勘は鋭いが、キャロリンは勘のよさに加え、議員としての経験からワシントンという場所を理解している。そして、わたしがいままでに会っただれよりも頭が切れる。

「ゴードン議員の出馬を危惧しているのではありません」キャロリンは言う。「わたしが危惧するのは、議員が出馬を検討し、周囲の臆測を呼ぶことです。多くの人が取り囲むでしょう。ゴードンという名前が《タイムズ》紙に載り、CNNで流れるんですよ。本人になんの損があるでしょうか。いずれそれが有利に働くときが来ます。きっと褒めそやされもするでしょう。挑戦者は人気を集めますから。控えのクオーターバックのようなものです——ベンチで傍観しているのに、だれからも愛される。ゴードン議員は虚栄心をくすぐられて、いい気分になり、大統領は威信を失う一方です。向こうはまぶしく輝いて見え、あなたは弱腰に見える」

わたしはうなずく。そのとおりだ。

「最低賃金の引き上げか、攻撃武器規制の推進をにおわせましょう」キャロリンは言う。「ゴードン議員をおびき寄せ、考えなおせと向こうから求めるように仕向けるのです。それで議員は、こちらに借りを作ったことになります。おかしな真似をしたら、痛い目に遭わされることぐらいわかるでしょう」

「きみを怒らせないようにせいぜい気をつけるよ、キャロリン」

「これについては副大統領も同意見です」ジェニーが言う。

「そうでしょうね」キャロリンは顔をしかめる。大統領候補の指名争いで、わたしの最大のライバルだったキャシー・ブラントに、当然ながら不信感をいだいているのだ。キャシーを副大統領に指名したのは正しい選択だったが、だからと言って一番の盟友になるわけではない。いずれにせよ、キャシーも自分の利益になるように計算して動くだろう。わたしが罷免されれば彼女が大統領に昇格し、それからすぐに選挙に出馬する。キャシーにはラリー・ゴードンもだれの力も必要ない。

「問題の分析は正しいと思うが」わたしは言う。「解決法はあまりに狡猾すぎる。わたしはどちらの法案でも筋を通したい。ゴードンのために譲歩する気はない。反対勢力も賛成せざるをえないように追いこもう。それが正しい方法だ。勝とうが負けようが、こちらは強い立場に立ち、相手は立つ瀬がなくなる」

ジェニーが甲高い声を出す。「それでこそわたしが投票したかたです、大統領。ぜひそうしてください。でも、それだけでは足りません。いまでもじゅうぶん弱腰に見えるし、どんな国内政策を打ち出したところで、この状況は打開できないでしょう。スリマンへの電話。アルジェリアの悪夢。いまこそ最高司令官の出番です。司令官のもとに結集——」

「だめだ」わたしはジェニーの心を読んで言う。「自分を強く見せるためだけに軍事攻撃を命令する気はない」

「安全な攻撃目標ならいくらでもあります、大統領。何もフランスに侵攻しろと言っているわけではありません。中東のどこかにドローンを飛ばすのはどうですか。いえ、ドローン攻撃よりも、いっそ本格的な空爆を——」

「だめだ。答はノーだ」

ジェニーは腰に両手をあてて首を振る。「奥さまがおっしゃったとおりね。あなたはぽんこつ政治家です」

「妻はお世辞のつもりだったらしいが」

「大統領、ぶしつけなことを申しあげていいですか」

「これまではぶしつけじゃなかったとでも？」

ジェニーは両手を体の前に差し出し、事の重大さを伝えようとしているのか、懇願するような顔をする。「あなたは弾劾されそうなんです。状況を一変させる劇的な手を打たなければ、ご自分の党の上院議員が船からおりてしまいますよ。それに、あなたは自分から辞任する人じゃない。そんな選択をするなんて、DNAに書かれていませんから。となると、ジョナサン・リンカーン・ダンカン大統領は、たったひとつのことで歴史に名を刻むのです。史上初の罷免された合衆国大統領として」

5

ジェニーとキャロリンとの話を終え、廊下を隔てた寝室へ向かうと、デボラ・レーンがすでに往診鞄を開いている。

「おはようございます、大統領」

わたしはネクタイを引きおろし、シャツのボタンをはずす。「おはよう、先生」

デボラがわたしをまじまじと見るが、その表情は浮かない。最近は多くの人がわたしを前にして同じ反応をする。

「また、ひげを剃り忘れましたね」

「あとで剃るよ」実を言うと、もう四日剃っていない。ノースカロライナ大学の学生だったとき、わたしには迷信めいた習慣があった——期末試験の週はひげを剃らなかったのだ。周囲はわたしを見てぎょっとしていた。というのも、髪の色は薄茶という表現がいちばん近いが、ひげの色はちがったからだ。どういうわけかオレンジがかっていて、燃えるような赤褐色のひげが生えた。おまけに伸びるのが早く、期末試験が終わるころには、みなから伝説の巨人ポール・バニヤンと呼ばれた。

卒業してからはほとんど思い出すこともなかった。いままでは。

「お疲れのようですね」デボラが言う。「ゆうべは何時間お休みになりましたか」

「二、三時間」

「それでは足りません、大統領」

「いくつか懸案事項があってね」

「睡眠をとらないと対処できませんよ」デボラは聴診器をわたしの裸の胸にあてる。

デボラ・レーンはホワイトハウスの専属医師ではなく、ジョージタウン大学の血液学の権威だ。アパルトヘイト下の南アフリカで育ったが、高校時代にアメリカ合衆国へ逃亡して、二度と祖国にもどらなかった。短く刈った頭はいまや完全な銀髪だ。目は鋭いが、あたたかい。

この一週間、デボラは毎日ホワイトハウスに来ている。大統領が連日、メッドスター・ジョージタウン大学病院にかようよりも、いかにも専門職らしい女性がホワイトハウスを訪れるほうが簡単だし、疑念を持たれにくいからだ。たとえ往診鞄の偽装があまりうまくなくても。

デボラは血圧計をわたしの腕に巻く。「ご気分は？」

「尻に激痛がある」わたしは言う。「下院議長が後ろから蹴ってないか、確認してもらえないかな」

デボラはわたしに一瞥をくれるが、笑わない。作り笑いさえもしない。

「体調は」わたしは言う。「悪くない」

デボラはわたしの口のなかをライトで照らす。胴、腹部、腕、脚と調べ、後ろを向かせて同じことをする。

「紫斑がひどくなっています」

「ああ」以前はただの発疹のようだった。いまは、だれかに脚の裏側をハンマーで殴られつづけているように見える。

ノースカロライナ州知事に就任して一期目、わたしは〝免疫性血小板減少症(ITP)〟として知られる血液疾患と診断された。血液が凝固しにくくなることがあるという。診断を受けたとき、わたしは公表して真実を伝えた――ほとんどの場合、ITPは問題にならない。出血をともなう危険がある活動を避けるように言われたが、四十代の男にとって、それはむずかしいことではなかった。野球はもうとっくにやめていたし、闘牛やナイフの曲芸にも興味はない。

州知事時代、病状が悪化したことが二度あったものの、大統領選挙の運動中は何も起こらなかった。つぎに症状が現れたのは、レイチェルの癌が再発したときだったが――主治医は過度のストレスが大きな引き金になったと確信した――わたしはそのことを深刻にとらえなかった。そして一週間前、症状がぶり返し、ふくらはぎに皮下出血の跡が見られるようになった。急速に皮膚が変色して紫斑がひろがるのを見て、デボラもわたしも同じことを考えた――これまでで最悪の病態だ。

「頭痛は？」デボラが尋ねる。「めまいは？　熱は？」

「ない。どれもない」

「疲労感は？」

「睡眠不足のせいだろう」

「鼻血は？」

「いや」

「歯や歯茎に出血は？」

「歯ブラシはきれいだ」

「血尿や血便は？」

「ない」部屋に足を踏み入れるたびに曲が演奏され、世界の金融市場が自分の一言一句に耳を澄まし、みずからが世界最強の軍隊を指揮する立場にあるとき、謙虚さを保つのはむずかしい。だが、鼻をへし折る必要に迫られたら、便をじっくりながめて血が混じっていないかを見てみるといい。

デボラは後ろにさがって何やらつぶやく。「きょうも採血します。きのうの数値が悪くて、とても心配でした。二万を切っていたんですよ。その場で入院させてもおかしくない数値なのに、なぜ引きさがったのかしら」

「わたしが引きさがらせた。合衆国大統領だから」

「そのことはいつも忘れるようにしています」

「二万でも問題ないさ、先生」

血小板の基準値は、血液一マイクロリットルあたり十五万から四十五万だ。二万を切ったことを自慢する者はいないが、まだ危機的な水準は上まわっている。

「ステロイドは飲んでいますか」

「ああ、まじめに」

デボラは鞄に手を入れ、それから脱脂綿でわたしの腕をアルコール消毒する。採血されるのは気が重い。デボラは注射器の扱いがあまりうまくない。腕が鈍っているのだ。デボラぐらいの専門医になると、初歩的な処置はふつう別の人間が担当する。だが、再発したことを不用意に広めるわけにはいかない。わたしがITPを患っていることは周知の事実かもしれないが、現在の病状はだれにも言うつもりはない。特に、いまは。当面のあいだ、知っているのはデボラだけでいい。

「蛋白同化ホルモンの治療をしましょう」デボラは言う。

「なんだって――いまから？」

「ええ、いまから」

「前回やったとき、半日以上はまともに話すこともできなかった。それはだめだ、先生。きょうはできない」

デボラが動きを止め、手に持った脱脂綿がわたしの指の関節にあたる。

「ではステロイドを」

「だめだ。内服薬だけでも頭がぼうっとしている」

デボラは小首をかしげて返答を迷う。何しろ、わたしはふつうの患者ではない。ほとんどの患者は医者に言われたとおりのことをする。だが、ほとんどの患者は自由世界のリーダーではない。

デボラは腕の消毒にもどる。眉間に深い皺を寄せ、注射器を構える。「大統領」小学校のときの教師を思わせる口調で言う。「あなたは世界じゅうのだれが相手でも、言うことを聞かせられるかもしれない。でも、自分の体を相手にそれはできません」

「わたしは――」

「内出血の危険があるんですよ」デボラは言う。「脳出血。卒中。どんな懸案事項をかかえているにせよ、そこまでの危険を冒す価値はないでしょう」

デボラはわたしの目をまっすぐ見る。わたしは答えない。それ自体が答だ。

「そんなに大変な問題なんですか」デボラは小声で言う。首を横に振って、手をひらりとさせる。「いいんです。わたしに――お話しになれないのはわかってますから」

そう、そんなに大変な問題だ。攻撃がはじまるのはいまから一時間後かもしれないし、もっとあとかもしれない。二十秒前にもうはじまっていたとしてもおかしくない。いまこの瞬間、わたしに伝えようとキャロリンが駆けこんでくることもありうる。

たとえ一時間でも、わたしが正体を失うわけにはいかない。数時間など論外だ。そんな危険は冒せない。

「少し待ってくれ」わたしは言う。「二、三日ほど」

デボラは何も知らないまま、かすかに動揺した表情でうなずいて、注射針をわたしの腕に刺す。

「ステロイドを倍量にしよう」わたしは言う。つまり、ビールを二杯ではなく四杯飲んだような状態になるわけだ。それもやむをえない。正体を失うことはできないが、命を失うわけにもいかない。

デボラは無言で処置を終え、採取した血液を鞄にしまって、帰り支度をする。「あなたにはあなたの、わたしにはわたしの仕事があります」口を開いて言う。「二時間以内に検査結果が出ます。でも、数値が悪化していることをお忘れなく」

「ああ、わかっている」

デボラはドアの前で立ち止まり、こちらを振り返る。「二、三日の猶予はないかもしれません、大統領。一日もあるかどうか」

きょうは、きょうだけは、祝杯をあげさせてやろう。

それぐらい当然だ。みな昼夜を問わず、決意に燃えて献身的に働き、大きな成功をおさめた。息抜きが必要だ。

6

川から吹く風が男の髪を乱す。煙草を吸うと、夕方の薄闇のなかでオレンジ色の先端がまたたく。男はシュプレー川を臨むペントハウスのテラスからの景色を楽しむ。対岸に人があふれている——観光名所のイーストサイド・ギャラリーだ。今夜、メルセデス・ベンツ・アリーナではコンサートが開かれている。知らないグループだが、川を隔てたこちら側へも、くぐもった音が届く。激しく掻き鳴らすギターと、腹に響くベースの音が聞こえる。ベルリンのこの地区は、前回来たときから、わずか四年のあいだに大きく変わった。

男は振り返って、部屋のなかを見る。面積は百六十平方メートルで、四つの寝室と、設計者こだわりのオープン・キッチンを具えたペントハウスだ。そのキッチンではいま、チームの面々が大きな身ぶりを交えて笑い合い、グラスにシャンパンを注いでいる。早くもほろ酔い機嫌のようだ。四人ともそれぞれに天才で、全員が二十五歳に満たず、何人かはおそらくまだ女を知らない。

エルムロッドはベルトの上に腹の肉を載せて、ぼさぼさのひげを蓄えている。冴えない青の帽子には〝VET WWⅢ（第三次世界大戦退役軍人）〟と書いてある。マフマドはすでにシャツを脱ぎ、これ見よがしにボディービルダーのポーズをして、ぱっとしない二頭筋をひけらかしている。四人全員がドアのほうを向き、エルムロッドが応対に出る。ドアがあき、八人の女がはいってくる。みな逆毛を立てた髪をアップにまとめて、ぴったりした服をまとい、ヌード写真のモデルのような体つきだ。チームの四人に生涯忘れられない夜を味わわせてやるために、たっぷり金を払ってある。

男は熱と圧力を感知するセンサー――もちろんいまは解除してある――を意識しつつ、バルコニーを注意深く進む。小鳥一羽でもおり立ったら、センサーが感知してバルコニー全体が吹き飛ぶ仕組みになっている。これを設置するのに、百万ユーロ近くの費用がかかった。

だが、もうすぐ一億ユーロの金がはいるのだから、百万ユーロぐらいどうということもあるまい？

娼婦のひとり、作り物にちがいない胸を持つ二十歳にも満たないアジア人の女が、ふと男に目を留める。関心を持ったふりをしているが、むろん芝居に決まっている。男が部屋にもどって引き戸を閉めると、女が近づいてくる。

「ヴィ・ラウテット・ダイン・ナーメ？」女が訊く。〞あなたの名前は？〞

男は微笑む。この娘は媚態をふりまいて、自分の役割を演じているだけだ。こちらの答に興味などない。

だが世の中には、その答を知るためなら、どんなものでも差し出し、どんなことでもする連中がいる。そして男はたった一度だけ、鎧を脱いで、ほんとうのことを答えたいと思う。

〞わたしの名はスリマン・ジンドルク〞男は心のなかで言う。〞これから世界を再起動する〞

7

わたしは大統領法律顧問のダニー・エイカーズとその部下が司法長官と相談して作成したさまざまな書類に目を通し、机に載ったフォルダーを閉じる。全米に戒厳令を布告する大統領命令の草案と、その合憲性について記した書類。議会に提出する法案の草稿と、人身保護令状の一時差し止めを布告する大統領命令の草案。物価統制の実施とあらゆる消費財の配給、さらに、それにともなって必要な立法措置を認める大統領命令の草案。

これらの出番がないことを祈るばかりだ。

「大統領」秘書のジョアンが言う。「下院議長がお見えです」

レスター・ローズが愛想のいい笑みをジョアンに向け、手を前へ伸ばして大統領執務室にはいってくる。わたしは机をまわって議長を出迎える。

「おはようございます、大統領」ローズは握手をしながら、探るようにわたしを見る。この汚い無精ひげをいぶかしんでいるのだろう。

「議長」ふだんのわたしなら、このあとに「来てくれてありがとう」とか「お会いできてうれしい」とつづけるのだが、この男には社交辞令を言う気にもなれない。なんと言っても、中間選挙期間中、〝国を取りもどす〟という旗印を掲げて、わたしの外交政策や経済政策、数々の政治的争点についての〝成績表〟を候補者全員にばらまき、下院を引っ掻きまわした対立党の首謀者だ。しかもその〝成績表〟は、〝ダンカンは落第だ〟で締めくくられている。

ローズはソファーに、わたしは椅子にすわる。ローズはシャツの袖を引き出し、深々と腰をおろす。いかにも立法府の有力者らしいいでたちだ。白襟の青いシャツに白いカフスをつけ、鮮やかな赤のネクタイを完璧な形に結んでいる。国旗の色を意識しているのだろう。

手に入れたばかりの権力にまだ酔っているらしい。下院議長になってから五カ月しか経っておらず、自分の限界を知らない。そのことがこの男をさらに危険な存在にしている。

「なぜここへ呼び出されたのかと自問しました」ローズは言う。「ケーブルテレビのニュースのなかには、あなたとわたしが取引をしているところもあります。あなたが再選を断念すれば、わたしも聴聞会を開かない、と」

わたしはゆっくりうなずく。そのニュースなら聞いた。

「でも、わたしは側近たちに言いました。いいから家に帰って、〝砂漠の嵐作戦〟で捕らえられた捕虜のビデオを観てみろ、と。ジョン・ダンカン伍長もそのひとりだった。みんなどれほど怯えていたか。それを観てから、カメラを前に公然と祖国を非難することに、どれほどの恐怖を感じていたか。それを観てから、あの部隊でカメラの前に立つことを拒否した唯一のアメリカ人捕虜だったジョン・ダンカンにイラク人が何をしたかを想像してみろ、と言ったのです。それを理解したうえで、ジョン・ダンカンが下院議員の一団との戦いから逃げるような人物なのかどうか、よく考えてみろ、と」

この男は自分がなぜここへ呼ばれたのか、まだわかっていないらしい。

「レスター」わたしは言う。「わたしがどうしてあのことを口にしないのか、きみはわかるか。イラクで自分の身に起こったことを話さない理由を」

「いいえ」ローズは言う。「謙遜ですか」

わたしは首を横に振る。「この街ではだれも謙遜などしない。わたしがあのことについて話さないのは、政治的駆け引きよりも大切なことがあるからだ。一般議員のほとんどは、そんなことを知る必要がない。だが、政府を機能させてこの国の利益を守るため、下院議長には理解してもらわなくてはならない。なるべく早い段階で」

ローズは両手をひろげ、つづけてという顔をする。

「レスター、わたしが大統領に就任してから、情報問題特別調査委員会で協議できなかった極秘作戦がいくつあると思う？　とりわけ微妙な作戦では、八人組と協議できなかったこともある」

法律により、大統領は極秘作戦に従事する前に調査結果をまとめて、それを——可能であれば作戦実施前に——上下院情報問題特別調査委員会と共有することを義務づけられている。だが、問題がとりわけ微妙で慎重な扱いを要する場合は、いわゆる〝八人組〟——下院議長、下院少数党院内総務、上院多数党院内総務、上院少数党院内総務、上下院情報問題特別調査委員会の委員長および筆頭委員——への情報開示を制限することが認められている。

「大統領、わたしは下院議長に就任してまだ数カ月です。それでもそのあいだ、わたしが知るかぎり、あなたはつねに情報開示義務を守ってこられた」

「きみの前任者からも、わたしがずっとそうしてきたことを聞いたろう」

「ええ、そう聞いています」ローズは言う。「だからこそ、大統領がアルジェリアの一件について、八人組に対してさえ完全に沈黙していることに困惑しています」

「レスター、わたしが困惑しているのは、今回にかぎってわたしが情報を開示しないのにはそれなりの理由があることを、きみが理解してくれないことだ」

ローズの顎がこわばり、青白い顔に赤みが差す。「あんなことが起こったのにですか、大統領。たしかに時間に猶予がない場合、大統領はまず行動し、情報開示をあとまわしにすることが認められている——しかしアルジェリアでの大失態を受けても、いまだにあなたは何も語らない。あの怪物を逃がしておきながら。あなたは法律を破っています」

「理由を考えてくれ、レスター」わたしは椅子の背にもたれかかる。「なぜわたしがだまっているのか。きみがどう出るかは、じゅうぶん予測できた。自分を弾劾する材料を銀の盆に載せてきみに献上することになると知りながら、それでもわたしは沈黙している」

「答はたったひとつしかないと思います、大統領」

「ほう、なるほど。そのたったひとつの答とやらを聞かせてほしい」

「いや、率直に申しあげても……」

「ああ、ここにはわたしたち以外だれもいない」

「わかりました」ローズは力強くうなずく。「それは、ご自分がなさったことに正当な理由がないからです。あなたは凶悪なテロリストといわば休戦協定を結ぼうとし、武装集団がその男を殺害するのを阻止した。愛と平和と調和の取引だかなんだかを続行するためです。きっと自信がおありだったのでしょうね。そして、もう少しでその事実を闇に葬れるところだった。そうなっていたら、アルジェリアの一件をわれわれが知ることはなかったでしょう。あなたはすべてを否定して、それで終わっていたはずだ」

ローズは膝に肘を突いて身を乗り出し、わたしの目をのぞきこむ。眼光は真剣そのもので、潤んでいるようにも見える。「ところが、あのアメリカ人の若者が殺害され、連中はそれをビデオ撮影して世界に公開した。あなたは不意打ちを食らった。それなのに、まだ何も語ろうとしない。すべての取引が終わるまで、だれにも知られたくないからだ」こちらへ指を突きつける。「今回の件に関して、議会の監視機能が否定されることがあってはならない。わたしが下院議長であるかぎり、大統領が勝手なことをして、反古にされるに決まっている協定をテロリストと結び、この国が腰抜けに見られることなど、断じて許すわけにはいかない。わたしが下院――」

「もういい、レスター」

「――議長であるかぎり、この国が――」

「もういい！」わたしは椅子を立つ。一瞬の間を置き、ローズも茫然として立ちあがる。

「はっきりさせよう」わたしは言う。「ここにカメラはない。まさか、いま言ったことを本気で信じているわけじゃあるまい。わたしが毎朝、テロリストに愛のことばをささやいているとでも？　この国にとってそれが最善の策だと思えば、わたしはいますぐあのくそったれを始末する。情報操作もはなはだしいぞ、レスター。わたしが〈ジハードの息子たち〉と〝殺し合わずに愛し合おう〟としているなどと、愚にもつかない妄言を吐き散らすとはな。この大統領執務室に来て、そんなことを本気で信じているふりをするのは、一秒たりとも許さない」

ローズは目をしばたたき、ばつが悪そうな顔をする。最近はだれかに声を張りあげられることもなかったのだろう。それでも、何も言わずにだまっている。わたしの言うとおりだとわかっているからだ。

「手を貸してやっているようなものだぞ、レスター。わたしの沈黙は、きみにとって有利な材料でしかない。わたしが口をつぐんでいれば、きみのつけた火は燃料を得てますます激しく燃えあがる。きみは公然と、容赦なくわたしを攻撃している。そしてわたしは反撃するでもなく、〝ありがとう、議長。どんどんやってください〟と言っているも同然だ。きみだって、わたしが政治的本能にそむいて無言を貫いているのには、そうするだけの理由があることぐらいわかるはずだ。この国はきわめて重大な危機に瀕しているのだよ」

ローズは長々とわたしの目を見つめる。それから視線を床へ落とす。両手をポケットに入れ、かかとに重心を置いて体を前後に揺らす。

「では、わたしにだけ話してください」ローズは言う。「情報問題特別調査委員会でも、八人組でもなく、このわたしに。それほど重要な問題だというなら、打ち明けてもらえませんか」

よりによってレスター・ローズに全容を話すことなど、ぜったいにありえない。だが、本人にそう言うわけにもいくまい。

「それはできない。レスター、どうしても話せないんだ。わたしを信じてくれと言うほかない」

大統領が下院議長にそう言えば、それでじゅうぶんだった時代があった。しかし、そうした時代はとうに過ぎ去った。

「その求めには応じられません、大統領」

興味深いことばの選択だ――ローズは〝応じない〟ではなく〝応じられない〟と言った。所属する党の議員たち、とりわけソーシャルメディアやラジオのトーク番組にいちいち反応して、この状況に勢いづく強硬派から、大きな圧力がかかっているのだろう。政敵たちはいまやわたしを戯画化している。真実であろうとなかろうと、本人の考えがどうであろうと、レスター・ローズはこの重要な時期にそんな大統領を信じるとは言えなくなっている。

「トロントでのサイバー攻撃を思い出してくれ」わたしは言う。「〈ジハードの息子たち〉は犯行声明を出さなかった。そのことを考えてもらいたい。あの連中はかならず犯行声明を出す。これまでのテロ攻撃はすべて、自分たちの縄張りである中央ヨーロッパや南東ヨーロッパにかかわるなという、西側諸国への警告つきだった。資金と軍隊を引きあげろという要求だ。しかし今回はちがう。どうしてだと思う、レスター」

「教えてください」

わたしはすわるよう手振りで示し、自分も椅子に腰をおろす。

「他言は無用だ」

「ええ、大統領」

「実はこちらにもわからない。だが、わたしの推測はこうだ。トロントは試運転だった。やつらの実力を証明するための手段だ。おそらく本番の手付金を得るためだったんだろう」

わたしは椅子の背にもたれかかる。ローズはまごついた表情をしている。自分が何を言われているのか、ほんとうはわかっていないのに、それを認めたくない子供のような表情だ。

「では、なぜ始末しないのですか」ローズは尋ねる。「アルジェリアで攻撃から守った理由は？」

わたしはローズをじっと見る。

「他言はいたしません」

すべてを話すわけにはいかないが、少しぐらいはやむをえまい。

「スリマン・ジンドルクを救出しようとしたわけではない」わたしは言う。「捕らえようとしていた」

「だったら……」ローズは両手をひろげる。「なぜ武装集団を妨害したのですか」

「連中の目的はスリマンを拘束することではなかったんだよ、レスター。殺害が目的だった。携行式ミサイルをスリマンの隠れ家に向けて発射しようとしていた」

「だから？」ローズは肩をすくめる。「拘束されたテロリストと死んだテロリスト――どこにちがいが？」

「この場合、大きなちがいがある」わたしは言う。「わたしたちはスリマン・ジンドルクを生きたまま捕らえる必要がある」

ローズは両手に目を落とし、結婚指輪をいじる。何も言わず、わたしがつづけるのを待っている。

「武装集団がスリマンの居場所を突き止めたらしいという報告を、情報機関から受けた。

その時点で、それ以上のことはわからなかった。こちらができるのは、武装集団のアルジェリアでの計画に便乗しながらも、全面攻撃を防いでスリマンを捕らえることだけだった。わたしたちは武装集団の攻撃を阻止したが、スリマンは混乱にまぎれて逃走してしまったんだよ。そして、そう、アメリカ人がひとり犠牲になった。秘密裏に実行し、極秘にしておくはずだった計画が、数時間のうちにソーシャルメディアで拡散された」

ローズは目を険しくし、思案顔でうなずく。

「スリマンが単独で動いているとは思わない」わたしは言う。「だれかに雇われたにちがいない。トロントはウォーミングアップ、試運転、前菜だ」

「そしてこの国がメインコースか」ローズはつぶやく。

「そうだ」

「トロントよりも」ローズは低い声で言う。「大きなサイバー攻撃があると」

「トロントがかすり傷に見える規模の攻撃だ」

「まさか、そんな」

「スリマンを生きて捕らえる必要があるのは、おそらく攻撃を止めることができる唯一の人物だからだ。雇い主がだれで、協力者がいるとしたらだれなのか、口を割らせなければならない。だが、このことはだれにも知られるわけにはいかない。わたしがしようとしているのは、とてつもない離れ業だ――レーダーに察知されずにアメリカ合衆国を導くという」

ローズもようやく理解しはじめたらしいのが、顔つきからわかる。自分が切り札をすべて持っているかのように、悠々とソファーにもたれかかる。「つまり、われわれの聴聞会があなたの邪魔をしているということですか」

「そのとおりだ」

「では、そもそも、なぜ証言することに同意なさったのです」

「時間稼ぎのためだ」わたしは言う。「きみは今週のはじめ、国家安全保障チームを特別調査委員会に引きずり出そうとした。そんなことはさせられない。だから時間を延ばすため、わたしが手をあげたんだ」

「でも、あなたにはもっと時間が必要なはずだ。来週の月曜日では早すぎるでしょう」

「ああ」

「あなたに猶予を与えるべきだと、わたしから議員たちに言えということですか」

「そうだ」

「しかし、理由を説明できません。いま聞いたことのどれひとつとして、漏らすわけにはいかないのですから。わたしにただ、大統領を信じることにしたと言えとでも?」

「きみは下院の指導者だろう。だったら、指導したらどうだ。聴聞会をいったん保留することがこの国の利益にかなうと判断したと言えばいい」

ローズは下を向いて両手をこすり合わせ、ここへ来る前に鏡の前で何度も復唱したにちがいない演説の準備をする。

「大統領」口を開く。「あなたが聴聞会の開催を望まないことは理解できます。しかし、あなたに大統領としての責務があるように、われわれにも行政権の監視という責務がある。その責務をしっかり果たすため、わたしを議長に選んでくれた人たちがいる。のこのこ帰って、今回は責任を放棄することにしたなどと言えません」

わたしのことばは何ひとつ届かなかった。ローズは用意した台本に従っているだけだ。愛国心がはいりこむ隙はない。この男はいままで利己的でない考えを持ったことがあるのだろうか。もしあったとしても、わたしの母のことばを借りれば、孤独のせいで死んでしまったにちがいない。

だが、わたしはまだあきらめない。

「これがうまくいって」わたしは言う。「テロ攻撃を未然に防ぐことができれば、きみはわたしの真横に並ぶだろう。下院議長が党派のちがいを乗り越え、国のために正しいことをしたと、わたしは世界に向けて伝える。ワシントンDCの正義の模範として、きみを引き合いに出す。きみは終身、下院議長だ」

ローズは何度もうなずいて咳払いをする。足で床をこつこつ叩きはじめる。

「しかし……」その先を口にすることができない。

「もしうまくいかなかったら？　そのときはわたしが責めを負う。すべての責めを」

「いえ、わたしも非難されます」ローズは言う。「議員たちにも世間にも理由を説明することなく、聴聞会を中止するのですから。わたしが無傷で切り抜けられる保証はどこにも──」

「レスター、これはきみが国民に約束した仕事だ。知っていても知らなくても、気に入っても気に入らなくても関係ない。きみの言うとおりだ。たしかに保証はない。たしかなことは何もない。最高司令官であるわたしが、きみの目を見て、この国が危機に瀕しているから力を貸してくれと頼んでいる。さあ、力を貸すのか、貸さないのか」

ローズが返事をするのに時間はかからない。顎を動かし、両手を見る。「大統領、お力になりたい気持ちはやまやまですが、われわれにも責務が──」

「いいかげんにするんだ、レスター、国を一番に考えろ！」椅子から立ちあがるときに勢いがつきすぎ、足がよろける。怒りがわたしを消耗させる。「何を言っても無駄だったな」

ローズはソファーから立ちあがり、ふたたびシャツの袖を引き出して、ネクタイを整える。

「では、月曜日にお目にかかりましょう」わたしの訴えは、これっぽっちも心に響かなかったらしい。ローズの頭にあるのはただひとつ、仲間のところへもどって、わたしに立ち向かったと自慢することだけだ。

「きみは自分が何をしているのか、わかっているつもりらしいが」わたしは言う。「まったくわかっていない」

8

わたしはローズ議長が出ていったドアを見つめる。自分はあの男に何を期待していたのだろう。昔気質の愛国心か、それとも使命感か。あるいは、合衆国大統領へのささやかな信頼か。

何を寝ぼけているのか。もはや信頼など存在しない。いまの世の中で、信頼などなんの得にもならない。あらゆる要因が人々を逆の方向へ突き動かしている。

ローズは自分の陣営にもどり、攻撃の先頭に立とうとしている。だがツイッターのつぶやきにいちいち反応している議員たちに対して、陣頭指揮をとることなど不可能だろう。とはいえ、その点についてはわが党の議員もたいして変わらない。今日ではツイッター、スナップチャット、フェイスブック、二十四時間垂れ流されるニュースが、有権者の行動を左右しているように見える。現代人は最新のテクノロジーを利用して、原始的な人間関係へと回帰している。マスコミは人々が何に飛びつくかを心得ている――争いと分断だ。

ニュースにするには、それが手っ取り早く、簡単でもある。怒りが答を、敵意が道理を、感情が証拠を掻き消すことが、あまりにも多すぎる。いかに内容がなくても、独善的で皮肉たっぷりのひとことが歯に衣着せぬ物言いだと評価され、検討を重ねた冷静な反応が陳腐な戯言(たわごと)だと批判される。政治の世界の古いジョークを思い出す。〝どうしてひと目見ただけで、相手を非難したいと思うんだ?〟〝時間を大幅に節約できるからさ〟

事実に基づいた中立的な報道はどこへ行ったのか。もはや、それを定義することすらむずかしい。事実と虚構、真実と嘘の境界線は、日ごとにあいまいになっている。

その微妙な境界線を守り、信頼に足る事実を伝える報道の自由なしに、わたしたちは生き延びることができない。だが現在の環境は、記者にきびしい圧力を加えている。少なくとも政治記者は、報道の自由とは正反対のことをするよう、強い圧力にさらされている――みずからの影響力を行使し、ある鋭いコラムニストのことばを借りれば、すべての政治家を〝異常〟と断じる傾向がある。相手が誠実で有能な政治家であっても、しばしばとるに足りないことで攻撃するのだ。

学者はこれを「誤謬の均衡」と呼んでいる。つまり、ある個人または政党に山のように巨大なスキャンダルが発覚したとき、偏向報道という批判を避けるためには、対立党のモグラ塚を取りあげて、そちらも山に仕立てなければならないということだ。モグラ塚を積みあげることには大きなメリットもある。夜のニュース番組で長時間扱われ、何百万回もリツイートされ、トーク番組のネタになる。山とモグラ塚がまったく同じに見えれば、政府はほとんどの国民にとって重要な問題の議論に時間とエネルギーを費やすことができず、選挙戦の争点からもはずすしかない。いくら重要な問題に集中しようとしても、一時の熱狂に押し流されてしまう。

　これには深刻な犠牲がともなう。人々の鬱憤がたまり、対立が生まれ、無力感がひろがり、まちがった決定がくだされ、好機を逸する。だが真に何かを成しとげたいという信念がなければ、政治家は世の空気に流されて、本来なら消火にまわるべきときに、怒りと敵意の炎をさらに燃えあがらせがちだ。よくない状況にあることはみなわかっているものの、目先の利益にまどわされて、憲法や公的機関や法の支配があるかぎり、何が起こっても自分たちの自由や生き方が決定的に侵害されることはないと決めつけている。

　わたしが大統領に立候補したのは、この忌むべき流れを変えたかったからだ。まだ志（こころざし）は捨てていない。だがいまは、戸口にいる狼をなんとかするのが先決だ。

　ジョアンがはいってきて言う。「ダニーとアレックスがお見えです」

　ジョアンはもともと、わたしの前任のノースカロライナ州知事に仕えていた。前知事が退任してわたしが新知事に就任するにあたり、ジョアンは驚くべき優秀な仕事ぶりで引き継ぎを取り仕切った。だれもが彼女に一目置いていた。周囲からは〝向こう側〟——対立党——の人間だから雇うなと忠告されたが、ジョアンはわたしにこう言った。「次期州知事、わたしは離婚したばかりで、中学校にかよう子供がふたりいて、おまけに無一文です。遅刻はしません。病欠もしません。あなたが機関銃のようにしゃべっても、それより速くキーボードを打ちます。もしあなたが党のシンボルのロバ並みにまぬけなふるまいをしていたら、真っ先にお教えします」それ以来ずっと、わたしのもとで働いている。上の子供は最近、財務省に入省した。

「大統領」大統領法律顧問のダニー・エイカーズが言う。ダニーとわたしはノースカロライナ州ウィルクス郡で隣同士の家に住み、ハイウェイと近隣で唯一の信号機のあいだにはさまれた、面積二・五平方キロの小さな町で育った。いっしょに泳いで魚を釣り、スケートボードに乗り、野球や狩りをした。ネクタイの結び方、車のエンジンをジャンプスタートさせる方法、釣り竿の糸の通し方、変化球の投げ方などを教え合った。何をするときもいっしょだった——小学校からノースカロライナ大学までずっと。大学卒業後、いっしょに入隊さえして、陸軍特殊部隊に属した。ただひとついっしょに経験しなかったのは、砂漠の嵐作戦だ。ダニーはわたしと同じB中隊には配属されなかったので、イラクでの戦闘を知らない。

わたしが砂漠の嵐作戦で受けた傷を癒そうとむなしくもがき、メンフィスのダブルAリーグでプロ野球選手として過ごしていたころ、ダニーはノースカロライナ大学のロースクールにかよいはじめた。わたしが同じロースクールに入学したとき、当時三年生だったレイチェル・カーソンに対して、わたしの人柄を請け合ったのもダニーだった。

「大統領」アレックス・トリンブルが言う。がっしりした厚い胸と短く刈りこんだ髪を見れば、ひと目でシークレット・サービスだとわかる。取り立てて陽気な性格ではないが、実直で頼りになる男で、軍事作戦のように手際よくわたしの警護を取り仕切っている。

「すわってくれ」執務机にもどるべきなのだろうが、わたしはソファーに腰をおろす。

「大統領」ダニーが言う。「合衆国法典第十八編第三〇五六条の摘要です」わたしに資料を渡す。「長いほうと短いほうのどちらがいいでしょうか」一応尋ねはするものの、答はすでにわかっている。

「短いほうを」いまは法律用語の列をながめたい気分ではない。短くても正確な摘要であるのはたしかだ。わたしは検察官として法廷で戦うのが好きだったが、ダニーは学者で、最高裁判所の新しい意見を趣味で綿密に検討したり、法律の細部について議論したり、記されたことばのよしあしを判定したりしていた。わたしがノースカロライナ州知事に就任すると、法律事務所を辞めてわたしの法律顧問になった。やがて、当時の大統領によって、連邦第四巡回区控訴裁判所の判事に指名された。ダニーはその仕事が気に入っていたので、わたしが大統領に選ばれてまた組もうと誘わなければ、ずっと判事をつづけていただろう。

「わたしに何ができて、何ができないかを教えてくれ」わたしは言う。

ダニーは目配せをする。「法律によれば、警護を拒否することはできません。しかし、個人のプライバシーを守る権利の一環として、一時的な拒否が認められた前例はあります」

アレックス・トリンブルがわたしをまっすぐ見据えている。以前、この件を持ち出したことがあったので、アレックスにとって寝耳に水ではあるまいが、考えなおすようダニーから説得してもらうのを望んでいるのは明らかだ。

「大統領」アレックスは言う。「失礼ながら、まさか本気ではありませんよね」

「本気中の本気だ」

「よりにもよって、こんなときに──」

「もう決めたことだ」わたしは言う。

「大ざっぱな範囲を決めましょう」アレックスは言う。「せめて事前準備を」

「だめだ」

アレックスは椅子の肘掛けをつかみ、唖然とした表情をする。

「法律顧問とふたりきりで話したい」わたしはアレックスに言う。

「大統領、どうか――」

「アレックス」わたしは言う。「ダニーとふたりにしてくれ」

アレックスは重いため息をついて首を左右に振り、部屋を出ていく。

ダニーがドアへ目をやり、だれもいないことをたしかめる。それからこちらを見る。

「まったく、三月ウサギに劣らず、頭がどうかしてる」わたしの母が好きだったことばを引き合いに出すダニーの口調には、どこか懐かしい響きがある。ダニーは母の口癖をわたしに負けないくらい覚えている。ダニーの両親は善良で勤勉な人たちだったが、家をあけることが多かった。父親はトラック運送会社で長時間の時間外労働をこなし、母親は地元の工場で夜勤をしていた。

わたしの父は高校の数学教師だったが、わたしが四歳のときに自動車事故で死んだ。そのため、子供のころ、わが家は教員のわずかな年金と、母がミラーズ・クリークのそばの〈カーリー・レイズ〉でウェイトレスをして稼ぐ給金とで生計を立てていた。母は夜にはかならず在宅し、ダニーの面倒も見てエイカーズ夫妻を助けていた。母はダニーを自分の第二の息子のように愛していた。ダニーがわたしの家で過ごす時間は、自宅にいる時間と同じくらいだった。

ダニーがあのころの記憶を呼び覚ますと、いつものわたしなら自然と顔がほころぶ。だがきょうは、身を乗り出して両手をこすり合わせている。

「で、何が起こってるのか、教える気になったか」ダニーは一応言う。「だんだん変な気分になってきたよ」

それは自分も同じだ。ダニーとふたりでいると、徐々に警戒がゆるむのを感じる。この職にあって、ダニーとレイチェルはわたしにとって、どんなときも嵐のなかの港だった。顔をあげてダニーを見る。「ガーデン・クリークでカワマスを釣っていたのは、はるか昔のことだ」

「それは何よりだ。きみの釣りの腕前は惨憺たるものだからな」

こんどもわたしは笑わない。

「きみはいるべき場所にいるよ、大統領」ダニーは言う。「大変な事態になったとき、舵とりをまかせたい相手はきみだ」

わたしは息を吐いてうなずく。

「なあ」ダニーは椅子から立ちあがり、ソファーのわたしの隣に腰かける。わたしの膝を軽くパンチする。「舵とりをすることは、孤独であることと同じじゃない。おれがそばにいる。きみがどんな肩書きのときも、ずっとそうだったじゃないか。これからもそばにいる」

「ああ——そうだな」わたしはダニーを見る。「わかっているよ」

「弾劾のことじゃないんだろう？　あれなら、そのうちまるくおさまる。レスター・ローズか？　あの男は、底にそうするなと書かれていたら、靴にはいった小便も捨てられないまぬけだ」

ダニーは母リルの名言をまたひとつ引っ張り出し、わたしを励まそうと必死だ。わたしを母のもとへ連れもどして、その強さを思い出させようとしている。父が死んだあと、母はわたしがのちに会うどんな練兵係軍曹よりもきびしく鞭を振るい、わたしが二重否定表現や乱れた短縮形を使おうものなら頭をはたき、大学へ行かないなら尻をぶつと言った。いつも朝早く仕事に出かけ、ダニーとわたしの夕食がはいった発泡スチロールの容器をふたつ持って、午後に帰ってきた。わたしが足をさするあいだ、母はふたりの宿題を見て、学校はどうだったかと尋問した。母はいつも言っていた。〝あなたたちは、好き勝手にできるほどお金持ちじゃないのよ〟

「別のことなんだろう？」ダニーが言う。「おれにも話せず、この二週間の予定の半分をキャンセルせざるをえないような何か。そのせいで、戒厳令だの人身保護令状だの物価統制だのに急に興味を示した。そして、レスター・ローズにぼこぼこに殴られながらも、スリマン・ジンドルクやアルジェリアについて、降り積もる雪のように静けさを保っている」

「ああ」わたしは言う。「たしかに別のことだ」

「やっぱり」ダニーは咳払いをし、指先で肘掛けを軽く叩く。「一から十までの目盛りで深刻度を示すとしたら？」

「千だ」

「なんてことだ。それで警護なしで自由に動く必要が出てきたのか。言っておくが、とんでもない考えだぞ」

そうかもしれない。だが、考えうる最善の策でもある。

「きみは怯えてる」

「ああ。そのとおりだ」

ふたりとも長々と黙す。

「最後にきみが怯える姿を見たのはいつか、知ってるか」

「オハイオで勝って、選挙人獲得数が二百七十を超えたときか？」

「いや」

「B中隊が配備されるのがわかったとき？」

「ちがうな」

わたしはダニーを見る。

「フォート・ベニング基地でバスをおりるとき」ダニーは言う。「メルトン軍曹が大声で呼んでたよ。〝伍長はどこだ？　堅物優等生のくそ野郎どもはどこにいる？〟と。おれたちはまだバスをおりていなくて、軍曹はナイフを研ぎながら、自分のときより給与も階級も高い大学出の若造を待ち構えてた」

わたしは喉の奥で低く笑う。「覚えているよ」

「はじめての地獄の特訓は忘れられないよな。あのバスの通路を歩いてるとき、きみの顔つきを見た。たぶん、おれも同じ顔をしてたと思う。蛇の穴に落ちたネズミのように怯えてた。そのときときみが何をしたか、覚えてるか」

「小便をちびったのか」

ダニーはこちらに顔を向け、わたしの目をまっすぐ見る。「ほんとうに覚えてないんだな」

「まったく覚えていない」

「きみはおれの前に進み出た」ダニーは言う。

「そんなことを？」

「ああ、まちがいない。おれは通路側の席にすわってて、きみは窓際の席だった。だから通路を歩くとき、おれはきみの前にいた。三等軍曹が伍長うんぬんと怒鳴りはじめると、きみは肘で押しのけておれの前に立ち、自分が先に軍曹と顔を合わせるようにした。怯えてたのに、おれを守るため、考えるより先に体が動いたんだ」

「ほう」思い出せない。

ダニーはわたしの脚を軽く叩く。「思うようにやって、大いに怯えてくれ、ダンカン大統領」ダニーは言う。「みんなを守ってくれるのは、いまでもきみだと思ってる」

9

日光で頬がぬくもり、イヤフォンからヴィルヘルム・フリーデマン・ヘルツォークが弾くヨハン・セバスティアンの〈無伴奏バイオリンのためのソナタとパルティータ全曲〉が流れるなか、バッハはナショナル・モールを見物して時間をつぶすほうが、ほかのことをするよりましだと考える。

ギリシャ様式の柱を具え、長い階段をのぼりきった先に堂々たる大理石像が鎮座するリンカーン記念堂は、違和感を覚えるほどいかめしく、謙虚さが身上の大統領よりも神そのものを崇める場所にふさわしい。だが、その矛盾こそがいかにもアメリカ的だ。自由と独立と個人の権利の上に築かれた国家でありながら、他国のそれは平気で蹂躙する。

そんな考えが頭をよぎるが、バッハを突き動かすのは地政学ではない。そして皮肉なことに、アメリカと同じく、この記念堂はたしかに立派ではある。

人工池が午前半ばの日差しを受けて輝いている。戦没者慰霊碑、とりわけ朝鮮戦争の戦没者慰霊碑に、バッハは意外にも心を動かされる。

だがバッハが気に入った観光地は、けさ、ここへ来る前に訪れたフォード劇場だ。それは合衆国史上、最も大胆不敵な大統領暗殺事件の現場だった。

外は強い日差しで目を細めるほどまぶしく、バッハの特大のサングラスも不自然に見えない。首にかけたカメラをあらゆるもの――ワシントン記念塔、リンカーンやフランクリン・ローズヴェルトや妻エレノアの像、戦没者慰霊碑の碑文――に向け、それぞれ何度もシャッターを切る。まずないだろうが、万が一だれかがイザベラ・メルカード――パスポートに記載された名前――に、きょうは何をして過ごしたかと尋ねたときのための用心だ。

いまイヤフォンから流れているのは、〈ヨハネ受難曲〉の情感あふれる合唱とバイオリンの高鳴りで、ピラトとイエスと群衆が掛け合う劇的な場面に差しかかっている。

ヴェック、ヴェック・ミット・デム、クロイツィゲ・イーン！

やっつけろ、そいつをやっつけろ、十字架につけろ！

バッハはいつものようにまぶたを閉じて音楽に没頭し、〈ヨハネ受難曲〉がはじめて演奏された一七二四年のライプツィヒの聖ニコライ教会にいるさまを想像する。自分の作品に命が吹きこまれるのを聴き、会衆がその美しさに圧倒されるのを見て、ヨハン・セバスティアンはどんな気分だったろうと考える。

自分は生まれてくる世紀をまちがえた。

まぶたをあけると、女がベンチで子に乳を飲ませているのが目にはいる。バッハの胸が震える。イヤフォンをはずし、女をじっと見る。女は乳を吸う赤ん坊をにこやかにながめている。それが〝愛〟と呼ばれるものだと知らないわけではない。

愛の記憶はある。母を覚えている。姿形よりも感触で記憶していて、顔はなんとか持ち出せた二枚の写真のおかげでかろうじて思い浮かべることができる程度だ。兄の記憶はずっと鮮明だが、悲しいことに、最後に会ったときの険しい表情と、目に浮かんだまぎれもない憎しみ以外はよく思い出せない。いま、兄には妻とふたりの娘がいる。幸せなのだろう。愛を手に入れていることを願う。

バッハはジンジャー・キャンディをまた口にほうりこみ、タクシーを呼び止める。

「Mストリート・サウスウェストとキャピトル・ストリート・サウスウェストの交差点へ」旅行者らしく聞こえただろうが、それでかまわない。

脂っぽいにおいと荒い運転で吐き気がこみあげるが、バッハはこらえる。イヤフォンを耳にもどし、しゃべり好きなアフリカ系の運転手に話しかけられないようにする。料金を現金で支払い、しばらく立ち止まって新鮮な空気を吸ってから、レストランへ向かう。

パブと称するこの店は、虐殺されたあらゆる動物の肉を巨大な皿に盛り、炒め野菜を添えて供している。〝当店のナチョスをお試しください！〟と勧めているが、見たところ、皿に載っているのは、揚げたトルティーヤとプロセスチーズ、申しわけ程度の野菜、そしてここにも虐殺された動物の肉だ。

バッハは動物を食べない。動物を殺さない。動物は何も悪いことをしていない。

窓に面したひとり客向けカウンターのスツールにすわる。通りへ目をやり、信号待ちをする大型車の列や、屋外掲示板につぎつぎと表示される広告をながめる。ビール、ファストフード、自動車ローン、衣料品店、映画。通りは人でいっぱいだが、この店はすいている。午前十一時になったばかりで、いわゆるランチタイムの混雑はまだはじまっていない。メニューに載っているのは、食べたら気持ち悪くなりそうなものがほとんどだ。バッハはソフトドリンクとスープを注文して待つ。

外では灰色の雲が空を覆いはじめている。新聞によると、降水確率は三十パーセントらしい。

つまり、今夜の任務を完遂できる確率は七十パーセントだ。

男がバッハの左隣の席にすわる。バッハは顔を前に向けたままカウンターに目をやり、クロスワード・パズルが出てくるのを待つ。

つぎの瞬間、男が新聞を投げるようにカウンターに置き、クロスワード欄を開いて、最上段の横列のマスに文字を書き入れる。

こう書いてある――CONFIRMED（確認ずみ）。

バッハは自分のナショナル・モールの地図に目を落とし、上の余白にボールペンで記す。〝貨物用エレベーターは？〟

男はつぎのヒントを考えるふりをしながら、さっき書いた語を鉛筆で軽く叩く。

ウェイターがバッハにソフトドリンクを運んでくる。ゆっくり飲むと、炭酸がむかつく胃をなだめてくれる。ふたたびボールペンを走らせる。〝バックアップは？〟

男はさっきの語を鉛筆でまた軽く叩き、こんども請け合う。

それから縦列に書きこむ――YOUHAVEID（身分証はあるか）。

〝ある〟バッハは書き、付け加える。〝雨が降ったら、合流は九時？〟

男は書く――ITWONT（降らない）。

バッハは落ち着かないが、だまって待つ。

YESATNINE（そう九時だ）――男は下段の横列に書き入れる。

ウェイターが注文をとりにくる前に男は立ちあがり、カウンターのバッハの横に新聞を置いたまま去る。バッハはそれを手前に引き寄せて大きく開き、記事に興味を惹かれたふりをする。地図と新聞はあとで破り、別々のごみ箱に捨てなくてはならない。

今夜ここを発つのが、すでに待ち遠しい。任務を遂行する自信はある。ただひとつ、自分の力でどうにもできないのは天候だ。

バッハはこれまで生きてきて、祈ったことが一度もない。だが、もしいまそうするとしたら、雨が降らないことを祈るだろう。

10

午後一時三十分、場所は状況分析室。ここは室温が低く、防音装置が施されていて、窓もない。

「モンテーホはあす、ホンジュラス全域に戒厳令を敷くようです」国家安全保障問題担当の大統領補佐官、ブレンダン・モハンが言う。「すでに政敵のほとんどを監禁しましたが、さらに強硬な策を推し進めるでしょう。食糧が不足しているので、国民のパニックを防ぐため、国を完全に掌握するまで、あと数日は物価統制を実施すると思われます。われわれの分析によると、愛国軍には二十万人強の兵士がいて、近くのマナグアで指示を待っています。もしモンテーホが辞任しなければ――」

「しませんよ」キャシー・ブラント副大統領が言う。

発言をさえぎられたことに不満そうだが、元大将のモハンは命令系統を理解している。たくましい肩をすくめ、副大統領のほうを向く。

「わたしも辞任はしないと思います、副大統領。ですが、モンテーホは軍を抑えきれないでしょう。みずから辞任しなくても、政権は打倒されます。辞任した場合、われわれの分析では、ホンジュラスは一カ月以内に内戦状態に陥ると予想されます」

わたしはCIA長官のエリカ・ビーティのほうを見る。本好きで、柔らかい口調で話し、小動物を思わせる目は黒っぽく、銀髪を短く刈りこんでいる。根っからの諜報員で、CIAに人生を捧げている。大学卒業後すぐにCIAに採用され、一九八〇年代に秘密工作員として西ドイツに配属された。一九八七年、偽造パスポートとドイツ民主共和国（東ドイツ）軍本部の建築図面を所持し、ベルリンの壁の東側にいるところを見つかったとして、シュタージ――東ドイツの秘密警察――に拘束された。そして、一カ月近く尋問されたのちに解放された。ベルリンの壁が崩壊し、東西ドイツが統一されたあとに公開されたシュタージの記録によると、エリカは凄惨な拷問を受けたが、いっさい情報を漏らさなかったという。

秘密工作員としての日々を終えると、出世の階段をあがって、わが国屈指のロシアの専門家になった。統合参謀本部への助言をおこない、旧ソヴィエト連邦衛星国や旧ワルシャワ条約機構加盟国を担当するCIA中欧ユーラシア部を率いて、その後は上級情報分析官となった。わたしの大統領選では、ロシア問題担当の最高顧問だった。自分から話すことはめったにないが、こちらから尋ねれば、ドミトリー・チェルノコフ大統領について、おそらくチェルノコフ本人よりもくわしく語るだろう。

「きみの意見は、エリカ？」わたしは訊く。

「モンテーホはチェルノコフの術中にはまろうとしています」エリカは言う。「チェルノコフは大統領就任以来、中米への進出を模索してきました。今回が最大のチャンスです。モンテーホはファシストと化しつつありますが、それによって愛国軍の信頼性が高まり、ロシアの傀儡ではなく自由を求める戦士たちという印象が強まってきました。モンテーホはチェルノコフの書いた脚本どおりに動いているのです。臆病な愚か者と言うほかありません」

「でも、こちら側の臆病な愚か者よね」キャシーが言う。

キャシーの言うとおりだ。ロシアが背後で操る愛国軍に、あの地域を支配させるわけにはいかない。どんな形であれ、モンテーホ政権が覆されたら、アメリカはクーデターと見なしていっさいの支援を打ち切ると宣言することもできるが、はたしてそれがわが国の利益になるだろうか。ホンジュラスがアメリカへの態度をさらに硬化させ、ロシアが中米への足がかりを得て笑うだけという結末になりかねない。

「何か妙案は？」わたしは尋ねる。

だれも思いつかない。

「では、つぎはサウジアラビアだ」わたしは言う。「状況を説明してくれ」

担当はエリカ・ビーティだ。「サアド・イブン・サウード国王の暗殺を計画したとして、当局が数十人を逮捕しました。武器や爆発物が見つかったようです。暗殺は未遂に終わりましたが、サウジアラビア当局によると、実行のまさに寸前に国家捜査局が踏みこみ、一斉逮捕しました」

サアド・イブン・サウードはまだ三十五歳で、前国王の末の息子だ。ほんの一年前、父王は王室人事を刷新し、サアドを次期国王となる皇太子に指名して、多くの人々を驚かせた。王室にはこれを喜ばない者たちが多くいた。それから三カ月のうちに父王が没し、サアド・イブン・サウードはサウジアラビアの最年少国王となった。

それ以来、サアドは茨(いばら)の道を歩いている。国家捜査局を使って反体制派を厳重に取り締まり、数カ月前のある夜、そのうち十数名を処刑した。わたしは気に入らなかったが、できることはほとんどなかった。あの国にはサアドがいてくれないと困る。サウジアラビアはアメリカの近しい同盟国だ。サウジアラビアが安定していないと、わが国の影響力が弱まる。

「背後にいるのはだれだ、エリカ。イランか、イエメンか。それとも内部の人間か」

「サウジアラビア当局もつかんでいないそうです、大統領。われわれにもわかりません。いくつかの人権活動NGOは、暗殺計画など存在しなかった、国王の政敵を一網打尽にするための口実にすぎない、と主張しています。逮捕者のなかには、裕福ではあるものの、あまり影響力のない王族もいます。しばらくは目が離せません」

「こちらからの支援は？」

「申し出ました。いまのところ必要ないそうです。状況は……緊迫しています」

中東で最も安定した地域が不穏な空気に包まれている。こちらはこちらで深刻な問題をかかえている。何よりも避けたかった事態だ。

二時三十分、大統領執務室でわたしは電話に向かって言う。「ミセス・コペッキー、ご子息は英雄でした。国への奉仕に敬意を表します。あなたとご家族のために祈っています」

「あの子は……祖国を愛していました、ダンカン大統領」母親は震える声で言う。「自分の使命を信じていました」

「ご子息はきっと――」

「わたしはちがいます」母親は言う。「どうしてあの国からまだ引きあげないのですか。

あちらの人たちは、自分のばかな国をどう治めたらいいかもわからないのでしょうか」

頭上で照明がすばやく点滅する。どうしたのか。

「お気持ちはわかります、ミセス・コペッキー」

「マーガレットと呼んでください――みんなからそう呼ばれています」母親は言う。「ジョンと呼んでもかまいませんか」

「マーガレット」わたしは十九歳の息子を亡くしたばかりの母親に向かって言う。「どうぞ、お好きなように呼んでください」

「イラクから撤退しようとなさっているのはわかっています、ジョン。でも、もっと本気で取り組んでください。早く抜け出して」

三時十分、ダニー・エイカーズと政治顧問のジェニー・ブリックマンとともに、大統領執務室にいる。

キャロリンがやってきてわたしの目を見、まず首を短く横に振る――新しい動きはなく、状況は変わっていない。

ほかのことに集中するのはむずかしい。だが、しかたがない。深刻な危機があるからといって、世界は動きを止めてはくれない。

キャロリンが合流して、椅子に腰をおろす。

「保健福祉省からです」ダニーが言う。きょうは保健福祉長官の説明を受ける気分ではなく、火急の問題以外に割く時間を短縮したかったので、ダニーにまかせて概要を報告させることにした。

「医療扶助制度の件です」ダニーは言う。「アラバマ州に関して。医療費負担適正化法下での医療扶助の拡大を拒んだ州のひとつが、アラバマであったことを覚えていらっしゃいますね」

「もちろん」

キャロリンがはじかれたように立ちあがって、出口に向かうと、ドアがすぐに開く。秘書のジョアンがメモを手渡す。

わたしの表情に気づいたのか、ダニーが口をつぐむ。

キャロリンがメモを読んでわたしを見る。「すぐに状況分析室へどうぞ、大統領」

恐れていたことが――あのことが――起こったのなら、もうすぐ全員が知るところになる。

11

七分後、キャロリンとわたしは状況分析室に歩み入る。

すぐにわかる。恐れていたことが起こったのではない。攻撃は開始されていない。鼓動が鎮まる。ゲームをして遊ぶためにここへ来たわけではないが、悪夢のはじまりでもない。いまはまだ。

部屋にいるのは、副大統領のキャシー・ブラント、国家安全保障問題担当大統領補佐官のブレンダン・モハン、統合参謀本部議長のロドリゴ・サンチェス海軍大将、国防長官のドミニク・デイトン、国土安全保障長官のサム・ヘイバー、そしてCIA長官のエリカ・ビーティだ。

「バイダーというところにいます」サンチェス議長が言う。「中央イエメンです。軍事活動の拠点ではありません。サウジアラビア主導の連合軍が、百キロ以内に駐留していいます」

「なぜふたりが会合を?」わたしは訊く。

CIAのエリカ・ビーティが答える。「わかりません、大統領。アブー・デヒクは〈アル・シャバーブ〉の軍事作戦の責任者で、アルファドリは〈アラビア半島のアルカイダ〉(AQAP)の軍司令官です」エリカは両眉をあげる。

ソマリアのテロリスト集団と〈アラビア半島のアルカイダ〉の司令官が顔を合わせ、会合を開いている。

「ふたり以外にはだれが?」

「アブー・デヒクに同行しているのは少数の側近だけです」エリカは言う。「一方、アルファドリは家族を連れてきました。いつものように」

そうだ。アルファドリは自分が狙われにくくなるよう、いつも家族を同伴する。「何人いる」

「子供が七人」エリカは答える。「五人が男で、ふたりが女です。年齢は二歳から十六歳。それと妻です」

「正確な場所を教えてくれ。地理的なことではなく、民間人の有無という観点から」

「場所は小学校です」エリカは言い、すぐに付け加える。「いまはひとりの生徒もいません。こちらより八時間先ですから。現地は夜です」

「子供はいないんだな」わたしは言う。「アルファドリの五人の息子とふたりの娘以外は」

「そのとおりです、大統領」

自分の子供を盾にし、家族全員を巻き添えにしなければ手を出せないようにするとは、なんと性根の腐った男なのか。卑怯きわまりない。

「アルファドリが子供たちから離れる見こみはないのか」

「このことに意味があるかどうかはわかりませんが、いまは校内の別の場所にいるようです」ロッド・サンチェスが言う。「会合は校舎内の一室でおこなわれています。子供たちは体育館か集会室と見られる広い部屋で就寝中です」

「だが、ミサイルが着弾すれば、学校がまるごと破壊されるだろう」わたしは言う。

「ええ、そう推測できます、大統領」

「バーク大将」わたしはスピーカーフォンに向かって話しかける。「きみから何か言うことは？」

四つ星の階級章を有する将官で、アメリカ中央軍司令官のバークは、カタールから電話会議に参加している。「大統領、そのふたりが重要度の高い標的であることは、わざわざ申しあげるまでもないでしょう。それぞれの組織における軍事のトップです。アブー・デヒクはアル・シャバーブのダグラス・マッカーサーと言っていい。アルファドリはＡＱＡ

Pの軍事活動の最高司令官であり、最高戦略立案者でもある。重大な局面です。もう二度とこんな機会はないかもしれません」

〝重大〟というのは相対的な語だ。アブー・デヒクとアルファドリの代わりはまた現れるだろう。そして、犠牲になる無辜の人々の数によっては、いま殺害するよりも多くのテロリスト予備軍が誕生するかもしれない。だが、ここで攻撃しておけば、アル・シャバーブとAQAPを弱体化できるのは確実だ。それに、家族の陰に隠れていれば安全だなどと、テロリストに思わせておくわけにもいかない。

「大統領」エリカ・ビーティが言う。「会合はいつまでつづくか、わかりません。いまこの瞬間に打ち切られてもおかしくありません。ふたりには話し合って共有すべき重大な問題があり、しかもそれは仲介者を通したり、電子的にやりとりしたりできるものではないということです。でも場合によっては、五分後にはふたりとも去るかもしれません」

つまり、いま実行しなければ、二度とチャンスはないわけだ。

「ロッドは？」わたしはサンチェス議長に声をかける。

「攻撃に踏み切るべきかと」

「ドムは？」国防長官を見る。

「わたしも同意見です」

「ブレンダンは？」

「わたしも同意見です」

「キャシーは？」わたしは副大統領に向かって言う。

副大統領はしばし間を置いて、息を吐く。ひと筋の銀髪を耳の後ろにかける。「家族を人間の盾として使うと決めたのはアルファドリであって、わたしたちではありません。攻撃に賛成します」

わたしはＣＩＡ長官を見る。「エリカ、子供たちの名前はわかるか」

エリカはいまではわたしのことをよく理解している。七つの名前が書かれた紙片を手渡す。

ヤシンという十六歳の少年の名前からサルマという二歳の少女の名前まで、わたしは目を走らせる。

「サルマ」声に出して言う。「たしか〝平和〟という意味じゃなかったか」

エリカは咳払いをする。「そうだと思います、大統領」

母の腕に抱かれ、憎しみに満ちた世界のことなど何も知らずに、安らかに眠る幼子の姿をわたしは思い描く。サルマは成長し、いつかこの世界を変えるかもしれない。わたしたちを対立から理解へと導く人物になるかもしれない。そんな日が来ることを、わたしたちは信じるべきではないのか。

「会合が終わるまで待とう」わたしは言う。「ふたりが別れたら、アブー・デヒクの車列を追跡して攻撃する。それでテロ組織のリーダーがひとり消える。ふたりではないが、ゼロよりましだ」

「アルファドリはどうしますか」サンチェス議長が尋ねる。

「車列を追跡し、家族から離れるのを待とう。そのときを狙って攻撃する」

「それはありません、大統領。アルファドリが家族から離れることはね。例によって、人口の密集した地域へもどって姿を消すでしょう。きっと見失います」

「アルファドリが気を抜くことはまずありません」エリカ・ビーティが言う。「だからこそ、これはとてつもなく大きなチャンスなのです」

「とてつもなく、か」わたしは手をさっと動かす。「そうだな。七人の子供の命を奪うのは……とてつもない気分だ」

わたしは立ちあがって椅子から離れ、壁に沿って部屋を行きつもどりつする。みなに背中を向け、キャシー・ブラントの声を聞く。

「大統領」キャシーは言う。「アルファドリはばかではありません。会合場所から一、二キロ離れたところでアブー・デヒクを殺害したら、こちらが自分たちふたりを小学校まで追跡していたとわかるでしょう。自分が狙われなかった理由に気づくはずです。そして仲間たちにそのことを広めるに決まっています。子供を近くに置いておけば、アメリカは攻撃してこない、と」

「向こうはこの国の子供たちのことなど気づかいません」エリカ・ビーティが言う。

「だからこちらも同じでよいと？」わたしは尋ねる。「テロリストと変わらないというのか。向こうがこちらの子供を気づかわないのなら、こちらも向こうの子供を気づかわなくていいと？」

キャシーが手をあげる。「いいえ、大統領、そういうことではありません。テロリストは故意に民間人を標的にしています。こちらは故意にではありません。あくまで最後の手段です。テロ組織のリーダーを狙った精密攻撃をおこなうのであって、民間人や子供を無差別に攻撃するわけではありません」

たしかにそれも一理ある。しかし、わたしたちが戦っているテロリストは、アメリカ合衆国の軍事攻撃と自分たちの攻撃にちがいがあるとは考えていない。彼らはドローンでこちらの頭上にミサイルを落とすことはできない。陸軍や空軍と対決することもできない。だから民間人を標的として、爆発物を仕掛けたり襲撃したりする。それが彼らなりの精密な攻撃だ。

わたしたちはテロリストとちがうのではないのか。罪のない子供の命を奪うと承知しつつ軍事攻撃をおこなうこととは一線を画すべきではないのか。予期せぬ結果が生じるなら話は別だ。今回の場合、開始する前から結果がわかっている。

ロッド・サンチェスが腕時計を確認する。「議論している余裕はありません。アブー・デヒクとアルファドリはいつ別れても――」

「ああ、わかっている」わたしは言う。「そのことなら最初に聞いた」

わたしは頭を垂れて目を閉じ、周囲を意識から締め出す。わたしに助言をしているのは、きわめて優秀で訓練を積んだ専門家のチームだ。それでもこの決断は、自分ひとりでくださなくてはならない。建国の父たちが文民統制を定めたのはこのためだ。軍事的有効性だけの問題ではない。政策の問題、価値の問題、そして国家としての存立意義の問題でもある。

七人の子供をどうして殺せるだろうか。

ちがう。おまえが殺すのは、罪のない民間人の殺戮を新たに計画しているふたりのテロリストだ。

そのとおりだが、子供を殺すのは、その陰に隠れているアルファドリ本人だ。

選ぶのはわたしだ。わたしの選択で彼らの生死は決まる。いつの日か創造主に会ったとき、その死をどうやって正当化できるだろう。

これは解釈の問題ではない。この機会を見送ったら、おまえはやつらの卑怯な戦術を認めたことになる。

だが、それは重要なことではない。重要なのは罪のない七人の子供たちだ。それこそがアメリカ合衆国の存立意義ではないのか。

それにしても、凶悪なテロリストふたりが直接会っている理由は何か。いままでこんなことはなかった。何か大きなことを企んでいるにちがいない。子供七人よりも多くの犠牲者が出る何かを。いま阻止すれば、攻撃を未然に防げるだろう。結果として合計の犠牲者数を少なく抑えられる。

わたしは目をあける。深く息を吸い、鼓動が鎮まるのを待つ。だが鎮まるどころか、むしろ速くなる。

答はわかっている。いつだってわかっていた。探していたのは答ではない。正当化の口実だ。

わたしはしばし間を置き、祈りのことばをつぶやく。七人の子供のために祈る。いつか、大統領がこうした決断をくださなくてすむ日が来ることを祈る。

「神のご加護を」わたしは言う。「攻撃を許可する」

12

　わたしはキャロリンと大統領執務室にもどる。時計の針がゆっくりと五時に近づき、暗澹たる気持ちになる。ふたりとも黙したままだ。働く人たちの多くは金曜の五時を楽しみにしている。待ちわびた週末が到来し、気晴らしをしたり、家族水入らずで過ごしたりできるからだ。

　だがこの四日間、キャロリンとわたしは、それが何かのはじまりなのか、それとも終わりなのか、あるいはその両方なのかもわからないまま、この日のこの時間に備えて準備をしてきた。

　今週の月曜日、正午を過ぎてすぐ、プライベート用の携帯電話が震えた。わたしはキッチンで、キャロリンと七面鳥のサンドイッチを食べているところだった。ふたりとも、この国が差し迫った危機に直面していることをすでに知っていた。ただ、その範囲や規模はつかんでいなかった。どうすれば防げるのか、見当もつかなかった。アルジェリアでの作戦は大失敗に終わり、世界じゅうの知るところとなっていた。スリマン・ジンドルクは依然として逃亡中だ。国家安全保障チームは、翌日の火曜日に下院特別調査委員会で証言することを求められていた。

ところが、わたしがキッチンでサンドイッチを置いて電話に出たとき、すべてが変わった。状況が一転したのだ。わたしははじめて、かすかな希望をいだいた。しかし、かつてないほどの恐怖も感じていた。

「五月十一日、金曜日、午後五時、東部標準時」電話の向こうの声は言った。

そしていま、五月十一日、金曜日、午後五時が近づいている。自分のくだした決断によって、イエメン共和国の灰と瓦礫の下で絶命した七人の子供のことは、もうわたしの頭にない。

この国にいったい何が起ころうとしているのか、そしてそれをどう解決できるのかを考えている。

「まだ来ないのか」わたしは小声で言う。

「まだ五時前です、大統領。もうすぐ来るでしょう」

「そうだろうか」わたしは部屋を行ったり来たりしながら言う。「わからないじゃないか。入口に確認してくれ」

キャロリンが確認しようとすると、電話が振動する。「ええ、アレックス……そう――わかった……ひとりね？……ええ……いいから、やるべきことをやって……ええ、でも急いでちょうだい」

キャロリンは電話を置いて、わたしを見る。

「来たのか」わたしは言う。

「ええ、大統領、到着しました。いま身体検査をしています」

わたしは窓の外に目をやり、いまにも雨が降りだしそうな不穏な空をながめる。「何をしに来たんだと思う、キャリー」

「見当もつきませんよ。わたしが監視しています」

先方が求めてきたのは、わたしと一対一で話すことで、それ以外は認めないということだった。つまり、わたしはこの大統領執務室で訪問者とふたりきりになる。だがキャロリンがローズヴェルト・ルームのモニターから監視することになっている。

わたしは爪先立ちで体を揺すり、両手を持て余す。胃が強くねじれる感覚を覚える。「これほど緊張したのは……」その先を継げない。「これほど緊張するのは、たぶんはじめてだ」

「外からはわかりませんよ、大統領」

わたしはうなずく。「きみもだ」キャロリンはけっして弱みを見せない。そういう女性だ。キャロリンしか頼れる相手がいないいま、その強さに救われる。

政府のなかで今回の会合のことを知っているのは、わたしを除いて彼女だけだ。

キャロリンが出ていく。わたしは机のそばに立ち、ジョアンが訪問者を連れてドアをあけるのを待つ。

時計の針がスローモーションで動き、永遠にも思える長い時間が経つ。ジョアンがドアをあける。「大統領」

わたしはうなずく。いよいよだ。

「通してくれ」わたしは言う。

13

若い女が部屋にはいってくる。靴はワークブーツで、身につけているのは破れたジーンズと、前面に〝プリンストン〟と書かれた灰色の長袖Tシャツだ。捨て犬のように痩せていて、首が長くて頬骨が高く、切れ長の離れた目が東欧人を思わせる。髪型はわたしがさっぱり理解できないたぐいのもので、右の側頭だけ短く刈り、その上から長い髪を骨張った肩まで垂らしている。

まるでカルバン・クラインのモデルとヨーロッパ産のパンク・ロッカーを足して二で割ったかのようだ。

女は室内を見まわすが、その表情は、大統領執務室を訪れた者の大半が見せるものとは異なっている。はじめてここに足を踏み入れた者は、すべてを目に焼きつけるようとするように、肖像画や置き物を熱心に見つめ、合衆国大統領の印章や執務机に驚嘆する。

だが、この女はちがう。周囲を寄せつけようとしない目の奥に、まぎれもない憎悪が浮かんでいる。わたしを、この部屋を、それが象徴するもののすべてを憎んでいる。

しかし同時に緊張し、警戒してもいる――だれかが飛びかかるのではないか、手錠をかけて頭に布をかぶせるのではないかと疑っている。

身体的特徴は聞いていたとおりだ。門のところで告げた名前も、こちらが予期していたのと同じだった。たしかにこの女だ。それでも、たしかめる必要がある。

「例のことばを言ってくれ」わたしは言う。

女は両の眉をあげる。意外な要求でもあるまい。

「言うんだ」

女は目をぐるりとまわす。

「ダーク・エイジ（Dark Age）」女はそのことばに毒でもあるかのように、舌を巻いて〝r〟を発音する。強い東欧訛りだ。

「なぜそのことばを知っている」

女は首を横に振って舌打ちする。答える気はないらしい。

「この……シークレット・サービスは……わたしが好きじゃない」ドズ・ノット・ライク・ミー。

「きみが金属探知機を作動させたからだろう」

「いつも……そうなる。その……英語でなんて言うんだっけ。爆弾――破――」

「榴散弾」わたしは言う。「爆弾の破片だ。爆発で飛散する」

「そう、それ」女は額を軽く叩く。「もし二……センチ右にずれてたら……わたしは目を覚まさなかったろうって言われた」

女は一方の親指をジーンズのベルト通しにかける。目に反抗と挑発の色が浮かんでいる。

「どうしてそんな目に遭わなくちゃいけなかったか……聞きたい？」

アメリカ合衆国大統領が――おそらくわたしが――命じた、どこか遠くの地の軍事攻撃と関係があるのかもしれない。だがわたしはこの女のことを何も知らないも同然だ。本名も、どこから来たのかも知らない。動機も計画も知らない。四日前の月曜日、最初にわたしに――間接的に――連絡してきたあと、女は姿を消し、いくらその正体を調べようとしてもわからなかった。この女について確実なことは何もわからない。

けれども、わたしには、この若い女が自由世界の命運を握っているという、かなり強い確信がある。

「姪を……連れて……ミサに向かってるとき、ミサイルが落ちてきた」女は言う。

わたしは両手をポケットに入れる。「ここは安全だ」

女は視線をあげて遠くをながめ、美しい銅色の目を見開く。そうすると、ますます若く見える。非情な印象を与えようとしているものの、仮面の下に隠れた怯えがちな少女が顔をのぞかせている。

怯えているにちがいない。そうであることを願う。わたしも同じだが、それを表に出すつもりはない。

「いや」女は言う。「そうは思わない」アイ・ドノット・ジンク。

「わたしが保証する」

女は目を強くしばたたき、軽蔑の表情で顔をそむける。「アメリカ合衆国大統領が保証する」女はジーンズの後ろのポケットに手を入れ、半分に折ったぼろぼろの封筒を取り出す。折り皺を伸ばしてソファーの横のテーブルに置く。

「相棒はわたしがどんな情報を持ってるかを知らない」女は言う。「持ってるのはわたしだけ。どこにも書いてない」右の側頭を軽く叩く。「ここにしまってある」

自分だけの秘密ということだ。ハッキングされるかもしれないコンピューターや、傍受されるかもしれないEメールには書いていない。きわめて高度な技術をもってしても侵入できない、ただひとつの場所にそれは保管してある——頭のなかだ。

「そしてわたしは、相棒が持ってる情報を知らない」女は言う。

やはり、そうか。自分と相棒を切り離している。ふたりがそれぞれパズルのピースを持っていて、どちらが欠けてもパズルは完成しない、と言っている。

「きみたちのどちらも必要だ」わたしは言う。「わかっているよ。月曜日の電話で、そのことははっきり聞いている」

「今夜はひとりで来て」女は言う。

「ああ。それもたしかに聞いている」

女は合意がなされたかのようにうなずく。

「なぜ〝ダーク・エイジ〟のことを知っている」わたしはもう一度訊く。

女は視線を落とす。ソファーの横のテーブルから、わたしが娘といっしょにマリーン・ワン――大統領専用ヘリコプター――からおりてホワイトハウスへ向かっている写真を手にとる。

「最初にヘリコプターを見たときのことを覚えてる」女は言う。「わたしはまだ小さかった。テレビでやってたんだ。ドバイのホテルが開業して。〈マリ-ポセイドン〉って名前だった。その……すごいホテルがペルシャ湾に建ってた。そこにヘリ――ヘリ……ポート？」

「ヘリポートでいい」わたしは言う。「屋上にあるヘリコプターの発着場だ」

「そう、それ。ヘリコプターが屋上におりた。空を飛べるなら、人間はなんだってできると思ったのを覚えてる」

なぜ女がドバイのホテルやヘリコプターの話をしているのか、わからない。おそらく、何かを話していないと落ち着かないのだろう。

わたしは女に近づく。女はこちらを向き、写真をテーブルにもどして身構える。

「わたしがここから出られなかったら」女は言う。「あなたはわたしの相棒に会えない。これを止める手段がなくなる」

わたしはテーブルの封筒を手にとる。薄っぺらで、ほとんど重さを感じない。うっすらと中の色が透けて見える。シークレット・サービスはこれを調べ、不審物がはいっていないかを確認したはずだ。

女は後ろにさがる。まだ警戒をゆるめていない。政府職員がドアから飛びこんできて自分を拘束し、グアンタナモ収容所の尋問部屋のような場所へ連れていくのを待ち構えているようだ。もしそれですべてを聞き出せるなら、わたしは迷わずそうしていただろう。だが、この若い女は、それができないように仕組んだ。ほとんどの人間ができないことをやってのけた。

自分のルールで進めるゲームにわたしを引きこんだのだ。

「何が目的だ」わたしは尋ねる。「なぜこんなことを？」

女のきびしい表情がはじめて崩れ、唇が曲線を描くが、それは笑みではない。「そんなことを訊くのは、この国の大統領だけ」首を振り、なんの感情もうかがえない顔にもどる。「理由はもうすぐわかる」女は言い、わたしが持った封筒を顎で示す。「今夜」

「きみを信じろというのか」

女は片方の眉をあげ、目を光らせる。「まだ信用できない？」

「ここまでうまくやるとは、きみもたいしたものだ」わたしは言う。「だが、まだ完全には信用できない」

女はわたしをにらむ。堂々とした不敵なまなざしで、これをはったりと見なすとは、愚かにもほどがあると言いたげだ。

女が出口へ向かい、ドアノブに手を伸ばしたところでわたしは言う。「待つんだ」

女は体をこわばらせ、その場に凍りつく。わたしではなく、ドアに視線を据えたまま言う。「わたしをここから帰さなかったら、あなたは相棒に会えない。わたしを尾行したら、あなたは相棒に――」

「だれもきみを止めない」わたしは言う。「だれも尾行しない」

女はドアノブに手をかけたまま動かない。考えている。迷っている。何についてなのかはわからない。この部屋にはわからないことが充満している。

「相棒にもし何かあったら」女は言う。「あなたの国は火に包まれる」

女はドアノブをまわして出ていく。あっと言う間にいなくなる。

わたしは封筒を手に、ひとり残される。帰すしかない。ほかに道はない。たったひとつのチャンスを台なしにする危険は冒せない。

もちろん、女の言ったことがすべて事実だと信じるなら、の話だ。ほぼ確信はしているが、大統領の仕事の性質上、全面的に信じるのはむずかしい。

封筒をあけると、今夜おこなわれるつぎの会合の場所が書いてある。わたしはたったいま起こったことのすべてを、頭のなかで再現する。女は何もしなかったも同然だ。ほとんど何も言っていない。

女がここで成したことはふたつだけだ。封筒をわたしに渡すこと。そしてもうひとつ、わたしが信用できる人間か、自分をここから帰すかをたしかめること。

わたしはソファーへ近づいて腰をおろし、封筒を見つめながら、女のことばに手がかりが残っていないかと思いをめぐらす。チェス盤の先の手を読む。

ドアをノックする音がし、キャロリンがはいってくる。

「わたしはテストに合格した」わたしは言う。

「そのようですね」キャロリンは同意する。「そして、それ」わたしが手に持った封筒を示す。

「だが、向こうを合格にしていいのだろうか」わたしは言う。「あの女の言ったことがほんとうだとどうしてわかる？」

「ほんとうだと思います、大統領」

「なぜだ」

頭上で照明が点滅し、一瞬、ストロボ現象が生まれる。キャロリンが頭をあげ、小声で悪態をつく。あとで対応すべきことがまた増えたらしい。

「なぜあの女を信じる？」わたしは尋ねる。

「わたしがここへ来るのに数分かかった理由です」キャロリンは自分の電話を指さす。「たったいまドバイから報告がありました。事故があったそうです」

ドバイでの事故。「ヘリコプターがらみの？」

キャロリンはうなずく。「〈マリー・ポセイドン・ホテル〉のヘリポートに着陸しようとして爆発しました」

わたしは手で顔を覆う。

「時刻を確認しました。あの訪問者が大統領執務室に入室したあとに起こっています。ほかに知りえた理由がありません」

わたしはソファーにもたれかかる。つまりあの女は、第三の目標も達成したわけだ。自分が本物であるとわたしに示した。

「わかった」わたしはつぶやく。「信用する」

14

上階の居住区で、わたしは鏡台の抽斗(ひきだし)をあける。ここに入れてあるのはただひとつ、レイチェルの一枚の写真だ。元気で幸せそうなレイチェルの写真なら、そこらじゅうに飾ってある。カメラに向かっておどけた顔をしたり、だれかを抱きしめたり、笑ったりしている写真だ。けれどもこの一枚は、わたしだけが見るために置いてある。これを撮ってから一週間もしないうちに、レイチェルは旅立った。顔は治療の副作用によるしみだらけで、髪もわずかしか残っていない。骸骨のように肉がそげた顔だ。ほとんどの人には、見るのがつらい姿だろう——最悪の状態で、襲いかかる病についに屈しつつあるレイチェル・カーソン・ダンカン。だがわたしにとっては、これこそが最高で、最も強くて、最も美しいレイチェルだ——目に微笑みをたたえ、平穏と決意のなかにある。

この時点で闘いはすでに終わっていた。あとは時間の問題だと告げられた——数カ月かもしれないが、数週間の可能性のほうが高い、と。結局、残されていたのは六日間だった。

わたしの人生のなかで、何物にも代えがたい六日間だ。わたしたちふたり、わたしたちの愛だけがすべてだった。ふたりで恐れについて語り合った。リリーについて語り合った。神について語り合った。聖書の一節を読み、祈り、笑い、涙の泉が涸れるまで泣いた。あれほどむき出しで、精神が浄められる人間関係を経験したのははじめてだ。自分以外の人間と、あれほど強い一体感を覚えたこともない。

「写真を撮らせてくれ」わたしはレイチェルにささやいた。

レイチェルは拒みかけたが、理解してくれた。わたしはこの時間を記憶にとどめたかった。これほど妻を愛しく思ったことはなかった。

「大統領」キャロリン・ブロックがドアを軽くノックする。

「ああ、わかっている」

指を唇にあててから、レイチェルの写真にふれる。抽斗を閉じて顔をあげる。

「行こう」わたしは普段着を身につけて、小さな鞄を肩にかけている。

アレックス・トリンブルは下を向き、不服そうに唇を結んでいる。このシークレット・サービス警護部門のトップが悪夢を見るとしたら、これがまさにそうだろう。だが、命令をくだしたのはこのわたしだ。アレックスは大統領命令に従って、わたしを自由にさせるしかなかったのだから、どうにもなるまい。

ますから」

「せめて周辺からだけでも」アレックスは言う。「こちらの姿は目にはいらないようにし

わたしは笑みを浮かべ、だめだと伝える。

アレックスとは、州知事だったわたしが、大統領候補に指名される可能性は低いと見られながらも予備選挙を戦い、はじめて警護対象になったときからの付き合いだ。第一回の主要討論会でわたしの支持率は急上昇し、最有力候補のキャシー・ブラントにつぐ位置についた。シークレット・サービスがどのように警護の担当を決めたかは知らないが、ダークホースだったわたしに最高の人材を割りあてたとは考えにくかった。けれども、アレックスはいつもわたしにこう言った。「州知事殿、わたしが見るかぎり、大統領はあなたです」そして、そのチームは統制がとれて優秀だった。部下たちは士官候補生が鬼軍曹を恐れるようにアレックスを畏怖していた。ホワイトハウスの警護部門の責任者に指名したとき、本人にも言ったことだが、わたしがだれからも命を奪われなかったのは、アレックスのおかげにほかならない。

ふつう、警護する側とされる側は一線を引き、互いに近づきすぎることはない。感情移入してはいけないと、どちらもわきまえている。だが、わたしは以前からアレックスのなかに善良さを見いだしてきた。大学時代からの恋人のグウェンと結婚し、聖書を毎日読み、

故郷の母親へ毎月仕送りをしている。実践から多くを学び、レフトタックルの猛者で、フットボール奨学金でアイオワ州立大学へ進学して刑事司法を専攻し、いつかシークレット・サービスの一員となってフットボール競技場での経験を生かすことを夢見てきた――依頼人の死角を守ることだ。

ホワイトハウスでわたしの警護担当の責任者になってくれと頼んだとき、アレックスはいつもの冷静な表情と直立した姿勢を崩さなかったが、その目が一瞬、かすかに潤んだのがわかった。「人生最大の光栄です、大統領」小声で言った。

「GPSを使いましょう」いま、アレックスは言う。「居場所がわかるように」

「すまない」わたしは言う。

「検問所を置きます」アレックスは最後のロングパスに賭ける。「どちらへ向かうかだけでも――」

「だめなんだ、アレックス」

アレックスには理由がわからない。人目につかないよう、陰から大統領を監視できると思っている。アレックスならできるだろう。なら、そうさせてやればいいのではないか。

いや、アレックスは事情を知らない。打ち明けることはできない。

「せめて防弾ヴェストを」

「だめだ」わたしは言う。「目立ちすぎる」最新のものでもかなりかさばる。

アレックスはまだ何か言いたそうだ。この頑固者、とでも言いたいのだろうが、わたしにそういう口のきき方をしたことは一度もない。議論してもだめなら情に訴えようとしているらしいが、やがてあきらめて肩を落とす。

「お気をつけて」だれもが何気なく言うことばを口にするものの、その声音には情感と恐怖がにじんでいる。

「そうするよ」

わたしはダニーとキャロリンに目をやる。ほかにいるのはそのふたりだけだ。そろそろ出発する時間だ。ひとりきりで、記録を残さずに。何年ものあいだ、わたしはつねにそこかしこを飛びまわってきたが、ひとりきりだったことも、記録を残さなかったこともない。シークレット・サービスがかならずそばにいるし、側近が最低でもひとりは付き添っていることがほとんどだ。休暇中でもそれは変わらない。わたしの居場所は二十四時間、記録されている。

この国を未曾有の惨劇から救い、大統領としてその存続と繁栄を守るためには、こうするしかない。監視カメラや携帯電話の普及、ソーシャルメディアのデータマイニングやハッキングなどにより、プライバシーが守られる範囲は徐々にせばまっているとはいえ、一般のアメリカ人はひとりきりで記録を残すことなく外出している。それでも、これが合衆国大統領にとって異例のことであるのはたしかだ。わたしはかすかにとまどい、無防備になった感覚にとらわれる。

この名残惜しい場所を離れる最後の行程に、ダニーとキャロリンが付き合う。みな口を閉ざしている。ふたりからは考えなおすように強く説得された。いまはふたりとも観念し、わたしに手を貸している。

だれにも気づかれずにホワイトハウスを出るのは、人が思う以上にむずかしい。居住区の階段を使って、三人で地下までおりる。進むのはゆっくりだ。一歩ごとに、待ち受けるものに近づいていく。ひとつ歩を進めるごとに、不たしかな運命に勝てなくなっていく。

「はじめてここを通ったときのことを覚えているかな」大統領就任式で宣誓する前に、ホワイトハウスのなかを案内されたときのことをわたしは思い出す。

「きのうのことのように」キャロリンが言う。

「ぜったいに忘れない」ダニーが言う。

「わたしたちは……希望に満ちていたと思う。世界をよりよい場所にできると確信していた」

キャロリンは言う。「あなたはそうだったかもしれません。わたしは死ぬほど怯えていました」

わたしも同じだった。わたしたちは受け継いだ世界がどんなものかを知っていた。すべてを完璧な状態にできるなどという幻想はいだいていなかった。就任前の浮き足立った日々には、夜になると、安全保障、外交、富の分配、医療、刑事司法制度改革の分野で目覚ましい成果をあげる夢から、すべてを台なしにしてこの国を危機に陥れる悪夢までを見た。

「より安全に、より強く、より公正に、より寛容に」ダニーが言う。毎朝、政策を細かく確認し、四年の任期に向けて結束を強めるとき、わたしが口にしてきた四つの語だ。

やがて地下二階に到着する。ここには一レーンのボウリング場、ディック・チェイニー副大統領が九・一一のあとに閉じこもった危機管理センター（掩蔽壕のようだが設備は完璧だ）、簡素なテーブルが置かれた会議室や、簡易ベッドを具えた仮眠室などがある。

わたしたちはつぎつぎとドアの前を通り過ぎ、細い通路をめざす。それはすぐ東の、十五番ストリートとペンシルヴェニア・アベニューの角にある財務省庁舎へと通じている。ホワイトハウスの地下の造りについては、さまざまな伝説や噂があるが、ささやかれだしたのは南北戦争の時代にさかのぼる。ホワイトハウスが攻撃されることを恐れた北軍は、いざというときにリンカーン大統領を財務省庁舎の地下室へ避難させる計画を立てた。しかし実際に工事がはじまったのは、フランクリン・ローズヴェルトが大統領だった第二次世界大戦当時で、ホワイトハウスへの空爆が現実味を帯びてきたときだった。爆撃の影響を最小限にするため、通路はZ字形に設計された。

通路への入口のドアには警報装置があるが、すでにキャロリンが手をまわしていた。通路そのものは、幅が三メートル余り、高さが二メートル余りしかない——わたしのように身長が百八十センチを超える者にとっては、頭上の空間があまりない。閉所恐怖症を起こしそうだが、わたしは何も感じない。どこへ行くにもシークレット・サービスや側近が付きまとう生活に慣れた人間には、地下通路の空間でも解放感がある。

通路の突きあたりの少し手前に、右へ折れる別の通路があり、財務省高官や重要な訪問客用の小さな地下駐車場に通じている。今夜わたしが乗る車もそこに停めてある。

キャロリンがまず車のキーを、つぎに携帯電話を手渡し、わたしはそれを左のポケットに入れる。同じポケットに、三十分前に若い女から渡された封筒もはいっている。

「番号はすべて登録してあります」キャロリンは携帯電話について説明する。「話にあがった人たち全員の番号です。リリーも含めて」

リリー。わたしのなかで何かが崩れる。

「暗証番号は覚えていますか」キャロリンは尋ねる。

「覚えている。心配無用だ」

　わたしは自分の封筒を取り出す。大統領の印章があり、中に一枚の紙がはいった封筒だ。ダニーがそれを見て、取り乱しそうになる。

「だめです」ダニーは言う。「それをあける気はありません」

　キャロリンが手を伸ばし、封筒を受けとる。

「あけてくれ」わたしはキャロリンに言う。「必要が生じたときには」

　ダニーが額に手をあて、髪を後ろになでつける。「頼むよ、ジョン」小声で言う。わたしが大統領に就任して以来、名前で呼んだのははじめてだ。「本気でやるつもりなのか」

「ダニー」わたしはささやく。「もしわたしに何かあったら――」

「おい――そんな、やめてくれ」ダニーはわたしの両肩に手を置く。口ごもりながら言い、感情があふれるのを抑えている。「あの子はわたしにとっても身内同然だ。きみもわかってるだろう。この上なく愛してる」

　ダニーは離婚して、大学院にかよう息子がひとりいる。だがリリーが生まれたとき、ダニーも待合室にいた。リリーが洗礼を受けるときも祭壇に立っていた。学校を卒業するたびに目に涙を浮かべた。レイチェルの葬儀のときは、リリーの一方の手を握っていた。まだ小さかったころ、リリーは〝ダニーおじさん〟と呼んでいた。いつの間にか〝おじさん〟が抜け落ちた。リリーにとって、ダニーは肉親にいちばん近い存在だ。

「レンジャー・コイン（アメリカ軍で兵士の士気を高めるために支給されるコイン。持参しているかどうかで賭けをする）を持ってるか」ダニーは訊く。

「おい、こんなときにそれを確認するのか」わたしはポケットを叩く。「つねに持ち歩いているよ。きみは？」

「いまは持ってない。お詫びに一杯おごらなきゃな。だから……」ダニーは声を詰まらせる。「かならず帰ってきてくれ」

わたしはダニーをじっと見つめる。血こそつながっていないが、あらゆる意味で家族そのものだ。「了解したよ、兄弟」

そしてキャロリンを見る。こういうときに互いを抱きしめるような関係ではないが、わたしが党の指名を獲得したときと、本選で勝利したときは例外だった。

いま、キャロリンとわたしは抱き合う。キャロリンが耳もとでささやく。「きっとあなたが勝ちます、大統領。向こうは自分たちが何を敵にまわしているのか、わかっていないのです」

「もし勝つとしたら」わたしは言う。「きみがわたしの側についているからだ」

立ち去るふたりの背中を見送りながら、わたしは身震いして決意を新たにする。これからの二十四時間か四十八時間、キャロリンにはホワイトハウスでわたしの代理人になってもらわなくてはならない。前例のない事態だ。まさに、手探りで進むしかない。

ふたりの姿が消えて地下通路にひとりになると、わたしは腰をかがめて両手を膝に突く。何度か深呼吸をして不安と闘う。

「自分が何をしようとしているか、ほんとうにわかっているんだろうな」自分の胸に言う。それから向きを変え、地下通路をさらに奥へ進んでいく。

15

わたしは頭を低くして、両手をブルージーンズのポケットに入れ、革靴で静かにアスファルトを踏みながら、財務省庁舎の地下駐車場に歩み入る。この時間に駐車場にいるのは自分だけではないので、目立ちはしない。とはいえ、スーツ姿でＩＤバッジをつけ、ブリーフケースを持って帰宅する財務省の職員たちと比べると、わたしの服装はくだけている。靴のかかとの音が路面に響き、リモートキーが信号音を発し、自動ロックが解除され、エンジンの始動音がするなかで、身をひそめるのは簡単だ。特にいま、職員たちは週末の計画で頭がいっぱいで、綿のボタンダウンのシャツとブルージーンズという姿の男のことなど気に留めない。

わたしは人目を避けているし、車を飛ばしに行くわけでもないが、それでもだれにも気づかれずにこうして歩いていると、ささやかなスリルと解放感を覚えずにはいられない。公の場に出るとかならず注目を集め、いつスナップ写真を撮られるかわからず、おおぜいの人たちが握手や簡単な挨拶をしたり、わたしとのセルフィーを撮ったり、頼み事をしたり、ときには本格的な政策議論を求めたりするようになってから、もう十年以上が経つ。

打ち合わせどおり、車は左の奥から四番目に停めてある。特徴のない旧式のシルバーのセダンで、ヴァージニア州のナンバープレートがついている。わたしはリモートキーを向けて解除ボタンを押すが、長く押しすぎたせいで、すべてのドアのロックが解除されて甲高い音が鳴りつづける。長く運転していなかったせいだ。この十年、自分の車のドアをあけたこともない。

運転席にすわると、この不思議な装置に乗って未来へやってきたタイムトラベラーの気分になる。座席を調節し、イグニッションキーをまわしてアクセルを一度ふかしたあと、ギアをバックに入れ、助手席の背もたれに腕をかけて首を後ろにめぐらす。ゆっくり駐車スペースから出ようとしたところで、甲高い警報音が鳴る。ブレーキを踏むと、車の後ろを歩く女が自分の車に向かうのが見える。女が通り過ぎたところで、警報音が鳴りやむ。

衝突を防止するための探知機か何かだろう。ダッシュボードを見て、バックモニターに目が留まる。前を向いて画面を見たまま、ギアをバックに入れて車を動かせるのか。十年前には、こんな装置は存在しなかった。もしあったとしても、自分の車にはまちがいなくついていなかった。

わたしはセダンを操って駐車場を進む。通路は驚くほどせまく、カーブが急だ。こつをつかむのに数分かかり、急発進したり急ブレーキを踏んだりする。十六歳のとき、〈クレイジー・サム・ケルシーの新車・中古車店〉でおんぼろのシボレーを選んで千二百ドルで買い、それを運転していたのが、きのうのことのように感じられる。

前方に並んだ、駐車場を出る車の列をながめる。車が前に停まると、ゲートが自動的にあがる。運転者が窓から手を伸ばして読み取り機のようなものにカードをあてる必要もない。ふと、自分がそのことを確認しようともしなかったことに気づく。

わたしの番になり、ゲートが開いて車は難なく通過する。ゆっくりスロープをあがって明るい地上へ近づき、歩行者に注意しながら車道に出る。

道路は混雑していて、車を飛ばしてつかの間の自由を味わいたいという欲求は、交差点で停止するたびにくじかれる。フロントガラス越しに灰色の空を見あげ、雨が降らないことを願う。

ラジオだ。わたしはつまみをまわすが、何も起こらない。ボタンを押すが、やはり何も起こらない。別のボタンを押すと、いきなり大音量の声が鳴り響き、全身に衝撃が走る。ふたりの人物が議論している。話題は、ジョナサン・ダンカン大統領が弾劾に値する罪を犯したかどうかだ。わたしは同じボタンを押して音を消し、運転に集中する。

これから行く場所、これから会う人物について考える。そしていつものように、心は過去へ向かい……

16

ウェイト教授が両手を後ろで組んで、講堂の演壇の前を歩いている。「スティーヴンズ判事の反対意見の要点は？」教授は演壇にもどり、名簿に視線を走らせた。「ミスター……ダンカン？」顔をあげてわたしを見る。

しまった。徹夜で宿題をしたので、わたしは居眠りしないように嚙み煙草のコペンハーゲンを頰に入れていた。きょう採りあげる裁判については、さっと目を通しただけだ。何しろ、わたしは百人いる院生のひとりにすぎないので、名前を呼ばれる可能性は低いと踏んでいた。なのに、きょうはついていない。不意打ちを食らって窮地に追いこまれている。

「スティーヴンズ判事は……多数意見に反対し……その……」ページをめくりながら、顔が熱くなるのを感じた。

「そう、ミスター・ダンカン、反対意見とは、多数意見で決まった判決への異議だ。だから反対意見と呼ばれるのではないかな」気まずい笑い声がさざ波のように講堂にひろがった。

「はい、教授、判事は……合衆国憲法修正第四条の解釈における多数意見に――」

「きみはスティーヴンズ判事とブレナン判事の反対意見を混同しているようだね、ミスター・ダンカン。スティーヴンズ判事は、修正第四条について言及すらしていない」

「はい、あの、混乱してしまい――いえ、混同して……」

「きみも最初はちゃんと理解していたのだろうがね。ではミズ・カーソン、ミスター・ダンカンの混同からこのクラスを救ってくれないか」

「スティーヴンズ判事は、たとえ合衆国憲法による制限が予想される場合でも、最高裁判所は州裁判所の判決に介入するべきではないと……」

ノースカロライナ大学ロースクールに入学してまだ四週目だというのに、悪名高きウェイト教授に早々とやりこめられたわたしは、三列目の席の女性が答えるのを見つめながら、自分に言い聞かせた――〝予習しないで講義に出るのはこれっきりにするんだぞ、このまぬけ野郎〟。

自信に満ち、さりげないとすら言える口調で答を述べるその女性に、わたしは目が釘づけになった。「……これは制限であって緩和ではなく、従って判決に相応かつ独立した州法上の根拠があるかぎり……」

わたしは呼吸ができなくなったかのように感じた。

「あれは……だれだ」わたしは隣にすわっていたダニーに小声で尋ねた。ダニーはわたしより二学年上の三年生だったので、全員のことをよく知っていた。

「レイチェルだ」ダニーは小声で答えた。「レイチェル・カーソン。三年生だ。おれから《ロー・レビュー》の編集長の座を奪った張本人だよ」

「どんな人なのか教えてくれ」

「彼氏がいるかどうか？ さあ、どうだろう。ともかく、きみは強烈な第一印象を与えることには成功したんじゃないか」

講義が終わってもわたしの心臓は高鳴っていた。座席から飛び出してドアへ向かい、廊下でごった返す学生たちのなかに彼女の姿を探した。

栗色の短い髪、デニムのジャケット……

……レイチェル・カーソン……レイチェル・カーソン……

いた。あそこだ。わたしは人混みを縫って進み、レイチェルが大きな人の流れから離れて、ひとつのドアに向かうところで追いついた。

「あ、ねえ」震える声で言った。自分の声が震えるなんて。

レイチェルは振り返って、こちらを見た。目は澄んだ緑色で、両方の眉をあげている。これほど優美で整った顔を見たのははじめてだ。「あ、はい……」レイチェルはおずおずと言い、わたしがだれなのかを思い出そうとした。

「あの。どうも」わたしはバックパックを肩へ引きあげた。「その、つまり、お礼を言いたくて。さっき助けてくれたことに」

「あ。気にしないで。一年生？」

「そのとおり」

「だれにだってあることよ」

わたしは息を吸う。「ところで、その、いま……つまり……いま何してる？」

自分はいったいどうしたというのか。メルトン軍曹のありとあらゆる地獄の特訓にも耐えた。イラク共和国防衛隊から水責めにされ、殴られ、吊るされ、処刑をちらつかされたこともあった。それなのに、こんなときに舌がもつれてしまうとは。

「いま？　そうね、あの……」レイチェルは廊下の片側を手で示した。そのときはじめて、彼女がはいろうとしていたドアが目についた――女性用トイレだ。

「ああ、きみはこれから……」

「ええ……」

「じゃあ、行くべきだ」

「行くべきだ？」レイチェルはおかしそうに言った。

「ああ、その、よくないから——我慢するのは——というか——すべきときは、すべきことをすべきだ。そうだろ？」

いったい自分はどうしてしまったのか。

「そうね」レイチェルは言った。「じゃあ……会えて楽しかった」

ドアの向こうから彼女の笑い声が聞こえた。


最初に目に留まってから一週間、レイチェルのことが頭から離れなかった。わたしは自分を叱った。ロースクールの一年目は、勉強に専念して自分を確立しなくてはいけない。だが、いくら人的管轄権の最小限の接触や、過失請求の要件や、契約法の鏡像原理に集中しようとしても、連邦管轄権の選択科目のクラスで三列目にすわっていたあの女性が頭に浮かんで、どうしようもなかった。

ダニーが情報をくれた。レイチェル・カーソンはミネソタ州西部の小さな町の出身で、ハーヴァード大学を卒業し、公的給付型奨学金でノースカロライナ大学ロースクールに進学した。機関誌である《ロー・レビュー》の編集長で、成績はクラスで一番、卒業後は貧困層を法的に支援する非営利団体への就職が決まっている。親切だが物静かな性格だ。目立つほうではなく、学部からまっすぐ進学していない年上の学生といっしょにいることが多い。

へえ、そうなのか。わたしは胸のうちでつぶやいた。自分も学部からまっすぐ進学していないんだが。

とうとう勇気を掻き集め、レイチェルを探した。図書館で何人かの仲間と長テーブルについているところを見つけた。やめておけ、とまた自分に言い聞かせる。ところが脚が言うことを聞かず、気がつくとわたしはレイチェルのテーブルのそばに立っていた。

わたしが近づいてくるのを見て、レイチェルは手に持ったペンをおろし、こちらに視線を据えていた。

ふたりきりのときのほうがよかったが、いま実行しなければ、二度とできない気がした。

〝やるんだ、このぼんくら。だれかが警備員を呼ぶ前に〟

わたしはポケットから紙片を取り出して開き、咳払いをした。いまやテーブルについた全員が注目している。わたしは読みはじめた。

ぼくが話すのを二度聞いて、たぶんきみが思ったのは「ばか」。

意味不明だったろうね、まるでシルクハットをかぶったカバ。
三度目もうまく話せる自信がないから
手紙を書こうと決めたんだから。

レイチェルをちらりと見ると、顔に愉快そうな笑みが浮かんでいた。「よかった、逃げないでくれて」わたしがそう言うと、レイチェルの仲間のひとりが小さく笑った。上々の滑り出しだ。

ぼくの名前はジョン。出身はここと同じノースカロライナ。
こんなに礼儀正しく、聞き上手で、ユーモアがわかるやつはいないな。
金はなく、車もなく、詩人としての才能もない。
でも、見かけはともかく、頭の働きは悪くない。

レイチェルの仲間がまた笑った。「ほんとうさ」わたしは言った。「読み書きだってなんだってできる」
「ええ、そうね、そうね」

「先を読んでもいいかな」

「どうぞ」レイチェルは手をひと振りした。

勉強しに来たんだろうと、友達は言う。そう、あの教授の名前はウェイト。

でも、なかなか集中できない。忘れられない、あのクラスメイト。

目が追うのは、法の正義とか、人種採用割りあてのページ。

頭に浮かぶのは、ミネソタから来たあの人の緑の目のイメージ。


レイチェルは口もとがゆるむのをこらえきれず、顔を赤らめた。テーブルにいる女子学生全員から拍手が起こった。

わたしは深々と一礼した。「ご清聴ありがとう」精いっぱいエルヴィス風に言った。

「毎日ここにいるから」

レイチェルはこちらを見なかった。

「いや、その、韻の踏み方は……」

「いいの、感動的だった」レイチェルは目を閉じて言った。

「では、みなさん、ぼくはこのへんで。何もかもが成功したと思いこんだまま、ぼろが出ないうちに退散するよ」

わたしはゆっくり歩いた。レイチェルがその気になれば、追いかけてこられるように。

17

物思いから覚め、駐車スペースに車を滑りこませる。教えられたとおりの場所で、ホワイトハウスから五キロも離れていない。車を停めてエンジンを切る。人の姿はない。鞄をつかんで車からおりる。裏口は荷物の搬出口か何かに見え、階段をあがると、取っ手のない大きなドアがある。

インターフォンから耳障りな声がする。「どちらさま？」

「チャールズ・ケーンだ」

少しして、分厚いドアが半開きになる。わたしは手を差しこんで、ドアを大きく開く。中は荷物を積みおろしする場所で、UPSやフェデックスの箱、大型のクレートや台車が散乱している。右側に大型エレベーターがあり、ドアがあいている。内側の壁は厚いクッション張りだ。

いちばん上のボタンを押すとドアが閉まる。エレベーターがぎこちなく動き、わたしははっと息を呑む。エレベーターは一瞬さがったのち、歯車のきしむ音を立てて上昇する。

また、めまいがする。わたしはクッション張りの壁に片手を突き、レーン医師のことばを反芻する。

最上階に着いてドアがあき、慎重に外へ出る。そこはきれいに整備された廊下で、壁が明るい黄色に塗られ、モネの複製画が最上階にある唯一の部屋まで並んでいる。

入口の前に立つと、ドアがひとりでに開く。

「チャールズ・ケーンが参りました」わたしは言う。

アマンダ・ブレイドウッドが部屋のなかに立ち、一方の腕を大きく伸ばしてドアを押さえながら、わたしをしげしげと見る。細身のシャツを着て、薄手のセーターを肩に羽織っている。黒いストレッチパンツをつけ、足には何も履いていない。一カ月前にクランクアップした映画のせいで、近ごろは髪を伸ばしているが、今夜はポニーテールにまとめて、幾筋かを顔の横に垂らしている。

「あら、こんにちは、ミスター・ケーン」アマンダは言う。「裏口を使わせてごめんなさい。正面玄関のドアマンが穿鑿(せんさく)好きでね」

去年、ある娯楽雑誌が、アマンダを地球上で最も美しい女性二十人のひとりに選んだ。

また、別の雑誌は、ハリウッドで最も出演料が高い俳優二十人のひとりとしてアマンダの名をあげた。ふたつ目のオスカー像を持ち帰ってから、一年も経たないころのことだ。

アマンダとレイチェルはハーヴァード大学での四年間、ずっといっしょに暮らし、卒業後も、ノースカロライナ州の弁護士と国際的映画スターという立場のちがいを乗り越えて、連絡を取り合っていた。コードネームをチャールズ・ケーンにすることは、アマンダが思いついた。八年ほど前、知事公邸の裏庭で、レイチェルとアマンダとわたしの三人でワインを飲みながら、史上最高の映画はオーソン・ウェルズの代表作だと話し合ったことがあった。

アマンダは首を振り、ゆっくり笑みを浮かべる。

「まあ。ひげがぼさぼさ」そう言ってわたしの頬にキスをする。「ぱっとしない恰好ね。さあ、そんなところにぼんやり立ってないで、はいって」

アマンダのにおい、女の香りが鼻に残っている。レイチェルは香水があまり好きではなかったが、バスジェルとボディーローションは――ああしたクリームや化粧水や石鹼を正確にどう呼ぶのか知らないが――どちらもバニラのにおいだった。この先、生きているかぎり、バニラのにおいを嗅いだら、レイチェルのむき出しの肩と首筋の柔らかな感触を思い出さずにはいられないだろう。

配偶者の死を乗り越えるマニュアルはないと言われる。残されたほうが大統領で、つぎつぎと困難に見舞われるとなれば、なおさらだ。何しろ、悲しんでいる時間がない。先送りできない決断は山積みで、安全保障上の脅威はつねに存在し、ほんの一瞬、目を離した隙に取り返しのつかない事態になりかねない。レイチェルが終末期にはいったとき、ホワイトハウスは北朝鮮やロシアや中国の動向をそれまで以上に注視していた。これらの国の指導者が、こちらの弱みや油断に付けこもうと狙っているのを知っていたからだ。一度は職を辞することも考えたが――ダニーに必要書類まで作成させた――レイチェルが強硬に反対した。レイチェルは自分の病気によって、大統領としてのわたしの足を引っ張ることだけはしまいと決めていた。その意志は固く、そこまで強く思うのはなぜなのか、レイチェルは口にしなかったし、わたしにはわからなかった。

亡くなる三日前――最期を自宅で過ごすため、そのときはもうローリーの街に帰っていた――北朝鮮が大陸間弾道ミサイルの発射実験をおこない、わたしは黄海への航空母艦の派遣を命じた。埋葬の日、娘の手を握って墓の横に立っているとき、在ベネズエラ米国大使館が自爆テロ攻撃を受けた。わたしはすぐさまキッチンへ向かい、将官や国家安全保障チームの面々と報復攻撃の可能性を検討した。

周囲の世界からつねに対応を求められるときは、短期的に考えれば、喪失と向き合うのが容易かもしれない。最初は忙しすぎて、悲しみや孤独を感じる暇がないからだ。ところが、やがて現実が顔をのぞかせる——自分が人生で最愛の人を失い、娘が母親を失い、すばらしい女性が長くて豊かな人生を送る機会を奪われたという現実が。そして多忙な仕事に感謝する。しかし、たとえ大統領であっても、底なしの孤独に襲われる瞬間はある。かつて味わったことのない感情だ。大統領に就任して最初の二年間、わたしは数多くのむずかしい決断を迫られた。自分の判断が正しかったことを、ただ祈るしかなかったことも数えきれない。側近が何人いようが関係ない。責任はわたしひとりにある。それでも、孤独を感じたことは一度もなかった。いつもレイチェルがそばにいて、決断をくだすわたしに率直な意見を述べ、最善を尽くすようにと励まし、問題が片づくと首に抱きついてきた。

いまだにレイチェルが恋しくてたまらない。妻を亡くした男は、これほどの悲しみを覚えるものなのか。今夜こそ、そばにいてもらいたかった。レイチェルは、いつわたしの尻を叩き、いつ背中を押すべきかを、恐ろしいほどよくわかっていた。そして、何があろうと、すべてはうまくいくと信じさせてくれた。

レイチェルの代わりはいない。それはわかっている。しかし二十四時間、ずっと孤独なのもつらいものだ。レイチェルは自分が逝ったあとのことを話し合おうとした。わたしが世界で最も結婚相手として望ましい独身男性になると、よく冗談を言っていた。あるいはそうかもしれない。だが、いまのわたしは、ただの愚かな変わり者で、みなを失望させようとしているだけの気がしてならない。

「飲み物は?」アマンダが振り向いて訊く。

「時間がない」わたしは言う。「あまり余裕がないんだ」

「正直言って、どうしてこんなことをしたいのか、わたしにはさっぱり理解できない」アマンダは言う。「でも準備はできてる。はじめましょう」

わたしはアマンダのあとについて部屋へはいる。

18

「なんだか妙な気分だ」わたしは言う。

「だいじょうぶよ」アマンダはささやく。「いままでやってもらったことはないの？」

「ない。二度とないことを願うよ」

「もっと楽しいはずなのに」アマンダは言う。「あなたが不満を言うのをやめたらね。ねえ、ジョン、バクダッドの監獄で拷問を受けたあなたが、こんなことも我慢できないなんて」

「きみは毎日こんなことをやってるのか」

「ほとんど毎日よ。いいから……じっとしてて。そのほうがやりやすいから」

アマンダにとっては、やりやすいのだろう。わたしは寝室に隣接した化粧室でピンクの椅子にすわり、化粧用のペンシルで眉を描かれながら、じっと耐えている。右手にある台には化粧道具がずらりと並んでいる。さまざまな大きさと色の瓶、ブラシ、粉、クリーム、それに何やら泥状のものだ。吸血鬼かゾンビの出てくるB級映画のメイク室か何かに見える。

「グルーチョ・マルクスみたいにしないでくれよ」わたしは言う。

「しない、しない」アマンダは言う。「でも、そう言えば……」バッグに手を入れて何かを取り出す――グルーチョ・マルクスの鼻眼鏡で、ふさふさの眉毛と口ひげがついている。わたしはアマンダの手からそれをとる。「レイチェルのだ」

病状がいよいよ悪化すると、レイチェルはみなが自分のことで心を痛めるのを気にした。そこで友人が訪ねてくるとき、場を和ませるささやかな習慣を採り入れた。わたしはあらかじめ見舞客に、「きょうのレイチェルはいつもとちがう」と注意する。そして部屋にはいってきた見舞客は、レイチェルがグルーチョ眼鏡をかけてベッドに横たわっているのを目にする。ピエロの赤い鼻をつけていることもあった。リチャード・ニクソンのマスクも持っていて、みなは大笑いしたものだ。

それがレイチェルだった。いつも自分ではなく、周囲のことを心配していた。

「とにかく」アマンダが湿っぽい空気を振り払う。「眉のことは心配しないで。少し濃くしてるだけだから。眉を変えるだけで、びっくりするほど外見が変わるの。目と眉でね」

アマンダは椅子の上で体を後ろへ引き、わたしを見る。「ねえ、そのひげを見たとき、もう半分成功したも同然だと思った。すごく赤い！　本物じゃないみたい。その色に合わせて髪を染める？」

「それだけは勘弁してくれ」

アマンダはかぶりを振り、研究室の標本でも見るようにわたしの顔をながめる。「髪の長さが足りない」わたしに話しているというより、ひとりごとに近い。「分け目を右から左に変えても、たいした効果はなさそうだし。分け目はつけないで、全部前におろそうか」両手をわたしの髪に差しこみ、指で梳かしてわざと乱す。「少なくとも、この髪型のほうがいまの時代に合ってる」

「野球帽をかぶったらどうだろう」わたしは言う。

「なるほど」アマンダは後ろにさがる。「そうね、そのほうが簡単かも。うまくいくといいんだけど。持ってる？」

「ああ」わたしは鞄に手を入れ、ワシントン・ナショナルズの野球帽を取り出してかぶる。

「栄光の日々がよみがえるんじゃない？　うん、そうね、ひげと赤い野球帽のあいだの眉がこれで、あとは……ええと」アマンダは頭を前後に動かす。「鍵を握るのは目よ」自分の顔を手で示して言う。ため息をつく。「あなた、目が以前とちがう」

「どういう意味だ」

「レイチェルのことがあってから。亡くなってから目が変わったみたい」アマンダははっとわれに返る。「ごめんなさい。眼鏡をかけてみましょう。ふだんはかけてない？」

「目が疲れたときに読書用をかけるぐらいかな」わたしは言う。

「待ってて」アマンダはクローゼットにはいり、長方形のベルベット張りの箱を持って出てくる。蓋をあけると、五十個ほどの眼鏡が、それぞれ小さなくぼみにおさめられている。

「すごいな」

「ジェイミーから借りたの」アマンダは言う。「去年、〈ロンドン〉の続編を撮影したとき。クリスマスに公開予定よ」

「聞いたよ。おめでとう」

「ええ、スティーヴンにはこれで最後にすると言ったの。ロドニーがずっとしつこくて。うまくかわしたけど」

アマンダは茶色の太いフレームの眼鏡を手渡す。わたしはそれをかける。

「うーん」アマンダは言う。「だめ。こっちをかけて」

わたしは別の眼鏡をかける。

「いや、それもだめ」

「ファッション・コンテストで優勝しようというわけじゃないが」わたしは言う。

アマンダはまじめくさった顔でわたしを見る。「それについてはまったく心配無用よ。

ほら」別の眼鏡を箱から取り出す。「これ。これにしましょう」

また太いフレームの眼鏡を手渡すが、こんどは赤茶色だ。わたしがそれをかけると、アマンダの顔が明るくなる。

「ひげの色に溶けこんでる」

わたしは渋面を作る。

「色のおかげで印象ががらりと変わったってことよ、ジョン。あなたは髪や肌の色が明るいでしょう。くすんだ金髪に色白の顔。でも眼鏡とひげで、深い赤茶色が強調される」

わたしは立ちあがり、化粧台の鏡の前へ行く。

「痩せたのね」アマンダは言う。「これまでも太ってたことはないけれど、ずいぶん細くなった」

「褒めことばじゃなさそうだな」

わたしは鏡で自分を見る。たしかにわたし自身ではあるが、アマンダの言うとおり、色の印象が変わった。野球帽、眼鏡、ひげ。そして眉をほんの少し濃くしただけで、これほど外見が変わるとは知らなかった。おまけにシークレット・サービスも付き添っていない。だれもわたしだと気づかないだろう。

「ねえ、ジョン。あなたはあなたの人生を歩いてかまわないのよ。まだ五十歳でしょう。

レイチェルもそれを望んでた。実を言うと、わたしに約束させ――」

アマンダはそこでことばを切り、顔を赤くして目を潤ませる。

「レイチェルはきみにそんな話を？」

アマンダはうなずいて胸に手をあて、感情が鎮まるのを待つ。「レイチェルが言ったとおりに言うから。〝ジョンがまちがった忠誠心から、一生ひとりで過ごすことがないようにして〟」

わたしは思わず息を呑む。アマンダがいま言ったこと――まちがった忠誠心――は、まさにレイチェルのことばだ。わたし自身、一度ならずそう言われたことがあった。レイチェルがこの場によみがえる。息が顔に感じられ、何か大切なことを言うときに首を傾ける姿が見える。バニラのにおい、右頬のえくぼ、目尻の笑い皺――

亡くなる日、レイチェルはわたしの手をつかんでいた。鎮痛薬のせいで声は震えて弱々しかったが、最後に一度、わたしの手を強く握った。

〝だれかいい人を見つけると約束して、ジョナサン。お願い〟

「わたしが言いたいことはひとつだけ」アマンダの声は感きわまって、かすれている。「あなたが前へ進むべきときが来ることは、みんな理解してる。ただデートへ行くだけで、変装なんかしなくていいのよ」

一瞬なんのことだかわからなかったが、忘れてはならないことがあったのを思い出す――アマンダは事情をまったく知らないのだ。考えてみれば、夕食か酒か映画かわからないが、わたしがこれから女性と会うところで、はじめてのデートを各国の記者に見張られたくないのだろうと、アマンダが早合点したとしても無理はない。

「デートなんでしょう?」アマンダは完璧な形の眉をひそめ、考えこむ顔をする。デートでないとしたら、何をするというのか。大統領が警護もなしに人目を忍んで出かけるのに、ほかにどんな理由があるのか、と。

アマンダがそれ以上想像をたくましくする前に、わたしは言う。「ああ、人と会う約束があるんだ」

アマンダはその先のことばを待ち、わたしが何も言わないのを見て、暗い顔になる。だが、レイチェルが逝ってからというもの、アマンダはひどく気をつかって、わたしに接してきた。無理やり聞き出すようなことはしない。

わたしは咳払いをして、腕時計を確認する。時間厳守だ。こうしたことには慣れていない。いつも多忙なスケジュールに追われているものの、大統領はけっして遅刻しない。みなが待ってくれるからだ。しかし、きょうはちがう。

「もう行かなくては」わたしはアマンダに告げる。

19

貨物用エレベーターで下へおり、路地に出る。車はまださっきの場所に停まっている。わたしはキャピトル・ヒル地区へ車を走らせ、七番ストリートとノースカロライナ・アベニューの交差点近くの駐車場を見つける。係員にキーを預けるが、わたしの顔をまともに見ようともしない。

歩行者にまぎれ、春の金曜の宵の雑踏に溶けこむ。活気ある住宅地区のレストランやバーは窓をあけ放っていて、人々の笑い声や話し声、スピーカーから流れる大音量のポップミュージックが聞こえてくる。

角のコーヒーショップの壁にもたれてすわる、みすぼらしい身なりの男が目にはいる。ジャーマンシェパードが隣に伏せ、空のボウルの横で暑さにあえいでいる。多くの路上生活者同様、男も必要以上に服を重ね着している。黒っぽいサングラスのレンズは傷だらけだ。手に持つための札には〝ホームレスの退役軍人〟と書いてあるが、いまは建物の壁に立てかけてある。休憩時間なのだろう。反対側に小さな厚紙の箱が置かれ、一ドル札が数枚はいっている。CDラジカセから音楽が静かに流れている。

わたしは歩行者の列を離れ、男の隣にかがみこむ。かかっている曲はヴァン・モリソンの〈イントゥ・ザ・ミスティック〉だ。サヴァンナでの基礎訓練中にスローダンスをしていたことを思い出す。リヴァー・ストリートのバーが閉店になるころには、頭は酒でぼんやりし、体は地獄の特訓と訓練演習で悲鳴をあげていたものだ。

「湾岸戦争の退役軍人のかたですか」わたしは尋ねる。最初は外見からベトナム戦争と推測したが、貧困のせいで実年齢より老けて見えるのだろうと思いなおす。

「ああ、そうだよ」男は言う。「でも、敬語を使われるような士官じゃない。給金を稼いでただけさ。第一歩兵師団(ビッグ・レッド・ワン)の一等軍曹だった。〝砂漠の剣〟作戦に参加したんだ」

男の胸に誇りが湧きあがるのを感じる。それを見て、こちらもうれしくなる。もっと誇りを取りもどしてもらいたく、サンドイッチでも買って、もう少し話を聞きたいと思う。だが時間が気になり、腕時計を見る。

「第一歩兵師団か。攻撃の先頭に立っていたんだろう?」

「最前線だよ。イラクの防衛軍の野郎どもをあっさり片づけてやった」

「歩兵(レッグ)には悪くない任務だな」わたしは言う。

「レッグ？」男は驚いた声を出す。「あんたも軍隊に？　どこにいたんだ。空挺部隊か？」

「あなたと同じで、陸軍（フーアー）だった」わたしは言う。「そう、第七十五レンジャー連隊に何年かいた」

男はわずかに背筋を伸ばし、一本につながったぼさぼさの眉をあげる。「空挺歩兵だな。あんたもひどい目に遭ったはずだ。急襲とか偵察任務とか」

「あなたのような大部隊の隊員ほどじゃない」わたしは言い、相手の話題にもどす。「国土の半分を制圧するのにどれくらいかかったんだったか――一週間ぐらいか」

「そして突然攻撃を中止した」男は唇をゆがめて言う。「あれは大きなまちがいだったと、ずっと思ってる」

「ところで」わたしは言う。「サンドイッチでも食べないか」

「そいつはありがたい」男は言う。わたしが店の入口に向かうと、さらに声をかけてくる。

「そう言えば、そこの七面鳥のサンドイッチは絶品だ」

「七面鳥だな」

わたしは店からもどるが、もう時間がない。だが、その前に聞いておきたいことがある。

「あなたの名前は？」

「クリストファー・ナイト一等軍曹だ」

「どうぞ、軍曹」わたしは男にサンドイッチの紙袋を渡す。水のはいった皿を犬の前に置くと、犬は舌ですくって飲み干す。

「お目にかかれて光栄だったよ、軍曹。夜はどこで寝てるんだ」

「ふたつばかり先の通りに保護施設がある。朝はほとんど毎日、ここへ来てるさ。こっちのほうがまだ人が親切だからな」

「そろそろ行かないと。クリス、これをとっておいてくれ」

わたしはサンドイッチの釣り銭をポケットから出して、男に渡す。

「あんたに神の恵みを」クリスはわたしの手を強く握る。軍人らしさの残る力強い手だ。

どういうわけか、わたしは胸が詰まるのを感じる。これまで診療所や病院を訪ね、退役軍人省の改革に全力をあげてきた。だが、〝心的外傷後ストレス障害(PTSD)〟をかかえた退役軍人が、仕事を見つけられない、あるいは見つけてもつづけられず、こうして路上生活をしている姿を目のあたりにしたことはなかった。

わたしは歩いてもどりながら携帯電話を取り出し、手遅れになる前に支援の手が差し伸べられるよう、クリスの名前とコーヒーショップの場所を記録する。

しかし、クリスのような元軍人は何万人もいる。いつもの感覚が胸をよぎる。わたしには人々を助ける強大な力があるが、同時に限界もあるという感覚だ。人は矛盾とともに生きることを学ぶ。限界を認めずに執着すれば、できる範囲で最善を尽くすこともかなわなくなる。それでもつねに限界に立ち向かい、毎日、なるべく多くのことを、なるべく多くの人に対してするようつとめなくてはならない。希望がないと思う日でも、何かできることはかならずある。

ナイト軍曹と別れて二ブロック進み、傾いた太陽が作る影のなかを歩いていると、前方の群衆が立ち止まる。わたしは何人かを掻き分けて通りへ進み出て、何が起こっているかを見る。

首都警察の警官がふたり、白いTシャツとジーンズ姿のアフリカ系アメリカ人の若者を、地面に押さえこもうとしている。抵抗して両手を振りまわす若者に、一方の警官が手錠をかけようとする。警官はふたりとも武器とテーザー銃を持っているが、いまのところは使っていない。歩道にいる二、三人の野次馬が、携帯電話を向けて動画を撮っている。

「地面に伏せろ！　伏せるんだ！」警官ふたりが叫ぶ。

若者は警官もろとも右によろけながら歩き、すでにパトロールカーがふさいで通行止めになった通りへ出る。

わたしはとっさに足を前に踏み出しかけ、そこでとどまる。何をしようというのか。自分は大統領だから、ここはすべてまかせろ、とでも言うつもりか。自分にできることは、ぽかんと見ているか、この場を立ち去るかだけだ。

なぜこの事態に至ったのかはわからない。若者が凶悪犯罪を犯したのかもしれないし、財布をすったのかもしれない。あるいは、ただこの警官たちを怒らせただけかもしれない。通報で駆けつけた警官が、適切に対処しているだけであることを願う。ほとんどの警官は、ほとんどの場合、最善を尽くしている。だが、どの職業の世界もそうであるように、警官のなかにも悪質な者はいる。また、自分のことを善良な警官だと思っているが、Tシャツとジーンズ姿の黒人の男を目にしたら、同じ恰好をした白人の男よりも危険だと無意識のうちに見なす者もいる。

わたしは野次馬たちをながめまわす。さまざまな人種、さまざまな肌の色。十人いたら十人が同じものを見て、それぞれちがう受け止め方をするだろう。善良な警官が仕事をしているだけと感じる者もいれば、黒人が肌の色を理由に差別されていると感じる者もいる。実際にはそのどちらかかもしれないし、両方が少しずつ入り混じっているかもしれない。いずれにせよ、傍観者が内心で考えていることは同じだ。この丸腰の若者は撃たれずにすむだろうか？

二台目のパトロールカーが通りをやってきて、警官たちは若者を地面に押さえこみ、手錠をかけてから立ちあがらせる。

わたしは通りを横切って、つぎの目的地をめざす。こうした問題に簡単な解決策はなく、わたしは胸に言い聞かせる——自分の限界をわきまえ、状況を改善するために力を尽くしつづけることだ。大統領命令、わたしの机に届く法案、演説、強い公権力に基づく発言——これらによって正しい風潮が生まれ、国は正しい方向へ進む。

だが、これは人類の歴史と同じだけ古い戦いだ。〝われわれ〟と〝彼ら〟。いつの時代も、個人、家族、民族、国家は〝他者〟にどう対処するかで葛藤している。アメリカでは、人種差別こそが何よりも古い悪習だ。しかしそれだけではない——宗教、移民、性にまつわる差別も存在する。〝彼ら〟への戦略は、だれの心にも住む獣に興奮剤を与えるだけであることも少なくない。〝彼ら〟を罵る声は、〝われわれ〟が調和し、ともに何かをなしうることを訴える真摯な声を掻き消しがちだ。わたしたちの脳は長いあいだ、そのように働いてきた。おそらく、これからもそうだろう。とはいえ、あきらめてはならない。それは建国の父たちがわたしたちに残した不変の使命——〝より完璧に近い国家〟へ向けて進むことだ。

角を曲がると、風が強く吹きつける。わたしは灰色の雲が垂れこめる不吉な空を見あげる。

通りの端まで歩き、角のバーへ向かう。過酷をきわめるこの夜のなかでも、最もきびしい時間が訪れる予感がする。

20

わたしはひとつ深呼吸をして、バーにはいる。

店内にはジョージタウン・ホヤズとワシントン・レッドスキンズとワシントン・ナショナルズの垂れ幕がかかり、むき出しの煉瓦壁の四隅にテレビが置かれ、騒々しい音楽がサービスタイムでにぎわう客の元気な話し声に負けじと流れている。多くがカジュアルな服装の大学生や大学院生だが、仕事帰りの若者もちらほら交じっていて、スーツを着てネクタイをゆるめているか、ブラウスにパンツといういでたちだ。中庭のテラス席は隅まで客で埋まっている。床はべとつき、気の抜けたビールのにおいがする。わたしはまたしても基礎訓練中のサヴァンナに引きもどされ、週末にリヴァー・ストリートで騒いでいたことを思い出す。

スーツ姿で見張りに立っているシークレット・サービスの警護官ふたりに向かってうなずく。わたしがここに来ることと、どのような恰好をしているかは、あらかじめ伝えてある。わたしだと気づいても知らないふりをするようにとも言ってあるので、ふたりは小さくうなずいて、わずかに背筋を伸ばすにとどめる。

奥の隅のテーブル席で、わたしの娘が人々に囲まれて——友人もいれば、大統領の娘と同席したいだけの者もいる——果物を使った色鮮やかな飲み物を口にしている。ひとりの女が大音量の音楽に負けないように、娘に何か耳打ちする。娘は手を口にあて、笑っていいのか驚いていいのかわからないような顔をする。だが、その反応は芝居がかっている。礼を失さないためのものにすぎない。

娘が店内に視線を走らせる。いったんわたしの上を通り過ぎ、それからもどる。リリーの唇が開いて、目が険しくなる。やがて表情が和らぐ。すぐにわからなかったところを見ると、わたしの変装はうまくいっているのだろう。

わたしはそのまま歩き、トイレの前を通って店の奥にある倉庫にはいる。ドアはわざとあけてある。中は大学の友愛クラブを思わせるにおいがする。棚という棚に雑多な酒が並び、壁にアルミ製のビール樽が列を作り、コンクリートの床にナプキンやグラスの詰まった箱が蓋をあけたまま置かれている。

リリーがはいってくるのを見て、わたしは胸がいっぱいになる。まるい顔と大きな目で、わたしの頬にさわろうと手を伸ばしてきた幼子。ピーナッツバターとジャムのついた顔で、爪先立ちしてわたしにキスをしてきた少女。州のディベート大会の決勝戦で、手を大きく動かしながら、代替エネルギーの推進策の利点について熱弁を振るうティーンエイジャー。

あとずさりしてわたしの目を見るリリーの顔から笑みが消える。「ほんとうだったのね」

「ほんとうだ」

「ホワイトハウスに来たの？」

「ああ、来た。それ以上のことは言えない」

「どこへ行くの？」リリーは尋ねる。「何をするつもり？　なぜシークレット・サービスがいっしょじゃないの？　どうしてそんな変装を――」

「まあ、落ち着いて」わたしはリリーの肩に手を置く。「だいじょうぶだよ、リル。これからふたりに会いに行く」

「ニーナとその相棒に？」

プリンストンのTシャツを着た若い女が、わたしの娘に本名を教えたとは考えにくい。だが、あれこれ言わぬに越したことはない。「ああ」わたしは答える。

「話しかけられたとき以来、まったく見かけてない」リリーは言う。「一度もよ。大学から完全に姿を消したの」

「ソルボンヌ大学の学生じゃないと思う」わたしは言う。「おまえに会うためにパリへ行ったんだ。メッセージを伝えるために」

「でも、なぜこのわたしに？」

わたしは答えない。答を見つけるのに時間はかからない。

わたしは答えない。必要以上のことは言いたくない。だがリリーは母親の頭脳を受け継いでいる。答を見つけるのに時間はかからない。

「わたしがお父さんに直接伝えるとわかってたからなのね」リリーは言う。「だれも介さずに。あいだに人をはさまないで」

そのとおりだ。

「で、どういう意味だったの？」リリーは尋ねる。「〝ダーク・エイジ〟って何？」

「リル……」わたしは娘を引き寄せるが、何も言わない。

「言わない。言えないのね」リリーはわたしに逃げ道を作り、許してくれる。「重大なことに決まってる。わたしをパリから呼びもどしたかと思うと、こんな……こんなことまでしてるんだから」後ろを振り返る。「アレックスは？ 護衛はどこ？ わたしによこしたふたり組以外の」

大学卒業後、リリーは与えられた権利を行使して、警護を拒否した。しかし、月曜日の電話のあと、わたしはただちに娘に警護をつけた。期末試験があったので帰国まで二日ほどかかったが、パリでも娘の無事を確約された。

「だいじょうぶだ、いるよ」わたしは言う。ひとりで取り組むつもりだと告げる必要はない。これ以上、リリーに不安な思いをさせたくない。母親を亡くしてからわずか一年で、まだ悲しみを乗り越えているさなかだ。父親まで失う可能性に怯えさせたくない。リリーはもう子供ではないし、実際の年齢より大人びているが、何しろまだ二十三歳で、人生の残酷さを知らないのだ。

娘がどんな思いをするかが頭に浮かび、胸が締めつけられる。だが、ほかに道はない。わたしはこの国を守るという誓いを立てた。これができるのはわたしだけだ。

「聞いてくれ」わたしはリリーの手をとる。「これからしばらく、ホワイトハウスで過ごしてもらいたい。部屋の用意はできている。家から持ってきたいものがあったら、警護官にとりにいかせるといい」

「わたし……よくわからない」リリーはわたしを見る。唇がかすかに震えている。「何か大きな危険があるの、パパ？」

わたしはこみあげる感情を懸命に抑える。リリーは思春期を迎えてから、わたしをパパと呼ぶのをやめたが、母親が死の床にあるときに一度か二度、呼んだことがあった。心細さと恐怖が極限に達すると、そう呼ぶのだ。わたしはこれまで、サディスティックな練兵係軍曹やイラク軍の残酷な尋問者、党派根性まる出しの議員や政治記者団などを退けてきたが、娘にだけは弱い。

わたしは上体をかがめて、額と額を合わせる。「わたしが？　何を言っている。用心しているだけだよ。ただ、おまえの無事を確認したかった」

リリーは納得していない。腕をわたしの首にきつく巻きつける。わたしも娘を抱きしめる。すすり泣く声が聞こえ、体の震えが伝わる。

「おまえを誇りに思うよ、リリー」わたしはささやき、声が詰まらないようにつとめる。「いままで言ったことがあったかな」

「いつも言ってる」リリーは耳の横で言う。

すばらしくて強くて独立心に富んだ娘の髪をわたしはなでる。母親の美しさと頭脳と精神を受け継いだ立派な大人の女性だが、わたしにとってはいつまでも小さな女の子だ。わたしを見ると顔を輝かせ、キス責めにすると悲鳴をあげ、こわい夢を見たらパパに手を握ってもらわないと眠れない小さな女の子だ。

「シークレット・サービスといっしょにここを出るんだ」わたしは小声で言う。「いいな？」

リリーは体を離して頬の涙をぬぐい、ひとつ息を吸ってから、望みをこめた目でわたしを見てうなずく。

それからわたしに飛びつき、ふたたび強く抱きしめる。

わたしは目を閉じて娘の震える体を抱く。急に娘が、十五年前の小学生のころにもどったように感じる。けっして自分を見捨てない、岩さながらの父親を必要としていたころに。

このまま抱きしめ、頬の涙を拭いてあらゆる不安を消し去ってやりたい。わたしははるか昔、かわいい娘に四六時中くっついて世界から守ってやることはできないのだと自分に言い聞かせた。いつまでもこうしていたいのはやまやまだが、意志の力を振り絞って娘から離れ、実行すべきことをしなくてはならない。

わたしはリリーの頬を両手で包む。泣き腫らした一途な目が見あげてくる。

「世界じゅうのだれよりも愛しているよ」わたしは言う。「かならずもどると約束する」

21

リリーがシークレット・サービスの警護官とともにバーを出ると、わたしはバーテンダーに水を一杯頼む。ポケットに手を入れて、薬を取り出す。血小板を増やすためのステロイド剤だ。この薬は大の苦手だ。意識を朦朧とさせる。とはいえ、混濁した頭で事にあたるか、正体を失うかのどちらかで、その中間はない。だとしたら、後者は選べない。

わたしは歩いて駐車場にもどる。空は暗く、わたしの脚の背面を思わせる。雨は降っていないが、空気は湿ったにおいがする。

歩きながら携帯電話を取り出し、デボラ・レーン医師にかける。この番号に見覚えはないはずだが、デボラは電話に出る。

「レーン先生、ジョン・ダンカンだ」

「大統領？　午後じゅうずっと、連絡をとろうとしていたんですよ」

「わかっている。忙しくてね」

「数値がさがりつづけています。一万六千を切りました」

「わかった、約束どおりステロイドを倍量飲んでいるよ」

「それでは不充分です。いますぐ処置をしないと」

　わたしは向かってくる車に気づかず、交差点に足を踏み入れかける。SUVの運転手がクラクションを長く鳴らして注意する。

「まだ一万じゃない」わたしはデボラに言う。

「それはあくまで指針です。個人差があるんですよ。こうして話しているあいだにも、内出血が起こっているかもしれません」

「その可能性は低い」わたしは言う。「きのうのMRI検査では何もなかった」

「きのうはそうでした。でも、きょうは？　どうしてわかるんです」

　駐車場に着く。駐車券と現金を渡し、係員からキーを受けとる。

「大統領、あなたは優秀で有能な人たちに囲まれています。処置を受ける数時間ぐらい、まかせてもだいじょうぶでしょう。歴代の大統領も職務を委任していたと思いますが」

「そのとおりだ。ほとんどの場合は。だが、これだけは委任できない。その理由はデボラにもだれにも言えない。

「きみの言うことはすべて聞こえているよ、デボラ。もう行かなくては。電話を手もとに置いておいてくれ」

わたしは電話を切って、車のエンジンを始動させ、混雑した通りを走る。プリンストンのTシャツを着た若い女――娘にとってはニーナ――のことを考える。〝ダーク・エイジ〟のことを考える。

今夜のつぎの面会のこと、自分がもたらしうる脅威のこと、自分ができる提案のことを考える。

駐車場と書かれた白い案内板を持った男が、手を振って車を誘導する。わたしは料金を支払い、別の係員の指示に従って駐車スペースに向かう。キーを自分で持って二ブロック歩き、入口に〈キャムデン・サウス・キャピトル〉と建物名が記された中層のアパートメントハウスの前で足を止める。通りの反対側から、群衆のどよめきが聞こえる。

わたしは通りを渡るが、混雑していて歩きにくい。すれちがう男が言う。「二枚あるよ。二枚要らないか」

ニーナが渡してきた封筒から、派手な色合いの一枚のチケットを取り出す。今夜のナショナルズ対メッツの試合のチケットだ。

ナショナルズ・パークのレフト側の入口で、係員が観客を誘導して金属探知機をくぐらせ、引っかかった者をスキャナーで調べて、武器を隠していないかと所持品検査をしていている。

わたしは列に並んで順番を待つが、たいして時間はかからない。試合はもうはじまっている。

わたしの座席は一〇四エリアの最上階の席だ。ふだんは、スカイボックスやホームベースの後ろや三塁線上のダッグアウトの右など、特等席にすわっている。しかし、このレフト側のスタンド席のほうが好きだ。視界は最高とは言えないが、より現実感がある。あたりを見まわすが、そんなことをしても意味がない。起こるときには起こる。すわって待つしかない。

いつもなら、ここに来ると、菓子屋にいる子供の気分になる。そしてバドワイザーとホットドッグを買う。地ビールなど、物の数ではない。野球観戦のときは、きんきんに冷えたバドワイザーにまさるものはない。それに、マスタードたっぷりのホットドッグにかぎる。母の得意料理の、ビネガーソースをかけたリブチップでさえかなわない。

できるものなら、ここでゆっくりくつろぎ、ノースカロライナ大学で速球を投げながら、プロ選手を夢見ていたころの思い出にひたっていたい。わたしはカンザスシティ・ロイヤルズからドラフト四位指名を受け、ダブルAのメンフィス・チックスに入団した。汗だくでバスに揺られ、夜には安モーテルで肘をアイシングし、わずか数百人の観客の前でプレーをし、ビッグマックを食べてコペンハーゲンの嚙み煙草を味わっていた。

けれども、今夜はビールは飲まない。プリンストンの女の相棒を待ちながら、すでに胃がねじれるのを感じている。

ジーンズのポケットで電話が振動する。画面に表示された発信者の名前は〝C・ブロック〟だ。キャロリンがテキストメッセージで数字の〝3〟を送ってくる。わたしは〝ウェルマン〟と打って、「返信」を押す。

この暗号はわたしたちの現況報告だ。いまのところ問題なし。だが、ほんとうに問題がないのか、確信が持てない。わたしは試合の開始時間に遅れた。相手はもう帰ったのではないか。会う機会を逃したのではないか。

そんなことはありえない。しかし、わたしにできるのは、ここにすわって試合を見ながら待つことだけだ。メッツのピッチャーは平均以上の速球を投げるが、ツーシームの調子が悪くて球が落ちない。ナショナルズの左利きの一番打者は、明らかにバントの構えだ。一塁と二塁に走者がいて、三塁手は後ろにさがっている。ここは内角高めに投げるべきだが、ピッチャーはそうしない。ところがバッターが二度バントに失敗し、ピッチャーは助かる。結局、ツーストライクで、若いバッターはわたしのいるレフト後方へ大きなフライを打ちあげる。観客が反射的に立ちあがるが、打球は詰まり、メッツの左翼手がフェンスの手前でキャッチする。

観客がいっせいに腰をおろす。まだ立っている何者かがこちらに向かってくるのを、わたしは視界の隅でとらえる。新品らしきナショナルズの帽子をかぶっているが、それを除けば、およそ野球の試合会場では見かけない手合いだ。わたしの隣の空席にすわろうとしているのが、すぐにわかる。

あの男がニーナの相棒だ。いよいよはじまる。

22

バッハとして知られる暗殺者はドアを閉め、せまいバスルームに閉じこもる。小刻みに息を吸い、膝を突いて便器に胃のなかのものを吐き出す。

吐き終わると、目が痛んで胃がむかむかし、ひとつ息を吸って床にすわりこむ。これはよくない。ひどい。

やがて落ち着きを取りもどして立ちあがり、便器の水を流す。クロロックスの除菌ウェットワイプで便器をていねいに拭いてから、シートも水に流す。証拠もＤＮＡも残さない。

今夜、嘔吐するのはこれが最後だ。以上。

バッハは洗面台の薄汚れた鏡で自分の姿を確認する。かつらは後ろで束ねた金髪で、制服は水色だ。完璧というわけではないが、〈キャムデン・サウス・キャピトル〉アパートメントハウスの清掃員の制服一式までは手にはいらなかった。

バスルームを出てメンテナンス室へ足を踏み入れると、三人の男がまだ立っている。三人とも同じ水色のシャツと黒っぽいズボンを身につけている。そのうちひとりは筋骨隆々で、上腕二頭筋と胸筋がいまにもシャツを破りそうだ。バッハはきょう、ひと目会ったときからこの男が気に入らなかった。まず、目立ちすぎる。この仕事をしている人間は目立ってはいけない。つぎに、腕力ばかりに頼って知能や技能をあまり使わず、気も短そうに見える。

ほかのふたりは、まあまあだ。痩せ型で強靭そうだが、特に印象的な肉体ではない。顔立ちも地味で、記憶に残らない。

「気分はよくなったかい」筋骨たくましい男が訊く。ほかのふたりは笑みを浮かべるが、バッハの表情を見て真顔にもどる。

「もう一度同じ質問をしたら」バッハは言う。「わたしよりひどい気分を味わわせてあげる」

妊娠第一期の女の扱いは要注意だ。つわりは朝に多いというものの、朝だけでなくいつ起こるかわからない。とりわけ、ハイリスクの暗殺を請け負う女は、怒らせないほうが身のためだ。

バッハは、三人のリーダーである坊主頭で片目が義眼の男を見る。

男はすまないと言いたげに両手をあげる。「悪気はなかったんだ」流暢な英語を話すが、強い訛りがある——おそらく出身はチェコだろう。

バッハは手を差し出す。リーダーの男がイヤフォンを手渡す。バッハはそれを耳に装着し、リーダーも同じようにする。

「状況は？」バッハは尋ねる。

イヤフォンから答が返る。「標的は到着した。こちらのチームの準備もできている」

「では全員、配置について」

バッハは武器ケースと円筒形のダッフルバッグを持ち、貨物用エレベーターに乗りこむ。中にはいると、バッグから黒い上着を取り出して身につける。いったんかつらをはずし、黒いスキー帽をかぶる。これで全身黒ずくめだ。

最上階でエレベーターをおり、屋上のドアへつづく階段をのぼる。予定どおり、鍵はあいている。屋上では風が渦巻いているが、バッハの腕なら、なんの問題もない。いずれ雨が降りだすのはまちがいない。だがとにかく、いまはだいじょうぶだ。もしこのばかげた試合が最初から中止になっていたら、この作戦は実行できなかった。

いまは、雨で試合が中止になって、何万もの群衆がいっせいに傘に隠れて出てきた場合に備えなくてはならない。バッハは一度、弾丸を傘越しにトルコ大使の頭に命中させたことがあったが、大使の連れはひとりだけで、しかもそこは人気のない通りだった。今夜は最初のシナリオどおりに標的を捕捉できるかどうかが問題だ。仮におおぜいがいっせいに出口へ殺到したらむずかしい。

だから地上班を配してある。

バッハは親指の指紋認証で武器ケースをあけると、アンナ・マグダレーナを組み立て、タクティカル・スコープを取りつけてマガジンを装着する。

配置につき、薄闇にまぎれて身をかがめる。あと二十分もしないうちに太陽が沈み、屋上にいるこちらの姿はますます見えなくなるだろう。

バッハは体勢を整えて照準を合わせる。探していたレフト側の入口を見つける。

あとはひたすら待つ。五分後かもしれない。三時間後かもしれない。合図があったら、すぐさま正確無比に動かなくてはならない。もっとも、それが自分の仕事で、これまで失敗したことは一度もない。

ああ、ヘッドフォンで〈ピアノ協奏曲〉を聴けたらどんなにいいことか。だが仕事は一回一回すべて異なり、今回は先遣隊の合図を待たなくてはならない。いつ来るかわからないので、ヴィチェンツァのオリンピコ劇場でアンドレア・バッケッティが弾く〈ピアノ協奏曲第四番〉ではなく、往来する車の音や、混んだスタジアムから湧きあがる歓声や、観客を盛りあげるオルガンの音や、ときおり先遣隊から届く状況報告に耳を傾ける。

息を吸い、息を吐く。鼓動を鎮める。引き金に指を近づけるが、まだふれない。焦っても意味はない。いつものように、標的は向こうからやってくる。

そしていつものように、自分は仕留める。

23

男は無言で頭をかがめてわたしの前を通り過ぎ、左隣の席へ向かう。たまたま隣り合う座席のチケットを買った見知らぬ他人のように、素知らぬ顔で腰をおろす。この仕事実のところ、互いに見知らぬ他人同士だ。わたしは男のことを何も知らない。この仕事をしていると、当然ながら予期せぬことが起こる。だが何かあっても、わたしには顧問の一団がついていて、状況を分析し、あらゆる情報を集めて分類し、混乱のなかでなんらかの命令をくだすのに力を貸してくれる。けれども今夜、わたしはひとりきりで、なんの手がかりもない。

男がただの連絡係にすぎず、自分ではまるで理解できない情報を伝達しに来ただけで、尋問したところで重要なことは何も聞き出せない可能性もある。だとしたら、この男はわたしにとってなんの役にも立たない。しかしそれを言うなら、あのニーナという女を信じる理由もないのだ。

この男は暗殺者かもしれない。今回のことは、わたしを孤立させて無防備にするための計略だったのではないか。もしそうなら、リリーは両親をふたりとも失うことになる。そしてわたしは、単純な罠にはまって極秘の会合におびき出されたとして、大統領の地位に泥を塗る。

それでも、賭けるしかなかった。すべては〝ダーク・エイジ〟のためだ。

男がこちらを向き、はじめて間近でわたしの顔を見る。ダンカン大統領のはずだが、赤いひげと眼鏡と野球帽のせいで、ニュースで見る、ひげをきれいに剃ってスーツに身を包んだ最高司令官とは似ても似つかない。男はかすかにうなずくが、それはわたしの変装に感心したからではなく、変装しているという事実に満足したからだろう。少なくともここまでは、わたしが彼らのゲームに付き合っているからだ。わたしは極秘で会うことに同意した。相手の重要性をすでに認めているわけだ。

いくら気が進まなくても、認めざるをえなかった。わたしにとって、この男はいま世界で最も危険な人物かもしれない。

わたしは周囲を見まわす。わたしたちの横にも、すぐ後ろにも、だれもすわっていない。

「例のことばを言え」男に向かって言う。

男は相棒のニーナに劣らず若い。せいぜい二十代前半だろう。ニーナ同様に痩せている。

骨格は東欧人を思わせ、これもニーナと同じだ。白人だが、ニーナより肌が浅黒い。おそらく地中海人種か、中東人かアフリカ人の血を引いているのだろう。長くて小汚いひげと、野球帽からはみ出した湿っぽい髪で、顔の大部分が隠れている。目は殴られたかのようにくぼんでいる。鼻は長くて曲がっている——遺伝かもしれないし、骨折のせいかもしれない。

真っ黒いTシャツと暗色のカーゴパンツを身につけ、ランニングシューズを履いている。鞄やバックパックのたぐいは何も持っていない。

銃も持っていない。持っていたら入口の検査で引っかかったはずだ。とはいえ、武器として使えるものはたくさんある。家の鍵や木片やボールペンですら、標的の体に正確に突き刺せば、殺傷能力を具えた武器になる。イラクへ派遣される前の特殊部隊の訓練で、わたしは自分では考えつきもしなかったであろうことを——自己防衛戦術や、手近にあるものを武器にする術を——教わった。鋭利な先端で頸動脈をひと突きされたら、医療班が到着する前に失血死する。

わたしは手を伸ばし、男の細い腕をしっかり握る。「例のことばを言え。いますぐに」

男はわたしの動作に驚く。上腕をつかむわたしの手を見おろしてから、わたしの顔を見る。驚いてはいるものの、よく見ると、特に動揺したふうではない。

「おい」わたしは表情と声を抑えて言う。「これはゲームではない。きみは自分がだれにちょっかいを出しているか、わかっていないらしい。背伸びしすぎて、手に負えないことをしている」

大統領という立場が、自分が主張するほど強いものであることを願う。

男は眉間に皺を寄せてから口を開く。「何を言えって？　ハルマゲドン？　核による大量殺戮？」

相棒のニーナと同じ訛りだが、英語の運用能力はこの男のほうが高いようだ。

「最後のチャンスだ」わたしは言う。「痛い目に遭いたくないだろう」

男は目をそらす。「こっちがあんたに何かを要求してるような口ぶりじゃないか。でも、聞きたいことがあるのはそっちだろう」

それは的を射ている。わたしがここにいることが何よりの証だ。しかし逆もまた然りだ。相手がわたしに何を伝えようとしているかはわからない。ただの情報なら、売りつけようとするだろう。脅迫するつもりなら、何かを要求するはずだ。何も求める気がないのに、こんなことをするはずがない。この男がほしいものをわたしも持っている。ただ、それが何なのかがわからない。

わたしは男の腕を放す。「きみは無事にこのスタジアムを出られない」わたしは言い、座席を立つ。

「〝ダーク・エイジ〟」男は呪いのことばでも口にするかのように、怒りをこめた低い声で言う。

グラウンドでは、ナショナルズのレンドンが打ったボールが高くバウンドする内野ゴロとなり、キャッチしたショートが走りながら一塁に投げてアウトをとる。

わたしは座席に腰をおろす。ひとつ息を吸う。「なんと呼べばいい?」

「そうだな……オーギーと」

声音に反抗も皮肉も感じられない。わたしのささやかな勝利だ。この男の手持ちの札はおそらくこちらの札より強いのだろうが、何しろまだ若者で、片やわたしはポーカーで生計を立てている。

「それで、こっちは……あんたをなんと呼ぶ?」男はささやきよりわずかに大きい声で尋ねる。

「大統領と呼べ」

わたしは古い友人か家族であるかのように、オーギーの座席の背もたれに腕をまわす。

「これから説明するとおりにしろ。例のことばをどうやって知ったかを言え。話すつもりだったことを話せ。そのあとどうするかは、わたしが決める。協力できるなら――その前に、きみがわたしを納得させられる説明をすればだが——悪いようにはしないよ、オーギー」

わたしは少し間を置き、これがトンネルの出口に見える光だとオーギーが理解するのを待つ。どんな交渉にも、逃げ道をひとつ用意する必要がある。

「だが、もし納得させられなかったら」わたしはつづける。「わたしは祖国を守るために、きみときみの恋人、そしてきみがこの世界で大切にしているだれかに対して、どんな手段をとることも辞さない。わたしにできないことはない。これだけはしない、ということもない」

オーギーは怒りで唇をゆがめる。顔にはまぎれもなく憎しみの色が浮かんでいる。わたしへの憎しみ、わたしが象徴するすべてに対する憎しみだ。同時に、怯えてもいる。これまでは相棒を使って海外にいるわたしの娘に接触したり、離れた場所からテクノロジーを活用したりで、間接的にしか交渉していなかった。ところがいまは、こうして合衆国大統領と面と向かっている。引き返せないところまで来たのだ。

オーギーは前かがみになって膝に肘を突き、わたしから少し離れようとする。よし。こいつは狼狽している。

「どうやって〝ダーク・エイジ〟を知ったのかを聞きたいんだろ」オーギーの声は不安げ

で震えている。「それに、なぜこのところホワイトハウスの電気の……調子が悪いのかも」

わたしは平静を装う。この男は、ホワイトハウスの照明が点滅することにも、自分がかかわっていると告げている。はったりだろうか。ニーナが来たときにも点滅したかどうか、わたしは思い出そうとする。

「うっとうしいだろ」オーギーは言う。「大統領執務室で国の安全保障や経済政策や政治的な……陰謀について考えてるとき、発展途上国の掘っ立て小屋みたいに、明かりがついたり消えたりするのは」

オーギーはひとつ深く息を吸う。「技術者にもさっぱり原因がわからないんじゃないか？　そうさ、わかるわけがない」声に自信がもどっている。

「二分やる。いまこの瞬間からだ」「わたしに話さないのなら、わたしの部下に話してもらうことになる。みな、わたしほど友好的じゃないぞ」

オーギーは首を左右に振るが、わたしと自分自身のどちらを納得させようとしているのか、よくわからない。「いや、あんたはひとりで来た」その声ににじんでいるのは、確信ではなく願望だ。

「どうかな」

バットがボールをはじき飛ばした音に、周囲の人々が立ちあがって歓声をあげる。大きなフライがファウルになると、その声が小さくなる。オーギーは動かず、まだ身を前にかがめたまま、きびしい顔ですぐ前の座席の背を見ている。

「一分三十秒」わたしは言う。

グラウンドではバッターがコーナーすれすれのスライダーで見逃しの三振をとられ、観客が興奮して大声をあげる。

わたしは腕時計を確認する。「あと一分。それできみの人生は終わる」

オーギーは背を伸ばして、ふたたびわたしを見る。わたしはグラウンドに目を向けたまままで、礼儀正しく視線を合わせてやったりしない。

だが結局、オーギーを見て、早く話せと目で促す。いまやその顔に、さっきまでとちがう表情が浮かんでいる。張りつめた冷たい表情だ。

膝に置かれた拳銃がこちらを向いている。

「だれの人生が終わるって？」オーギーは言う。

24

わたしは拳銃ではなく、オーギーに集中する。

拳銃を膝の上で低く構え、ほかの観客に気づかれないようにしている。両脇の一席ずつと前後の四席がなぜあいているのか、これでわかった。オーギーはささやかなプライバシーを確保するために、これらの座席のチケットを全部買ったのだ。

角張った形からグロックだとわかる。わたしは使ったことがないが、九ミリ弾はどれも同じで、至近距離から発砲することができる。

かつてのわたしなら、致命傷を負わずに、この男から武器を取りあげることができたかもしれない。だが特殊部隊員だったのは、はるか昔だ。いまや五十歳になり、肉体は衰えている。

むろん、銃口を向けられるのは、これがはじめてではない。戦争捕虜だったとき、イラクの看守は毎日わたしの頭に拳銃を押しつけて引き金を引いた。

しかし、あれから長い歳月が経ち、大統領として銃を突きつけられるのははじめてだ。脈が激しく打つのを感じながら、考えをめぐらす。わたしを殺すことが目的なら、とっくに引き金を引いているはずだ。わたしが顔をあげるまで待つ必要はなかった。この男はわたしに銃を見せたかったのだ。力関係を一変させるために。

この読みがあたっていることを願う。相手は銃の扱いに慣れているようには見えない。わたしはかすかに体をずらし、脇腹に向けられた銃口から離れようとする。

「目的があってここに来たんだろう」わたしは言う。「だったら銃を置いて話すんだ」

オーギーは唇をすぼめる。「このほうが安全だ」

わたしは身を乗り出して声をひそめる。「そんなものを持っていて、安全なはずがない。わたしの側近が許さないさ。いまこの瞬間、座席にすわったままのきみの頭を銃で撃ち抜いてもおかしくない」

オーギーは目を強くしばたたき、視線をさまよわせて、なんとか平静を保とうとする。だれかが高性能のライフルの照準を自分に合わせていると考えたら、落ち着きを失うのも無理はない。

「きみからは見えないよ、オーギー。だが向こうからはきみが見えている」

わたしがしていることには危険がともなう。銃の引き金に指をかけた人間を怖じ気づかせるのは、賢明な手法ではないかもしれない。しかし、とにかく銃をおさめさせなくては。そしてこの男に、自分が向き合っているのはひとりの人間ではなく、ひとつの国家なのだと自覚させなくては。圧倒的な軍事力と、衝撃と畏怖を与える力と、この男の理解を超えた資力とを有する国家だ。

「だれもきみを傷つけることを望んでいない」わたしは言う。「だが、その引き金を引いたら、きみは二秒以内に死ぬ」

「嘘だ」オーギーは言う。「あんたは……」声が小さくなって消える。

「ひとりで来たとでも？　まさか本気でそう思っているわけじゃあるまい。きみはもっと賢明なはずだ。さあ、銃をしまって、わたしを呼び出した理由を話すんだ。話さなければ、わたしはこのまま帰る」

膝の上の拳銃が動く。オーギーはまた目を険しくする。「このまま帰ったら、あんたはこれから起こることを止められない」

「そして、きみも求めるものを手に入れられない。なんであろうとな」

オーギーは考える。状況から見て、話すのが得策だろうが、主導権をわたしに渡すのではなく、自分で握りたがっている。やがてうなずき、ズボンの裾をあげて銃をホルスターにおさめる。

わたしは大きく息をつく。

「そんなものを隠し持って、どうやって金属探知機を通った」

オーギーはズボンの裾をおろす。わたしと同じく、安堵した顔をしている。

「原始的な機械は」オーギーは言う。「見ろと命じられたものしか見ない。自分で考えることをしない。何も見えないと言われたら、何も見えないんだ。目を閉じろと言われたら閉じる。機械は理由を尋ねない」

わたしは先刻くぐった金属探知機のことを考える。空港にあるようなX線の装置はなかった。ただの出入口で、人が通ると警報音が鳴ったり鳴らなかったりし、警備員がそばに立って音の合図を待っていた。

オーギーはなんらかの方法で機械を妨害したのだ。くぐるときに一時的に無力化したのだろう。

何しろ、ペンシルヴェニア・アベニュー一六〇〇番地の電気系統に侵入した男だ。ドバイではヘリコプターを墜落させた。

そして〝ダーク・エイジ〟を知っている。

「わたしはこうしてここに来たぞ、オーギー」わたしは言う。「面会を求めたのはそっちだ。なぜ〝ダーク・エイジ〟を知っているのか話せ」

オーギーは眉をあげる。笑みに見えなくもない表情だ。その暗号を入手したことは大きな収穫で、それは本人もわかっている。

「ハッキングしたのか」わたしは尋ねる。「それとも……」

オーギーは、こんどは見まちがえようのない笑みを浮かべる。「あんたが心配なのは〝それとも〟のほうだろう。その先を口にできないぐらい、不安に駆られてる」

わたしは反論しない。そのとおりだ。

「もしハッキングでないとしたら」オーギーはつづける。「こっちがそのことばを知る方法は、ただひとつしかない。それがどういうことか、あんたはわかってる」

〝ダーク・エイジ〟をハッキングで知った――それは考えにくい――のではないとしたら、だれかから直接聞いたことになる。そして、〝ダーク・エイジ〟について知っているのはごく少数の人間だ。

「だからあんたは、きょうここに来た」オーギーは言う。「事の……大きさをはっきり理解してるからだ」

わたしはうなずく。「つまり、ホワイトハウスのなかに裏切り者がいる」

25

周囲の観客が大きな歓声をあげる。オルガンが鳴る。ナショナルズの選手が走ってベンチへ帰っていく。列の少し先にすわっていた人物が、わたしたちの前を通り過ぎて通路へ向かう。わたしはその人物をうらやましく思う。目下の最大の関心事は、小便をすることか、売店でナチョスを買うことにちがいない。

携帯電話が振動する。ポケットに手を入れようとして、急な動作がオーギーを警戒させかねないことに気づく。「電話がかかった」わたしは言う。「ただの電話だ。安否確認だよ」

オーギーは眉をひそめる。「だれから？」

「首席補佐官だ。わたしの無事を確認しようとしている。それだけだ」

オーギーは疑わしげに上体を後ろへ引く。だが、わたしは承諾を待たない。もし返信しなかったら、キャロリンは最悪の事態が起こったと考えるだろう。そうなったら大変だ。

キャロリンはわたしが託した封筒を開くだろう。

やはり〝C・ブロック〟からのテキストメッセージで、こんどは〝4〟だ。

わたしは〝スチュアート〟と打って返信する。

電話をポケットにしまって言う。「さあ、教えてくれ。〝ダーク・エイジ〟をどうやって知った」

オーギーは首を横に振る。そんなに甘くはない。相棒のニーナと同じように、この男も頑として明かさない。いまはまだ。これは向こうにとって、ひとつの切り札だ。唯一の切り札かもしれない。

「どうしても知る必要がある」わたしは言う。

「いや、ちがうな。それは知りたいだけだろ。知る必要があるのは、もっと大きな問題だ」

側近のなかに売国奴がいるかもしれないこと以上に大きな問題があるとは思えない。

「だったら、その大きな問題とやらを話せ」

オーギーは言う。「あんたの国は生き残れないだろう」

「どういう意味だ」わたしは訊く。「いったいなぜ？」

オーギーは肩をすくめる。「よくよく考えたらわかるだろう。当然のことだよ。アメリヵで核爆発が起こるのを永遠に防げると思うか？　『黙示録3174年』を読んだことがないのか」

わたしは首を振って記憶をたどる。聞き覚えがある。高校の英語の授業だったか。

「『フォース・ターニング　第四の節目』は？」オーギーは言う。「歴史の……循環性に関するぞくぞくする論考だよ。人類は予測可能だ。政府は人々を——自国民も他国民も——不当に扱う。ずっとそうだったし、これからもそうだ。だから人々は抵抗する。作用と反作用だ。歴史はそうやって作られてきたし、これからも同じだ」

オーギーは指を一本振る。「ただし、いまは——いまはテクノロジーの進歩で、ひとりの人間が完全な破壊をもたらすことが可能だ。論理構成が変わるんだよ。相互確証破壊はもはや抑止力にならない。大義のためにもう何千、何万もの兵士を徴募する必要はない。軍隊も作戦行動も不要だ。破壊を望み、いざとなったら喜んで命を投げ出し、強権にも交渉にも屈しないたったひとりの人間がいれば、それで事足りる」

頭上にひろがる不穏な空から、はじまりの音が聞こえる。雷だが、稲光は見えない。雨はまだ降っていない。スタジアムの照明はすでに点灯し、暗い空の影響はほとんどない。

わたしはオーギーのほうへ体を寄せ、その目をのぞきこむ。「これは歴史の授業か？　それともきみは、何かが差し迫っていると言いたいのか」

オーギーはまばたきをする。ごくりと唾を呑み、喉の突起が上下する。「あることが差し迫ってる」声が変わっている。

「どれくらい差し迫っていると？」

「あと何時間というレベルの話だ」

わたしの全身の血が凍りつく。

「いったいどういうことだ」

「もうわかってるだろ」

もちろん、わかっている。だがこの男の口から言わせたい。自分から言うつもりはない。

「言え」

「ウィルスだ」オーギーは言う。「あんたも一瞬、見たろう」──そこで指を鳴らす──「すぐに消えたけどね。それであんたはスリマン・ジンドルクに電話した。あんたらはウィルスのありかを突き止められずにいる。専門家のチームもお手あげだ。心底恐れてるだろうよ。こっちの力がなきゃ、ウィルスは止められない」

わたしはだれかに見られていないかと、周囲に視線を走らせる。だれも見ていない。

「〈ジハードの息子たち〉が裏で糸を引いているのか」わたしは小声で言う。「スリマン・ジンドルクが」

「ああ。その点について、あんたの予想はあたってた」

わたしは喉が詰まるのを感じ、唾を呑む。「あの男の要求はなんだ」

オーギーは強く目をしばたたき、困惑の表情を浮かべる。「あの男の要求？」

「ああ」わたしは言う。「スリマン・ジンドルクの。何を求めているのか」

「わからない」

「わからないだと……」わたしは座席にもたれかかる。要求がわからないのに、こうしてわたしと会うことになんの意味があるのか。金、囚人の釈放、恩赦、外交政策の転換――何かあるはずだ。この相手はわたしを脅し、何かを得るためにここへ来た。それなのに、ほしいものがわからないだと？

オーギーの役割は脅威を見せつけることなのかもしれない。あとで別の人物が要求を明らかにする。その可能性は否定できないものの、どうもしっくりこない。

そのとき、脳裏にひらめく。可能性のひとつとしてずっと頭にはあったが、今夜のことを考えれば考えるほど、ありえないように思えた。

「きみはスリマン・ジンドルクの代理で来たわけじゃないのか」わたしは言う。

オーギーは肩をすくめる。「いまはもう……スリと組んでない。それは事実だ」

「以前は組んでいたんだな。きみは〈ジハードの息子たち〉のメンバーだった」

「でも、いまはちがう」

オーギーの唇がゆがんで顔が紅潮し、目に炎が宿る。「そうだ」オーギーは言う。「でも、いまはちがう」

オーギーが示した怒り——〈ジハードの息子たち〉やそのリーダー、そしておそらく権力争いに対する嫌悪——は、あとでこちらの役に立つかもしれない、とわたしは思う。

バットがボールを打つ鋭い音がする。群衆が立ちあがって歓声をあげる。スピーカーから音楽が流れる。だれかがホームランを打ったらしい。いまの自分たちは、野球の試合から何光年も離れた場所にいる気がする。

わたしは両手を開く。「なら、きみの要求を言え」

オーギーは首を横に振る。「まだだ」ノ、ー、チ、ェ、ッ、ト。

最初の雨粒がわたしの手にあたる。弱々しくまばらな雨で、観客は不満の声をあげるが、屋根のある場所へあわてて移動する気配はない。

「出よう」オーギーは言う。

「いま？」

「ああ、いま」

わたしは震えが体を駆け抜けるのを感じる。だが、いずれ別の場所へ移るのは覚悟していた。危険だが、そもそもこの会合自体が危険だ。安全なことはひとつもない。

「わかった」わたしは言い、座席から立ちあがる。

「携帯電話を」オーギーは言う。「手に持っててくれ」

わたしは目顔で尋ねる。

オーギーも立ちあがってうなずく。「理由はすぐにわかる」

26

〝呼吸しろ。力を抜け。狙え。引き金を引け〟

バッハは屋上に伏せている。呼吸は安定し、気持ちは静かだ。ライフルのスコープ越しにスタジアムのレフト側の出口を見おろす。ランコの教えを反芻する。ランコはバッハの最初の師で、口の端に爪楊枝をくわえ、髪は燃えるように赤い剛毛だった——本人いわく、「頭に火がついた案山子（かかし）」だ。

体を武器と同調させろ。ライフルを体の一部と思え。銃ではなく、体の照準を合わせろ。

ぐらつくな。

標的ではなく、照準点を狙え。

引き金をまっすぐ引け。人差し指をほかの指から独立させろ。

だめだ、だめだ——銃が跳ねあがったじゃないか。人差し指以外の指を動かすな。息をするのを忘れている。ふつうに呼吸しろ。

呼吸しろ。力を抜け。狙え。引き金を引け。

雨の最初の一粒が首筋にあたる。急ぐ必要があるかもしれない。

バッハはスコープから顔を離し、地上班の様子を確認するために双眼鏡を手にとる。

出口の北側で第一班の男三人が談笑している。はたから見ると、友人同士が外で立ち話をしているだけのようだ。

出口の南側に配した第二班も同じだ。

ここからは見えないが、バッハのいる建物の真下、スタジアムから通りをはさんだ向かいには、第三班がやはり談笑するふりをして待機し、標的がこちらへ逃げてきた場合に備えている。

出口は包囲され、地上班は大蛇のように追いつめる準備を整えている。

「やつが席を立つ」

イヤフォンの声を聞きながら、バッハの心臓がひとつ大きく打ち、アドレナリンが体を駆けめぐる。

呼吸しろ。

力を抜け。

すべてがスローモーションになる。ゆっくり。落ち着いて。

計画どおりにはいかないだろう。そうなったことなど一度もない。バッハの内なる競争者は、計画に乱れが生じてその場で修正することがきらいではない。

「出口へ向かう」イヤフォンから聞こえる。

「第一班、第二班、実行」バッハは言う。「第三班、待機」

「第一班、実行」応答がある。

「第二班、実行」

「第三班、待機」

ライフルのスコープに目をもどす。

呼吸する。

力を抜く。

狙う。

引き金に指をかけ、いつでも引けるようにする。

27

オーギーとわたしは出口へ向かう。入場するときに通ったレフト側の出入口で、わたしはオーギーに言われたとおり携帯電話を手に持っている。雨が降りはじめて観戦を断念した者もちらほらいるが、三万数千人の観客の大半は、いまのところまだ球団への信義を守っていて、通路は空いている。このほうがいいが、わたしが決めたことではない。

オーギーから落ち着きと自信が消えている。出口が、そしてつぎの展開が近づくにつれ、ますます冷静さを失い、そわそわとあたりを見まわして、意味もなく小刻みに手を動かしている。自分の携帯電話に目を落とすが、時間を確認するためかもしれないし、メッセージを待っているのかもしれない。両手で包んでいるので、わたしからは見えない。

出口を通過する。門をくぐりはしたが、まだ壁の内側の奥まったところでオーギーは立ち止まり、キャピトル・ストリートに目をやる。スタジアムを出ることに大きな意味があるらしい。人混みのなかが安心できるのだろう。

わたしはもう真っ黒になった空を見あげる。雨粒が頬に落ちる。

オーギーはひとつ息を吸ってうなずく。「いまだ」

ゆっくり前進し、スタジアムを出て歩道へ足を踏み出す。歩行者もいるが、数は少ない。右手の北側には、大型の作業用トラックが縁石に沿って停まっている。そのそばの街灯の下で、額に汗をかいたごみ収集作業員が数人、煙草を吸って休憩している。

左手の南側では、縁石に沿って首都警察のパトロールカーが停まっているが、だれも乗っていない。

その真後ろにワンボックスカーが停まっている。わたしたちから九メートルほど離れた場所だ。

オーギーはその車をじっと見つめ、運転者の顔に目を凝らしているらしい。わたしも同じようにする。細かい部分までは見えないが、あの特徴的な容姿はすぐにわかる——痩せ細った肩と鋭い顔の輪郭。オーギーの相棒、プリンストンの女ニーナだ。

こちらに気づいたらしく、ヘッドライトをハイビームで二度点滅させる。それから完全にライトを消す。

オーギーは下を向いて携帯電話をのぞき、指を動かして画面を明るくする。手を止め、顔をあげて待つ。

しばらくそのまま動かない。すべての動きが止まる。
ある種の合図だろう、とわたしは思う。何かが起ころうとしている。
そう思った直後に、すべてが闇に沈む。

28

「わたくし、キャサリン・エマーソン・ブラントは……合衆国大統領の職務を……忠実に遂行し……全力を尽くして合衆国憲法を……維持し、保護し、擁護することを厳粛に誓います」

キャシー・ブラントは副大統領公邸の私室のバスルームで、上着を整え、鏡に向かってうなずく。

副大統領であることは楽ではないが、自分と立場を替わりたい者がいくらでもいるのは、よく承知している。しかし、そのなかのいったい何人が、指名獲得まであと一歩のところまで来たのに、精悍な顔立ちと鋭いユーモアのセンスを持った戦争の英雄に夢を打ち砕かれた経験があるだろうか。

スーパー・チューズデーの夜、テキサス州とジョージア州でダンカン候補の勝利が確実になったとき、キャシーはぜったいに敗北を認めないし、ダンカンを支持もしないし、そして——何があろうと——副大統領候補にもならない、と自分に誓った。

ところが、その誓いをすべて破ることになった。

そしていま、自分はあの男に寄生して生きている。もしダンカンが過ちを犯したら、それは自分の過ちにもなる。しかも、自分にも責任があるかのように、ダンカンを守らなくてはならない。

それを拒み、自分を切り離して大統領を批判したら、裏切り者と呼ばれる。批判したところでダンカンといっしょにされ、支持者は大統領を支えきれなかった自分を見捨てるだろう。

きわめて難度の高いダンスだ。

「わたくし、キャサリン・エマーソン・ブラントは……合衆国大統領の——」

電話が鳴る。キャシーはとっさに、化粧台の電話に手を伸ばすが、鳴っているのが別の電話であることに気づく。

個人用の電話だ。

寝室へ歩いていき、ベッドの脇に置いた携帯電話をとる。発信者の名前を見る。胸がどきりとする。

いよいよだ。キャシーは心のなかでつぶやき、電話に出る。

29

闇。漆黒の闇。

突然暗くなった背後のスタジアムから、三万もの群衆がいっせいにうなる声が聞こえる。あたり一帯が停電し、街灯も建物の明かりも信号も消えている。キャピトル・ストリートを往来する車のヘッドライトが舞台を照らすスポットライトさながらで、スマートフォンの明かりが暗闇で踊る蛍の光を思わせる。

「電話を使って」オーギーが切迫した声で言い、わたしの腕を叩く。「行こう、早く！」

わたしたちは携帯電話の画面のささやかな明かりを頼りに、ニーナのワンボックスカーへ向かって走る。

液圧式のスライドドアが開き、車内の照明がつく。周囲の闇との対比で、プリンストンの女の顔がはっきり浮かびあがる。彫りが深く、痩せぎすのモデルのようだ。不安げにきつく眉根を寄せ、ハンドルを握りしめている。唇が動く。おそらく、急げと言おうとしたそのとき――

――運転席側のサイドウィンドウのガラスが粉々に砕けたかと思うと、女の顔の左側が吹き飛び、血と体組織と脳みそがフロントガラスに散る。

頭がぐらりと右に傾くが、シートベルトのせいで倒れず、唇は何かを言おうとして開いたままだ。左の頭部にできた血まみれのクレーターの横で、あどけない目が虚空を見つめている。怯えた無垢な少女が、なんの前ぶれもなく暴力的に命を奪われ、いまはもう何も恐れることもなく安らかに――

〝敵に銃撃されたら、終わるまで伏せるか、しゃがみこめ〟

「う――嘘だ――嘘だ！」オーギーが叫ぶ――

オーギー。

わたしはすぐに意識を集中させる。オーギーの肩をつかみ、ワンボックスカーの北に停めてある首都警察のパトロールカーに叩きつけるようにして歩道へ倒し、その上に覆いかぶさる。周囲では銃弾が空気を切り裂く音がし、道路の舗装材が飛び散っている。パトロールカーの窓が砕け、ガラスが降り注ぐ。弾丸がスタジアムの壁にあたり、小石や何かの粉が飛んでくる。

そこかしこで悲鳴や泣き声があがる大混乱のなか、急ブレーキを踏む音やクラクションが鳴り響くが、耳の奥で脈が激しく打っているせいで、すべてがくぐもって聞こえる。容赦のない銃弾の雨が降り注ぎ、パトロールカーの車体が沈みこむ。

わたしは歩道でオーギーを腹這いにさせ、すばやくズボンに手を伸ばして、足首のホルスターにおさまった銃を探す。戦闘の折の常として、アドレナリンが噴出し、耳の奥で鈍い鼓動の音がする。軍隊経験者からこの感覚が離れることはない。

グロックはわたしがかつて使ったベレッタよりかなり軽く、グリップもしっかりしている。それに、正確だと聞いたこともある。だが銃は車と同じだ――ライトやイグニッションやワイパーなどの標準装置を具えているのはわかっているが、慣れていないと操作に数秒かかる。そこでわたしは貴重な時間を費やし、まず銃の感触をつかんでから、狙いを定めて撃つ態勢を整える――

南に停まったワンボックスカーの車内灯が歩道を照らしている。暗がりから三人の男が現れ、こちらへ駆けてくるのが見える。大柄で筋肉質の男がほかのふたりの先に立ち、両手で銃を構えて、ワンボックスカーの明かりのなか、わたしをめがけて走ってくる。

わたしは中央を狙って二度発砲する。筋肉質の男がよろけて前に倒れる。ほかのふたりは後退して陰に隠れる……どこにいるのか……弾はあといくつだ……別の方角にもまだいるのか……装弾数は十発か……南から来たふたりの男はどこに行ったのか……

左を向いた瞬間、パトロールカーのルーフに二発着弾し、わたしはまたオーギーに覆いかぶさる。頭を左へ向け、右へ向け、それからまた左へ向けて暗闇に目を凝らす。まわりの歩道に弾丸の雨が降る。狙撃者はあらゆる角度でこちらを狙っているが、届かない。車の後ろに身をかがめているかぎり、相手がどこにいようと撃たれることはない。

だが、いつまでも地面に伏せているだけでは、身を守れない。

オーギーが起きあがろうとする。「逃げよう、早く――」

「動くな!」わたしは叫び、オーギーの体を押しもどして、うつぶせにさせる。「いま逃げたら死ぬぞ」

オーギーはおとなしくなる。わたしも闇に隠れてじっとしている。停電に不平を言う声がスタジアムから聞こえ、急ブレーキとクラクションの音がする――が、パトロールカーに銃弾は撃ちこまれない。

周囲の歩道も同じだ。

スタジアムの壁も。

狙撃者が発砲をやめた。その理由はおそらく――

四時の方角を向くと、ワンボックスカーの車内灯に照らされ、運転席側からこちらへやってくる男が見える。銃を肩の高さに構えている。わたしは一度、二度、三度と引き金を引く。男も発砲する。銃撃の応酬で、パトロールカーのボンネットで弾丸が跳ね飛ぶが、明かりのもとにいる敵よりも、暗がりに身を低くかがめているわたしのほうが有利だ。わたしは危険を承知でボンネットの向こうをのぞく。拍動が衝撃波のように全身を駆け抜ける。狙撃者も、南側にいる三人目の敵の気配もない。

急ブレーキを踏む高い音がし、男たちの叫ぶ声がする。聞き慣れた声、聞き慣れたことば――

「シークレット・サービス！　シークレット・サービスだ！」

わたしは銃をおろす。警護官らがわたしを取り囲み、自動小銃を全方位に向ける。ひとりがわたしの両脇の下に手を差しこんで立たせようとし、わたしは「狙撃者」と言おうとするが、言えたかどうかわからない。ことばは出かかっているのに、口が動かない。「行け！　行け！　行け！」という叫び声が響き渡るなか、待機していた車に乗せられ、わたしのために命を捧げる訓練を受けた者たちに四方を囲まれ――

急に目がくらみ、うるさい低周波音が鳴るとともに、すべての照明がついて顔にまぶしい光があたる。電力が回復したらしい。

わたしは「オーギー」「連れてこい」と言う自分の声を聞くが、ドアが閉まり、気がつくと車に横たわっている。「行け！　行け！　行け！」という声とともに、車はでこぼこで草の生えたキャピトル・ストリートの中央分離帯を猛スピードで走っていく。

「お怪我は？　撃たれていませんか」目の血走ったアレックス・トリンブルがわたしの体に手を這わせ、怪我がないか探す。

「だいじょうぶだ」わたしは答えるが、アレックスはかまわず胸と胴に手をふれ、有無を言わさず横を向かせて、背中、首、頭、脚と調べる。

「撃たれていない」アレックスは叫ぶ。

「オーギー」わたしは言う。「あの……若者は？」

「確保しました、大統領。後ろの車に乗っています」

「撃たれた若い女も……確保してくれ」

アレックスは息を吐いてリアガラスに目をやり、興奮状態から覚める。「首都警察にまかせておけば――」

「だめだ、アレックス」わたしは言う。「あの女は……死んだ……遺体を引きとってくれ……首都警察には……なんとでも説明して……」

「承知しました」

アレックスは運転手に声をかける。わたしはさっきの出来事を頭のなかで整理しようとする。記憶の断片は銀河の星のように散らばっているのに、いまはうまくつなぎ合わせられない。

携帯電話が振動する。後部座席の足もとにある。キャロリンだ。キャロリン以外にありえない。

「電話を……頼む」わたしはアレックスに言う。

アレックスは電話を拾いあげ、わたしのまだ震えている手に握らせる。キャロリンが送ってきた番号は〝1〟だ。考えがまとまらず、小学校一年生のときの担任の名前が思い出せない。顔はわかる。背が高く、大きな鷲鼻で……

思い出さなくては。キャロリンに返信しなくてはいけない。しなかったら――

リチャーズ。いや、リチャードソン。ミセス・リチャードソンだ。

電話が転がり落ちる。手が震えすぎて持っていられず、メッセージも打てない。アレックスに言って打たせる。

「オーギーといっしょの車に……乗せてくれ」わたしは言う。「さっき……いっしょだった男だ」

「ホワイトハウスで会えますよ、大統領。それに――」

「いや」わたしは言う。「だめだ」

「何がだめなのですか」

「ホワイトハウスへは……もどらない」

30

車はハイウェイに乗るまで走りつづけ、わたしはアレックスにつぎの出口で出るよう命じる。ついに天の底が抜けたような激しい雨がフロントガラスを叩き、ワイパーがせわしなく動くリズムがわたしの鼓動と同調する。

アレックス・トリンブルは電話の向こうのだれかと大声で話しながらも、一方の目をわたしから離さず、ショック状態に陥っていないことを確認する。〝ショック状態〟ということばは、この場合あてはまらない。今夜の出来事を思い返すと、アドレナリンが噴出して体を駆けめぐるが、この重装備のSUVのなかは安全だと気づいて緊張がゆるむ。だが、さらに激しい怒りがよみがえり、体が燃えたぎる。

〝死ぬまでは生きている〟。戦争捕虜だったとき、わたしは胸のなかでこのことばを繰り返した。窓のない独房で昼と夜の区別がつかなくなり、顔にタオルを巻かれて水をかけられたり、犬をけしかけられたり、目隠しをされて祈りのことばを浴びせられ、こめかみに銃口を押しつけられたりしたものだ。

わたしはどうにか生きているのではない。ことばのとおり、生きている、ただそれだけだ。いつにも増して、体じゅうが電流のような高揚感で満たされ、あらゆる感覚が研ぎ澄まされている。革のシートのにおい、胃からこみあげるものの苦い味、顔を流れ落ちる汗の感覚。

「これ以上は言えない」アレックスは特権を振りかざして——あるいは振りかざそうとして——警察のだれかに向かって言う。事はそう簡単ではない。釈明しなくてはならないことが山ほどある。キャピトル・ストリートはさながら小規模の交戦地帯だ。歩道は穴だらけで、ナショナルズ・パークの壁の一部は破壊され、首都警察のパトロールカーは銃弾を浴び、割れたガラスがそこらじゅうに散らばっている。それに、少なくとも遺体が三体ある——わたしに向かって走ってきた大男と、ワンボックスカーのほうから忍び寄ろうとしたもうひとりの男、そしてニーナだ。

わたしはアレックスのたくましい腕をつかむ。アレックスはこちらを見て、電話に向かって言う。「あとでかけなおす」電話を切る。

「犠牲者の数は?」わたしは最悪の事態を危惧する。狙撃者の弾丸の雨と地上班の応援に巻きこまれて、罪なき人々が犠牲になっていないか。

「ワンボックスカーの若い女だけです」

「男は？　ふたりいたはずだ」

アレックスは首を横に振る。「いませんでした、大統領。仲間が運び出したにちがいありません。周到な攻撃です」

まちがいない。狙撃者と、最低でも一隊の地上班。

それでもわたしはまだ生きている。

「若い女の遺体を現場から運び出しました。シークレット・サービスによる偽造通貨の捜査だと説明しました」

賢明だ。偽造通貨の捜査がスタジアム外での血なまぐさい銃撃戦に発展したなどという話は、にわかには信じてもらえないだろうが、ほかに切れるカードはない。

「大統領がお忍びで野球観戦へ行って、暗殺者に狙われたと説明するよりはましだろう」

「わたしも同じことを考えましたよ、大統領」アレックスは淡々と言う。

わたしはその目を見る。アレックスはわたしをとがめている。ことばには出さずに、大統領が警護を拒否すればこうした厄介な事態を招く、と伝えている。

「停電に助けられました」アレックスはわたしを許す。「それにスタジアムの騒音にも。まさに大混乱でした。大雨になりましたから、三、四万人の観客がスタジアムの出口に殺到しているでしょうね。警察は入念に現場を調べているでしょうが、この雨で鑑識証拠のほとんどが洗い流されるはずです」

そのとおりだ。今回にかぎっては、混乱がこちらに味方する。マスコミは大騒ぎするだろうが、事件はほとんど闇のなかで起こり、財務省の公式捜査として情報が非公開となるはずだ。うまく行くだろうか。そう願うしかない。

「わたしを尾けていたのか」わたしはアレックスに言う。

アレックスは肩をすくめる。「正確にはちがいます。あの女がホワイトハウスを訪ねてきたとき、身体検査をしました」

「封筒をスキャンしたんだな」

「当然です」

なるほど。そして封筒には、今夜の試合のチケットがはいっていた。わたしは頭が混乱していたので、そのことに考えが至らなかった。

アレックスがわたしを見て叱責を待っている。とはいえ、たったいま自分の命を救ってくれた者を非難するのはむずかしい。「ありがとう、アレックス」わたしは言う。「だが、つぎからは命令厳守だ」

車はハイウェイを離れてスピードを落とし、開けた場所に出る。広い駐車場か何かだが、夜のこの時間はがらんとしている。ひどい雨のせいで、もう一台の車がほとんど見えない。何も見えない。

「オーギーをこっちに呼んでくれ」わたしは言う。

「あの男は危険です」

「いや、だいじょうぶだ」少なくとも、アレックスが言う意味では危険ではない。

「どうしてそう言いきれるのですか。あの男の仕事は、あなたをスタジアムの外へ連れ出す――」

「わたしが標的だったら、いまこうして生きていなかっただろう。オーギー自身がわたしを殺すこともできた。それに、狙撃犯はニーナを最初に撃った。第二の標的はわたしではなく、オーギーだったと思う」

「大統領、わたしの仕事は、あなたが標的であるという前提で動くことです」

「わかった。なら、オーギーに手錠をかければいい」わたしは言う。「拘束服を着せてもかまわない。とにかくこの車に乗せるんだ」

「手錠はすでにかけてあります。ただ……ひどく取り乱していまして」アレックスは一考する。「では、わたしはもう一台の車に乗ります。スタジアム周辺の状況を逐次追う必要がありますから。首都警察が事情を聞きたがっています」

この事態をうまく切り抜けられるのはアレックスしかいないだろう。何を言ってよく、何を言ってはいけないかをわかっているのはアレックスだけだ。

「こちらには、代わりにジェイコブソンが同乗します」

「いいだろう」わたしは言う。「とにかくオーギーをここへ」

アレックスは上着に装着した無線に向かって話す。すぐにSUVのドアをあけるが、激しい風に少し手こずり、雨が車内に吹きこんで全員が濡れる。

警護官が入れ替わる。アレックスの右腕のジェイコブソンが勢いよくSUVに乗りこんでくる。アレックスより小柄だが、体が筋肉質で引き締まっていて、不屈の闘志の持ち主だ。全身ずぶ濡れで、ウィンドブレーカーから雨のしずくを垂らしながら、わたしの隣の席にすわる。

「大統領」いつも感情を交えずに事実だけを述べる男だが、きょうの声音には切迫感がある。ドアの外を見て、いつでも飛びかかれる体勢をとる。

一瞬ののち、ジェイコブソンはまさに飛びかかるようにして、別の警護官からオーギーの身柄を受ける。ジェイコブソンに頭から乱暴に押しこまれ、オーギーは広い後部座席のわたしの向かいの席にすわらされる。手錠をかけられた両手は体の前だ。濡れた髪が顔に垂れている。

「そこにすわったまま動くな。わかったか」ジェイコブソンが怒鳴る。「わかったな？」

オーギーはジェイコブソンが装着させたシートベルトの下で、激しく身をよじる。

「わかっているさ」わたしは言う。ジェイコブソンがわたしの隣に腰をおろし、身を前に乗り出して足先に体重をかける。

顔にかかった髪越しにかろうじて見えるオーギーの目が、ようやくわたしの視線をとらえる。たぶん泣いていたのだろうが、雨でずぶ濡れなので、よくわからない。目は怒りで大きく見開かれている。

「あんたが殺した！」吐き出すように言う。「あんたが彼女を殺したんだ！」

「オーギー」わたしは冷静に言い、相手を落ち着かせようとする。「それでは筋が通らない。あれはわたしではなく、きみの計画だった」

オーギーは顔をゆがめ、涙が頰を伝うにまかせて大声で泣く。精神科病棟の入院患者を演じる役者のように、拘束に抗って手脚をばたつかせ、うめいたり悪態をついたり叫んだりしているが、この苦悩は演技ではなく本物だ。

いまは何を言っても、この若者の心には届かない。まずは落ち着かせる必要がある。

車がふたたび動きだし、ハイウェイへもどって目的地に向かう。到着までの道のりは長い。

しばらく無言で車に揺られる。拘束されたオーギーは英語と母国語を交えて何やらつぶやき、しゃくりあげながら苦悶の叫び声をあげて、すすり泣きの合間に息をする。わたしは数分間、今夜の出来事を頭のなかで整理する。みずからに問いかける。どうしてわたしは無事だったのか。なぜあの若い女が最初に殺されたのか。あいつらを送りこんだのはだれなのか。

考えにひたっていて、ふと気がつくと、車内が静まり返っている。オーギーがこちらを見つめ、わたしが気づくのを待っている。

「こんなことがあったのに……」涙声で言う。「まだ協力しろと？」

31

バッハは建物の裏口から静かに外へ出る。トレンチコートのボタンをきっちり上まで留め、バッグを肩にかけて、傘で顔を隠している。土砂降りの雨が傘を激しく叩く。通りに出ると、サイレンが鳴り響き、パトロールカーがひとつ向こうのキャピトル・ストリートをスタジアムの方角へ走っていく。

はじめての師、赤毛の案山子のランコ――セルビアの兵士で、部下によって父親を奪われたバッハを憐れみ、自分の庇護のもとに（そして肉体のもとに）置いた――からは、銃の撃ち方こそ習ったが、撤収のしかたは教わらなかった。トレベヴィチ山を離れることのないセルビアの狙撃者には、必要がないからだ。戦争中、その山でランコは軍を率いて市民や敵の軍事目標などを思うままに撃ち、大蛇が獲物を絞め殺すようにサラエヴォを包囲した。

バッハは自力で撤退を学んだ。逃走経路や隠密行動を自分で計画し、スラム街や市場のごみ箱で食べ物をあさり、地雷をよけ、狙撃者や伏兵がいないか目を凝らし、いつ火を噴くかわからない迫撃砲を警戒し、夜には酔っぱらった非番の兵士の声がしないかと耳を澄ました。兵士たちは、通りで見つけた若いボスニアの娘には何をしてもいいと思っていた。パンや米や薪を探しまわるとき、すばやい動きで兵士から逃げられることもあれば、逃げられないこともあった。

「チケットが二枚余っている」イヤフォンから男の声がする。

チケットが二枚——負傷者がふたり。

「家に連れて帰れる？」バッハは尋ねる。

「時間がない」男は言う。深刻な容態という意味だ。

「家ならだいじょうぶ」バッハは言う。「家で会う」

いまとなっては、問題は撤退のタイミングだけだ。チームの面々はパニックに陥り、集中力を失っている。おそらくシークレット・サービスが来たせいだろう。あるいは停電のせいかもしれない。あれはすぐれた戦略だったと認めざるをえない。バッハは当然ながら暗視スコープに切り替える準備をしていたが、地上班は明らかに動揺していた。

イヤフォンをはずし、トレンチコートの右のポケットに入れる。

左のポケットに手を入れ、別のイヤフォンを取り出して装着する。

「ゲームはまだ終わってない」バッハは言う。

「相手は北へ向かった」

32

「あれは……あんたの部下たちだった」オーギーは胸を大きく上下させて言う。目を真っ赤に泣き腫らした姿は、まるで別人だ。少年のようだが、実際にまだ子供同然の年齢なのだ。

「きみの仲間を撃ったのはわたしの部下じゃない、オーギー」わたしは同情をこめつつも、冷静に理路整然と言う。「ニーナを撃った犯人は、わたしたちも狙った。わたしの部下がいたからこそ、こうして無事にSUVで逃げ延びられたんだ」

それでもオーギーの涙は止まらない。ニーナと正確にはどんな関係だったのか知らないが、この悲嘆がただの恐怖から来るものではないのは明らかだ。ニーナが何者だったにせよ、オーギーは心から大切に思っていた。

気の毒には思うが、いまは同情する暇がない。一大事から意識をそらすわけにはいかない。わたしには守るべき三億の国民がいる。オーギーの感情をどう生かして、こちらの有利になるように仕向けるかを考えるのみだ。

いつ状況が悪化するかわからない。ニーナが大統領執務室で言ったことを信じるなら、彼女とオーギーはそれぞれちがう情報を、パズルのちがうピースを持っていた。そしていま、わたしたちはニーナを失った。オーギーまで失ったら――ずっと口を閉ざされたら――こちらにはなす術がない。

荒れた天候のなか、車を運転するデイヴィス警護官は無言で前方に集中している。助手席のオンティヴェロス警護官がダッシュボードの無線機を手にとって、小声で話す。わたしの隣席のジェイコブソンはイヤフォンを指で押さえ、もう一台の車に乗ったアレックス・トリンブルの報告に熱心に耳を傾けている。

「大統領」ジェイコブソンが言う。「女が運転していたワンボックスカーを押収したそうです。遺体も車も運び出されました。現場に残ったのは、穴だらけの歩道と弾痕だらけの首都警察の車両です。それに、怒り心頭の警察官の一団も」

わたしはジェイコブソンのほうへ身を乗り出して耳打ちする。「遺体と車に見張りをつけるように。遺体の保管方法はわかっているか」

ジェイコブソンは短くうなずく。「調べます」

「シークレット・サービスで対処するように」

「承知しました」

「では、オーギーの手錠の鍵をくれ」

ジェイコブソンは身を引く。「はい？」

わたしはだまっている。大統領は同じことを二度言わない。ただ相手の目を見る。

ジェイコブソンははるか昔のわたしと同じく、元特殊部隊の隊員だが、共通点はそれだけだ。この男の揺るぎない強さは、規律や義務に対する献身から築かれたというよりも、生き方そのものだ。それ以外の生き方は知らないように見える。朝になったらベッドから飛び起きて、腕立て伏せ百回と腹筋百回をこなすタイプだ。つねに戦いを見据えた兵士で、勇気ある行動を追い求める英雄だ。

ジェイコブソンはわたしに鍵を手渡す。「大統領、わたしにやらせてください」

「だめだ」

わたしは傷を負った動物にそっと手を出すようにして、オーギーに鍵を見せる。衝撃的な体験を共有したものの、オーギーはいまだにわたしにとって謎だ。わかっているのは、かつて〈ジハードの息子たち〉のメンバーだったが、いまはちがうということだけだ。なぜ組織を抜けたのかはわからない。何を望んでいるのかもわからない。ただ、目的もなしに来たわけでないことだけはたしかだ。理由もなく行動する者はいない。

わたしはSUVの後部座席で、オーギーの隣の席に移動する。濡れた服と汗のにおいや体臭がする。身を乗り出して鍵を手錠の錠前に入れる。

「オーギー」耳もとで言う。「あの娘を大切に思っていたんだな」

「愛してたよ」

「そうか。愛する人を失うのがどういうものか、わたしもよく知っている。妻を亡くしたとき、立ち止まることを許されず、前に進まなくてはいけなかった。いまも同じだ。きみとわたしでなんとかするしかない。悲しむ時間なら、あとでいくらでもある。理由があってわたしに会いに来たんだろう。それが何かは知らないが、これほどの困難を乗り越え、危険を冒してまで来たのだから、重要なことにちがいない。一度はわたしを信じてくれただろう。もう一度、信じてもらいたい」

「ああ、信じたさ。その結果、ニーナは死んだ」オーギーはつぶやく。

「わたしに協力しないとしたら、だれに協力するんだ。ニーナを殺した連中か」

オーギーの速い呼吸音が聞こえ、わたしは手錠を手にぶらさげて自分の座席にもどる。ジェイコブソンがわたしのシートベルトを引き出す。わたしはそれを受けとり、自分で締める。シークレット・サービスは至れり尽くせりだ。

オーギーが手首をこすってわたしを見るが、その目には憎しみ以外の感情も浮かんでいる。好奇心。疑念。わたしの言うことがはずれていないとわかっている。自分たちはもう少しで死ぬところだった。それに、こちらがその気になれば、身柄を拘束して尋問し、殺すこともできた――それなのに、わたしは最初からオーギーの指示に従っている。

「どこへ行くんだ」オーギーは感情のこもらない声で尋ねる。

「人目につかない場所へ」わたしは言う。車はハイウェイを進み、ポトマック川にかかった橋を渡ってヴァージニア州へ向かっていく。「安全な場所だ」

「安全か」オーギーは言い、目をそらす。

「あれはなんだ？」運転席でディヴィス警護官が声を張りあげる。「自転車専用レーン、二時の方角――」

「いったい――」

オンティヴェロス警護官が言い終える前に、激しい衝突音とともに何かがフロントガラスにぶつかり、車内が暗くなる。右方向から一斉射撃を受け、ＳＵＶの後部が横滑りする。装甲車両の右側面に銃弾が浴びせられる。

「逃げろ！」叫ぶジェイコブソンに、わたしの体が激突する。ジェイコブソンが武器を手探りする。敵の銃撃を受け、車は雨で滑りやすくなった十四番ストリート橋の上でスピンして、制御不能に陥る。

33

バッハは横殴りの雨に傘を傾けて歩くが、容赦なく吹きつける風のせいで、ずいぶんおぼつかない足どりになる。

はじめて兵士たちが来たときも、こんな雨だった。

あれこれ思い出す。屋根を打つ強い雨音。界隈で何週間もつづいた停電による家の暗さ。居間の火のぬくもり。玄関のドアがさっと開いて押し寄せた冷気。はじめは突風でドアがあいたのかと思った。それから、兵士たちの叫び、銃声、台所で皿が割れる音、怒って抗議して家から引きずり出される父。父の声を聞いたのはそれが最後だった。

いま、ようやく倉庫へ着くと、バッハは傘を背に添わせて裏口を通り抜け、それを開いたまま、コンクリートの床に逆さに置く。前方の広い場所から男たちの声がする。男たちは負傷者の手当てをしながら、バッハの理解できない言語で怒鳴り、なじり合っている。

しかし、何語であれ、動揺しているのは理解できる。

自分が来たとわかるように、ヒールの音を大きく響かせる。伏兵がひそんでいる場合を考えると――古い習慣は絶ちがたい――到着を告げるような真似は避けたかったが、だからと言って、重武装した凶暴な男たちを驚かせても、なんの得にもならない。

男たちは倉庫の高い天井に反響するヒールの音に振り返り、九人のうちふたりが思わず武器へ手を伸ばすが、すぐに肩の力を抜く。

「やつは逃げた」坊主頭のチームリーダーが近寄るバッハに声をかけるが、いまだに水色のシャツと黒っぽいズボンを身につけている。

一同が道をあけたので、ふたりの男がクレートに寄りかかっているのが見える。ひとりはバッハが好きになれないあのボディービルダーで、目を固く閉じ、顔をゆがめてうめいている。シャツを脱がされ、右肩の近くが間に合わせのガーゼの包帯で覆われている。体の奥の奥まで筋肉組織が詰まっていそうだが、骨はない気がする。

もうひとりのほうもシャツを着ておらず、呼吸が苦しげで目がどんよりしているうえに、顔から血の気が失せ、別の男が血まみれの布でその左胸を押さえている。

「医療要員はどこだ」それとは別の男が訊く。

バッハがこのチームを選んだわけではない。世界最高レベルの工作員たちだと思っていた。雇い主は自分に依頼し、相応の支払いをしたのだから、今回の任務に最高の工作員九人を用意するためには、金に糸目はつけなかったはずだ。

バッハはトレンチコートのポケットからサプレッサーつきの拳銃を取り出し、ボディービルダーのこめかみを、つづいてふたり目の男の頭蓋を撃ち抜く。

これで最高レベルの工作員七人だ。

ほかの男たちがあとずさり、仲間ふたりの命を絶った二発に茫然と静まり返る。だれひとり武器をとらないことをバッハは確認する。

バッハはひとりずつ目を合わせ、文句でもあるの、という問いに対する答を、ひとりひとりから満足がゆくまで引き出す。驚くほどのことではない。胸を負傷したほうはどのみち死ぬ。ボディービルダーのほうは、感染症を免れれば助かっただろうが、チームの戦力から重荷へと変わる。このゲームでは、こちらの失点が敵の得点になる。そして、ゲームはまだ終わっていない。

バッハが最後に目を向けたのは、坊主頭のチームリーダーだ。「死体を処分して」

リーダーはうなずく。

「どこへ移動するかわかる？」

またうなずく。

バッハはそばまで歩いていく。「ほかに質問は？」

リーダーは首を左右に振り、ないとはっきり伝える。

34

「攻撃を受けた。繰り返す。攻撃を受けた……」

急転回するSUV、橋の片側からの集中攻撃、濡れた路面を滑っていく絶望感。そのなかで、デイヴィス警護官が必死に車のコントロールを取りもどす。

後部座席のわたしたち三人は、人間ピンボールさながらに揺さぶられてシートベルトを引っ張り、ジェイコブソンとわたしが激しく左右に振られてぶつかる。

後続車に追突され、SUVが回転しながら道路を横断すると、右からまた衝突を食らう。ヘッドライトがジェイコブソンの顔からわずか数センチまで迫り、わたしは歯と首に衝撃を覚えつつ左へ倒される。

すべてが回転し、だれもが叫び、銃弾の雨が車体を叩き、右も左も北も南も区別がつかない——

SUVの後部がコンクリートの防壁にぶつかり、突然動きが止まる。十四番ストリート橋で回転して逆方向に停止したので、南行きの車線にいるのに北を向いている。いまは左から自動小銃の容赦ない銃撃を受け、跳ね返る銃弾もあれば、耐弾ボディーや防弾ガラスにめりこむのもある。

「出口へ向かえ！」ジェイコブソンが叫ぶ。それが最優先の課題だ——逃走ルートを見つけて大統領を脱出させろ。

「オーギー」わたしは小声で言う。シートベルトに引っかかっているオーギーは意識を失わず無傷だが、茫然としたまま、どうにか方向感覚をつかんで息を整えようとしている。

わたしの頭にこんな思いがよぎる。その気になれば、ホワイトハウスの正面はこの橋から見える。何十人もの職員や特別機動隊に守られた場所だ。たった六ブロック離れただけで、地球の裏側にいるような気にさせられる。

デイヴィス警護官が悪態をつきながらギアチェンジに奮闘する。フロントガラスに濁りが少ないので、前方に見えるのが南行きの車線だとわかってくる。銃弾は歩道からだけでなく、こちらを掩護する車からも発射される。アレックス・トリンブルの率いるチームが襲撃者たちに応戦しているからだ。

どうやって脱出するのか。身動きがとれない。ただただ走って——

「行け！　行け！　行け！」ジェイコブソンが慣れた口調で叫びながら、シートベルトで体を固定したまま自動小銃を構える。

デイヴィスがダッシュボードのレーダーを見ながら、ようやく車をバックさせる。タイヤがなめらかな路面をつかむと、車は後ろへ向かって疾走し、目の前の銃撃戦が縮んでいく。すっかり消えたと思ったとき、別の車が同じ車線にはいってくる。こちらのＳＵＶより大きい。

トラックだ。こちらの二倍のスピードで迫る。

デイヴィスが出せるかぎりのスピードで車を後退させるが、前向きでぐんぐん距離を縮めるトラックにはかなわない。正面に見えるのがトラックのフロントグリルだけになり、わたしは衝撃に備えて身構える。

デイヴィスは両手でハンドルの九時と三時の位置を握っていたが、すばやく左右の手を入れ替え、衝突を避けるためにＪターンをする。わたしがジェイコブソンにぶつかると同時に、車の後部タイヤがまた右へスリップし、ついに車は接近するトラックの道筋に横向きに姿をさらして衝突の瞬間を迎える。

ドスンという強い振動で息が詰まり、目に星が飛んで、衝撃波が全身を貫く。トラックのフロントグリルが助手席をえぐり、オンティヴェロスがひしゃげた人形のようになって、ドライバーのデイヴィスのほうへ叩きつけられる。ＳＵＶの後部は六十度右へねじれ、前部はトラックのフロントグリルに食いこんで、鋼板がばりばりというあえぎをあげる。熱い湿った空気が後部座席へ漏れ、ＳＵＶが分解するまいと懸命に耐えているのがわかる。

ジェイコブソンがどうにか窓をあけ、ＭＰ５サブマシンガンをトラックの運転台へ向けて撃つが、熱い風と雨がわたしたちを叩きのめす。結合した二台が動きを止める。ジェイコブソンがこれでもかと発砲するところへ掩護の車が近づく。アレックス率いるチームは、自分の車のサイドウィンドウからすでにトラックを撃っている。

オーギーを外へ出そう。

「オーギー」そう言ってわたしは自分のシートベルトをはずす。

「動かないでください、大統領！」ジェイコブソンが叫ぶと同時に、乗っていたＳＵＶのボンネットが破裂して、オレンジ色の火の玉があがる。

恐怖で血の気を失ったオーギーがシートベルトをはずす。わたしは左のドアをあけ、オーギーの手首をとって車からおろす。「かがめ！」わたしは大声で指示してから、トラックの運転台から見られないようにＳＵＶの後ろへまわり、激しい雨のなかをアレックスの車めがけて走るが、トラックから撃たれそうな場所はすべて避けて通る——敵がジェイコブソンの非情な攻撃から生き延びていないともかぎらない。

「大統領、乗ってください！」近づいていくわたしたちに、アレックスが橋の中央から叫ぶ。いまではアレックスとふたりの警護官が二台目のＳＵＶから離れ、マシンガンでトラックを猛攻している。

オーギーとわたしは二台目の車へ急ぐ。そのＳＵＶの後ろでは、橋の上にたまった車の群れがさまざまな向きに停まっている。

「後ろに乗れ！」わたしは雨粒に顔を打たれながら、オーギーに言う。運転席に乗り、ギアを入れて、アクセルペダルを強く踏みこむ。

車は後部に損傷を受けているが、まだ操縦可能で、ここから逃げるにはじゅうぶんだ。部下を置いていくのは気が進まない。公職在任中に学んだあらゆることに反する行為だ。しかし、わたしは武器を持っておらず、なんの役にも立たない。しかも、いまのわたしは、最重要人物——オーギー——を守るべき立場にある。

予想どおり二度目の爆発が起こったころ、こちらは橋を渡ってヴァージニア州へはいるが、疑問はさらに増え、答がひとつも得られないままだ。

それでも、人は死ぬまで生きるしかない。

35

ハンドルを握る手が震え、前方を見て鼓動が速まる。銃弾であばたになったフロントガラスを雨が叩き、ワイパーが目まぐるしく動いている。

汗が顔を伝い落ち、胸の奥が燃えるように熱いので、車内の温度を調節したいが、道から目を離したり車を停めたりするのはもちろん、速度を落とすことさえためらわれ、とりあえずバックミラーを見て尾行車両がないことだけを確認する。車の後方が損傷していて、タイヤのひとつから金属がこすれるような音が聞こえ、運転にやや危険を感じる。あまり長くはもたないだろう。

「オーギー」わたしは声をかける。「オーギー！」怒りと不満がこもった自分の声に驚く。

謎めいた連れは後部座席にすわっているが、口をきかない。砲弾ショックですっかり打ちのめされたらしく、遠くを見つめて口を小さなOの字にあけ、稲妻が光ったり車が揺れたりするたびに顔をゆがめる。

「人が何人も死んでいるんだよ、オーギー。とにかく、知っていることはなんでもわたしに話せ。いますぐに！」

とはいえ、この男を信用してよいか、いまでもわからない。スタジアムでハルマゲドンということばを謎めかして言われてからというもの、わたしたちはつぎからつぎへと、ただ生き延びることを考えてここまで来た。この男が敵なのか味方なのか、英雄なのかスパイなのか、わたしにはわからない。

ひとつだけたしかなことがある──オーギーは重要人物だ。脅威となる存在だ。そうでなければ、こんなことは起こらない。敵がわたしたちを阻止しようとするほど、オーギーの重要性は高まる。

「オーギー！」わたしは叫ぶ。「おい、しっかりしろ！　腰を抜かしている場合じゃないぞ。いまそんな暇は──」

ポケットの電話が振動する。留守番電話に切り替わる前に、わたしは右手でなんとか電話を取り出す。

「大統領、ご無事でしたか」キャロリン・ブロックの明らかに安堵した声が聞こえる。

「十四番ストリート橋にいらっしゃいましたね」

キャロリンがもう知っているのは驚くにあたらない。あれだけの事件が一キロかそこら先のホワイトハウスへ伝わるには、一分もかかるまい。首都へのテロ攻撃がすぐに取り沙汰されるだろう。

「キャリー、ホワイトハウスを封鎖してくれ」そう言いながら進んでいく。濡れたフロントガラスのせいで、頭上の信号の光がにじんで見える。「当面――」

「もう封鎖しました」

「それから副大統領を――」

「すでに危機管理センターにはいっていらっしゃいます」

わたしは深く息をつく。嵐のときに一刻も早く必要なのは、キャロリンのような港、わたしの動きを読んでその手直しさえしてくれる側近ではないだろうか。

なるべく少ないことばで簡潔に説明しようと、わたしはどうにか落ち着きを保ちながら、橋の上とナショナルズ・パークでの事件でわが身に起こったことを伝える。

「いまシークレット・サービスはそこにいますか」

「いや、わたしとオーギーだけだ」

「オーギーという名前なんですね。そして女のほうは――」

「女は死んだ」

「死んだ？　何があったんです」

「スタジアムへ行ったんだ。そこで何者かに撃たれた。オーギーとわたしは逃げた。ところでキャリー、どこかで落ち着きたい。だからブルーハウスへ向かっている。すまないが、そうするしかない」

「もちろん、かまいません」

「それから、すぐにグリーンフィールドから連絡をもらいたい」

「番号はそちらの携帯電話に登録してあります。わたしから連絡してもかまいませんが」

そう、そのとおりだ。以前キャロリンが、リズ・グリーンフィールドの番号をこの電話に登録してくれた。

「それには及ばない。では、また連絡する」わたしは言う。

「大統領！　聞こえますか」アレックスの叫ぶような声がダッシュボードから聞こえる。

わたしは携帯電話を助手席にほうって、ダッシュボードの無線機を引っ張り出し、右手の親指でボタンを押してから話す。

「アレックス、わたしは無事だ。いまハイウェイにいる。そっちの様子は？」親指を離す。

「襲撃犯は無力化されました。自転車専用レーンで四人死亡。トラックは爆発しました。トラック内の死傷者数は不明ですが、生存者がいるとは思えません」

「トラック爆弾か」

「ちがいます。自爆犯ではありません。もしそうなら、われわれも全員やられています。こっちが燃料タンクに穴をあけたので、ガソリンに引火しました。ほかに爆発物は積まれていません。一般市民の死傷者はゼロです」

少なくともわかったことがある。襲撃犯たちは狂信者でも過激派でもない。ISISやアルカイダや、それらの邪悪な分派のどれでもない。ただの傭兵だ。

わたしは深呼吸をしてから、尋ねるのを恐れていた質問をする。「わたしたちのほうはどうだ、アレックス」答を待ちながら静かに祈る。

「デイヴィスとオンティヴェロスを失いました」

わたしはハンドルをこぶしで叩く。車の進路がそれたのですばやく立てなおし、一瞬たりとも自分の義務を忘れてはいけないと自戒する。

忘れたら、身を捧げた者たちの死が無駄になる。

「残念だ、アレックス」わたしは無線機に言う。「実に残念だ」

「そうですね」アレックスは事務的な口調を貫く。「大統領、現場は混乱をきわめています。消防車。首都警察にアーリントン警察署。いったい何が起こって、だれが指揮するのか、それをみな知りたがっています」

そう、たしかにそうだ。ワシントンとヴァージニア州の境をなす橋で起こった爆発。管轄権をめぐっての修羅場。大規模な混乱。

「担当者はきみだということをはっきり示せ」わたしは告げる。「当面は〝連邦政府が捜査する〟と言うだけでいい。すぐに応援が到着する」

「わかりました。大統領、そのままハイウェイを走行してください。GPSで位置をとらえたら、すぐにほかの車で取り囲みます。その車から出ないでください。われわれがホワイトハウスへ送り届けるまでは、そこがいちばん安全な場所ですから」

「ホワイトハウスへはもどらないよ、アレックス。それに、護衛部隊は要らない。車一台でいい。一台だぞ」

「大統領、とにかく状況が変わりました。敵は情報と科学技術と人材と武器を持っています。あなたの行き先を知っていましたし」

「それはどうかな」わたしは言う。「待ち伏せの場所をいくつか作っておくこともできた。ホワイトハウスへ向かっても、あるいはスタジアムから南へ行っても、敵が待ち構えていたかもしれない。わたしたちがポトマック川の橋を渡るのを期待していただけではないかな」

「わかりません、大統領。それこそが問題――」

「車は一台だぞ、アレックス。これは命令だ」

無線を切ってから、助手席の携帯電話へ目を向ける。登録してある〝ＦＢＩ　リズ〟の番号を探して電話をかける。

「はい、大統領」ＦＢＩ長官代行のエリザベス・グリーンフィールドが出る。「橋の上の爆発をご存じですか」

「リズ、長官代行になってどれくらい経つ」

「十日です、大統領」

「では、長官」わたしは言う。「そろそろ補助輪をはずす頃合だ」

36

「その隣の家ですよ、大統領」ジェイコブソンの雑音混じりの声がダッシュボードから聞こえる。まだわたしが見つけていないと思っているのか。

わたしはSUVを路肩に停め、ここまでたどり着いてほっとひと息つく。シークレット・サービスの車は戦艦並みに頑丈だが、後部を壊されてどこまで走行できるか自信がなかった。

ジェイコブソンの車が後ろに停まる。ハイウェイでわたしに追いつき、GPSを使ってここへ誘導してくれた。わたしはこの家に何度も来たことがあるが、道順に注意を払ったことは一度もない。

車のギアをパーキングに入れ、エンジンを切る。そのとき、予想はしていたが、高波に呑まれるような感覚に襲われ、わたしは身を震わす。アドレナリン分泌後、そして心的外傷後の体の反応だ。この瞬間まで、オーギーと自分の安全を守るために気を張りつめていなくてはならなかった。わたしの仕事はまだまだ終わらないが――それどころか、一段とややこしくなる――それでもこの短い休息に身を委ねることにし、何度か深呼吸をしながら、命の危機にさらされたことを忘れてしまおう、抑えていた動揺と怒りのすべてを吐き出そうとつとめる。

「しっかりしろ」震えながら自分にささやく。「おまえが腑抜けだと、全員が浮き足立つ」これをほかの決断と同じく、完全に制御可能なもののように扱い、震えを止めろと自身に命じる。

ジェイコブソンが駆け寄って車のドアをあける。こちらは自力で車からおりられるのだが、それでも手を貸してくれる。ジェイコブソンの頬には切り傷と泥がついているが、たいした怪我はなさそうだ。

立ったときに一瞬めまいに襲われ、脚がふらつく。いまのわたしを見たら、レーン医師はいい顔をしないだろう。

「きみはだいじょうぶか」わたしはジェイコブソンに訊く。

「わたしですか？　問題ありません。あなたはどうです、大統領」

「平気だ。きみのおかげで命拾いをしたよ」わたしは言う。

「あなたの命を救ったのはディヴィスです」

たしかに、それも真実だ。デイヴィスはJターンをして、接近するトラックに対して車を垂直に向け、自分たちが矢面に立って後部座席のわたしを衝撃から守った。熟練した警護官ならではの、一瞬のみごとな技だった。そしてジェイコブソンは、からみ合う車両が停止するのを待たず、トラックの運転台へ銃弾を浴びせた。ふたりの掩護がなければ、オーギーとわたしは脱出できなかっただろう。

シークレット・サービスの警護官は、日々の仕事に見合う評価をけっして得られない。毎日わたしの安全を確保し、わたしのために命を投げ出し、まともな人間ならぜったいにしたくないことをする。つまり、銃弾の前に身を投げ出す。人々の血税に支えられている警護官が愚かな事件を起こすこともあるが、だれもがそういうことだけ覚えているものだ。百回中九十九回まで、警護官たちはだれにも注目されない仕事を完璧にこなしている。

「デイヴィスには奥さんと小さな息子がいたんじゃないか」わたしは尋ねる。もし今夜シークレット・サービスがあとを追ってくると事前に知っていたら、世界で最も激しい紛争地域、わたしの警護に最も危険がともなう地域——パキスタンやバングラデシュやアフガニスタン——を訪問するときと同じ対応をとっていただろう。つまり、幼い子供を持つ親はぜったいに随行させなかった。

「これも仕事ですから」ジェイコブソンは言う。

妻と息子に向かって、そう言えるだろうか。「オンティヴェロスのほうは？」

「大統領」ジェイコブソンは素っ気なく首を左右に振る。

たしかにそうだ。この先のことを考えるべきだ。ディヴィスの家族のことを、そしてオンティヴェロスに家族がいるならその人たちのことも、けっして忘れてはいけない。これはわたし個人が立てる誓いだ。しかし、いまはかかわっていられない。今夜は無理だ。〝死んだ仲間を悼むのは戦いが終わってからにしろ〟メルトン軍曹の口癖だった。〝戦闘中は戦え〟

オーギーもふらつく脚でSUVからおり、路面の水たまりを踏む。雨がやみ、大地のみずみずしいにおいが静かで暗い邸宅街の通りに残っている。母なる自然が〝別世界で一からやりなおしなさい〟と告げているかのようだ。そのとおりならいいと思うが、そうもいくまい。

オーギーが迷子の子犬のような目でわたしを見る。異国の地で相棒を失い、自分の持ち物と言えるのはスマートフォンだけだ。

目の前に見えるのは、漆喰と煉瓦でできたヴィクトリア朝風の家で、よく手入れされた芝生がある。私道の先には二台収納のガレージとランプがあり、その明かりが玄関ポーチまでの小道を照らしている。夜の十時過ぎにともっているのはそれだけらしい。漆喰の壁がやさしい青に塗られているので、ブルーハウスという名で通っている。
オーギーとジェイコブソンがわたしのあとから私道を歩く。
玄関に着く前にドアがあく。キャロリン・ブロックの夫がわたしたちを待っていた。

37

キャロリン・ブロックの夫、グレッグ・モートンが、オックスフォードシャツにブルージーンズにサンダルという恰好で、わたしたちを手招きする。

「押しかけてすまない、モーティ」わたしは言う。

「ぜんぜんかまいませんよ」

モーティとキャロリンは今年結婚十五周年を祝った。祝ったといっても、大統領首席補佐官というキャロリンの職務上、長めの週末休暇をマーサズ・ヴィンヤード島で過ごしただけだったと思う。現在五十二歳のモーティは、法廷弁護士として充実した人生を歩んでいたが、カヤホガ郡の法廷で陪審員の前に立ったときに心臓発作を起こし、それを機に引退した。二番目の子供のジェームズは、当時一歳にもなっていなかった。子供たちの成長を見守りたいと思ったモーティは、稼いだ金が使いきれないほどたまっていたこともあり、ボクシンググローブをはずすと決めたのだった。近ごろはドキュメンタリーの短編映画を作りながら、家でふたりの子供たちと過ごしている。

モーティは、わたしとみすぼらしい姿の仲間たちをながめる。わたしは自分がわざわざ変装までしているのを忘れていた。だれも見たことのないひげを生やし、くだけたスタイルの服を雨でずぶ濡れにし、いまも髪から顔へしずくをしたたらせている。そのうえ、雨に打たれなくてもじゅうぶんむさ苦しいオーギーがいっしょだ。ジェイコブソンがシークレット・サービスの警護官らしく見えるのが、せめてもの救いだ。

「ずいぶんと事情がありそうですね」モーティは、長年多くの陪審員の心を揺さぶったバリトンの声で言う。「でも、話をうかがうのはやめましょう」

わたしたちは家のなかへはいる。玄関ホールのカーブした階段の途中に子供がふたり腰かけて、手すりの小柱のあいだからこちらを見ている。バットマン柄のパジャマ姿で髪が逆立っているのが六歳のジェームズ、母親そっくりの顔で見つめ返してくるのが十歳のジェニファーだ。これまで何度も会っているが、ふだんのわたしは猫が引きずり出した生ごみのようなありさまではない。

「わたしが子分たちを牛耳ることができていたら」モーティが言う。「あいつらはいまごろベッドにいるんですがね」

「赤いひげなんて」ジェニファーが鼻に皺を寄せて言う。「大統領に見えない」

「グラントはひげを生やしていた。クーリッジは赤毛だったんだよ」

「だれのこと？」ジェームズが言う。

「ふたりとも大統領よ、ばかね」姉が弟に向かってぴしゃりと言う。「ええと、ずいぶん昔の人よ。たぶん、ママもパパも子供だったころの」

「おいおい、わたしが何歳だと思ってるんだ」モーティが言う。

「パパは五十二歳」ジェニファーは言う。「でも、わたしたちが速く歳をとらせてるの」

「それには大賛成だ」モーティはわたしに向きなおる。「大統領、キャリーが地下のオフィスでと言っていました。あそこでよろしいですか」

「それはありがたい」

「行き方はわかりますね。タオルをとってきます。子供たちはベッドへ。そうだろ、おまえたち」

「えええええ……」

「合唱は聞き飽きた。寝ろ！」

夜でも自宅で仕事ができるように、キャロリンは安全な通信回線を完備したすばらしいオフィスを地下にしつらえている。

ジェイコブソンが先に階段をおりて周囲を確認してから、わたしに親指を立てる。

オーギーとわたしは下へ進む。地下はきれいに片づいて設備が整えられ、さすがはキャロリンの家だ。広々とした娯楽室があり、机と椅子とソファーはもちろん、柔らかいビーンバッグチェアまでいくつか置いてある。ほかには、壁掛けのテレビ、ワインセラー、映写用スクリーンとゆったりした豪華な座席を具えた映画鑑賞室、大きなバスルーム、寝室。その奥にあるのがキャロリンのオフィスだ。室内にはU字型の机が据えられ、数台のパソコンが置かれている。壁に大きなコルクボードが掛かり、ファイルキャビネット数本と巨大な薄型テレビがある。

「さあ、これを」モーティがひとりひとりにタオルを手渡す。「キャリーと話しますか、大統領。それを動かすだけでいいんですよ」パソコンのそばのマウスを指さす。

「ひとつ訊きたい。友人にいてもらう場所はあるだろうか」オーギーのことだとにおわせつつ、わたしは尋ねる。オーギーをまだ紹介しておらず、モーティもそれを催促しない。わきまえた男だ。

「娯楽室はどうでしょう」モーティは言う。「階段近くの広い部屋です」

「それがいい。いっしょに行ってくれ」わたしはジェイコブソンに言う。

ふたりが部屋を出る。モーティはわたしに軽くうなずく。「あなたに着替えの服が必要だとキャリーに言われました」

「あると助かるな」持っていた鞄に土曜日に着る服を詰めておいたが、鞄はスタジアムの駐車場に停めた車のなかだ。

「用意しますよ。じゃあ、わたしはこれで。あなたのために祈っていますよ、大統領」

わたしは不思議に思ってモーティを見る。ずいぶん重みのあることばだ。もちろん、こんなふうにわたしが人目を忍んで訪れるのは尋常ではない。ただ、モーティは明敏な男だが、それでもキャロリンが極秘情報を夫に明かすはずがない。

モーティは身を乗り出す。「わたしはキャリーと十八年いっしょに過ごしています。彼女が議会選挙で負けるのを見ました。流産したときも、わたしが心筋梗塞で死にかけたときも、アレクサンドリアのショッピングモールでジェニーが二時間迷子になったときも、妻を見てきました。窮地に追いこまれる妻も、心配する妻も、思い悩む妻も、わたしは見てきました。しかし、妻が恐怖におののいたのは今夜がはじめてです」

それに対して、わたしは何も言わない。言えないからだ。モーティもわかっている。

モーティは手を差し出す。「何があろうと、わたしはあなたがたふたりの勝ちに賭けます」

わたしはその手を握って言う。「ありがとう。よかったら、さっそく祈ってもらいたい」

38

わたしはキャロリンの地下オフィスのドアを閉め、防音壁に囲まれるなか、机の前にすわる。パソコンのマウスを手にとると、黒かった画面が砂嵐に変わり、それから少し鮮明なふたつの画面に分かれる。

「こんばんは、大統領」キャロリン・ブロックがホワイトハウスから言う。

「こんばんは、大統領」FBI長官代行のエリザベス・グリーンフィールドが、分割された画面の一方で言う。リズは前長官が十日前に動脈瘤のために死去したあと、長官代行の任に就いた。正式な次期長官としても、すでに指名してある。あらゆる点で、この仕事に最適の人物だと思う。捜査官、連邦検事、司法省刑事局局長というキャリアをたどり、派閥に属さない実直な人物として、だれからも尊敬されているからだ。

リズに対する批判は──わたしはまったく意に介さないが──十年以上前にイラク侵攻への抗議行動に加わったというもので、上院のタカ派のなかにはリズが愛国心に欠けると示唆する者もいたが、彼らは平和的な抗議行動こそ最も称賛されるべき愛国心の表れであることを忘れているらしい。わたしがアフリカ系アメリカ人の女性にＦＢＩをまかせる最初の大統領になりたかっただけだ、という声まであがった。

「橋の現況を聞きたい」わたしは言う。「ナショナルズ・パークもだ」

「スタジアムのほうは、ほとんど手がかりがないんです。たしかに早い時刻でしたが、停電で視界が奪われたうえに、鑑識証拠がほとんど雨で流れてしまいました。スタジアムの外で何名か死んでいたとしても、痕跡がまったくありません。鑑識証拠が残っていた場合も、見つけるまで数日かかりそうです。しかも可能性は低い」

「で、狙撃犯は？」

「狙撃犯ですね。車はシークレット・サービスが回収しましたが、歩道とスタジアムの壁にめりこんだ銃弾があるので、そこから射入角がわかりました。それによると、狙撃犯はスタジアムの向かいにあるアパートメントの屋上から撃ったと思われます。〈キャムデン・サウス・キャピトル〉というビルです。屋上には当然だれもいませんでしたが、問題は何ひとつ発見できなかったことです。つまり、狙撃犯はきれいに後始末をしていったんですよ。もちろん雨も降りましたが」

「なるほど」

「そのビルが拠点だとすると、犯行グループの正体をつかめます。事前の計画が必要だったはずですから。侵入経路。制服が盗まれたかもしれない。建物内の防犯カメラ。顔認証。いろいろ手はあります。でも、時間がないとおっしゃるんですね」

「そう、時間はあまりない」

「全力で取り組んでいます。ただ、数時間のうちに答を出すというお約束はできません」

「やってみてくれ。それから、あの若い女は？」わたしはオーギーの相棒について尋ねる。

「ニーナですね。シークレット・サービスから車と遺体を引き渡されたばかりです。すぐに指紋とＤＮＡを採取して照合します。車の入手経路など、すべて突き止めますよ」

「頼む」

「橋のほうは？」キャロリンが訊く。

「橋はまだ作業中です」リズは言う。「火は消えました。死亡した歩道の四人を回収し、遺体の情報をデータベースで照合しています。トラック内の遺体についてはそれより手間がかかりそうですが、取り組んでいるところです。しかし大統領、遺体の身元が割れても、雇い主まではわかりません。あいだに連絡を請け負う者がいるのでしょう。仲介者です。いずれは突き止められると思いますが、何しろ――」

「数時間では無理か。わかっている。だがやってみる価値はある。それから、情報の取り扱いは慎重に頼む」

「ヘイバー長官には伏せておけということですか」

リズはこの職務について日が浅いので、自分が国家安全保障チームのメンバーとファーストネームで呼び合う仲だと考えていない。国土安全保障長官のサム・ヘイバーもメンバーのひとりだ。

「きみが犯行グループを追っているのをサムが知るのはかまわない。サムだってそれぐらい予想している。だが、わかったことをわたしとキャロリン以外のだれにも言ってはいけない。もしサムに訊かれても──ほかのだれに訊かれても──〝まだ何もつかんでいない〟と答えるんだ。いいな」

「大統領、率直に申しあげてよろしいでしょうか」

「もちろんだとも、リズ。そうしてくれなければ腹を立てるよ」進んでわたしのまちがいを指摘し、反対意見を述べ、わたしの判断力を研ぎ澄ましてくれる腹心ほどありがたいものはない。八方美人やご機嫌とりに囲まれていたら、早晩破滅する。

「なぜですか、大統領。なぜ、手の内を明かして堂々と協力しないのですか。情報を共有するほうが効率的です。それこそが九・一一で得た教訓でしょう」

わたしは分割された画面のキャロリンを見る。キャロリンは肩をすくめることで、長官代行には打ち明けるべきだというわたしの考えに賛同する。

「問題は〝ダーク・エイジ〟なんだよ、リズ。わたし以外にこの暗号名を知っているのは世界じゅうで八人だけだ。わたしの命令により、このことばは文書にまったく記載されなかった。わたしの命令により、その八人の輪の外ではまったく口にされなかった。そうだね」

「ええ、そのとおりです」

「ウィルスを突き止めて無力化するための特別部隊である緊急脅威対策班でさえ、〝ダーク・エイジ〟という名をまったく知らない。そうだね」

「ええ、たしかに。知っているのはその八人とあなただけです」

「八人のうちのひとりが〈ジハードの息子たち〉に漏らしたんだよ」わたしは言う。

長官代行がそのことばを呑みこむのにしばらくかかる。

「となると」わたしは言う。「その人間はただの情報漏洩以上のことをしたわけだ」

「はい」

「四日前の月曜日だ。パリで、ある女がわたしの娘にそのことばをささやき、それがわたしのもとへ伝わった。その女がニーナ――スタジアムで狙撃された被害者だ」

「そんな」

「ニーナはわたしの娘に近づいてこう話した。わたしに〝ダーク・エイジ〟と伝えろ、時間の余裕がない、金曜の夜にわたしと会いたい、と」

長官代行の顎がわずかにあがり、頭のなかで情報を処理しているのがわかる。

「大統領……わたしもその八人のひとりですが」長官代行は言う。「なぜわたしを除外するのですか」

よく言った。「わたしがきみを長官代行に指名したのは十日前であり、それまできみは輪の外にいた。外部の人間がわたしたちに何を仕掛けているにせよ、八人のなかのだれが敵と通じているにせよ——事を進めるのには時間がかかったはずだ。一夜にしてできることではない」

「だからわたしは裏切り者ではない、と」長官代行は言う。「つまり、わたしには時間がなかったから」

「そうだ、タイミングを考えればきみはちがう。そして、きみのほかにキャロリンとわたしを除外すれば、残るは六人。われらがベネディクト・アーノルド（独立戦争でイギリス軍にひそかに寝返った合衆国軍将）かもしれない六人だ」

「六人のひとりが配偶者や友人に漏らし、その情報が売られたとは考えられませんか。守秘義務には反していますが、可能性は……」

「それも考えた。しかし、裏切り者がだれであれ、したのは暗号名の漏洩だけではない。今回のことに一枚嚙んでいるんだ。配偶者だの友人だのには、敵と通じる手段もそんなことをする資金もない。やはり政府関係者だよ」

「それはその六人のひとりなんですね」

「六人のひとりだ」意見が一致する。「だから、わかるだろう、リズ。わたしたちが全幅の信頼を置けるのはきみだけだ」

39

グリーンフィールド長官代行と話し終えると、つぎの相手が控えているとキャロリンに告げられる。

一瞬砂嵐で画面が乱れたあと、きれいにひげを整えた猪首で禿げ頭の男が、深刻きわまりない表情で映る。目の下のたるみは年齢のせいではなく、この一週間の心労の証だ。

「ああ……大統領」男が言う。完璧な英語で、外国語の訛りはほとんど感じられない。

「ダヴィド、話せてうれしいよ」

「わたしもうれしいですよ、大統領。この何時間かの出来事を振り返れば、これはただの社交辞令とは言えません」

たしかにそうだ。「あの女は死んだよ、ダヴィド。知っていたかな」

「そうだろうと思いました」

「だが男のほうはわたしといっしょだ」わたしは言う。「オーギーと名乗っている」

「オーギーだと本人が言ったのですか」

「そうだ。本名だろうか。顔の写真は撮れたんだろうか」

ナショナルズの試合のチケットをニーナから受けとったあと、わたしはダヴィドに連絡して、レフトスタンドのどこの席にすわるかを告げた。ダヴィドは大忙しで対応に追われたが、配下のチームがチケットを手に入れてスタジアムに張りこみ、顔認証システムで照合するためのオーギーの顔写真を撮った。

「野球帽をかぶっていたわりにはしっかり撮れましたよ。試合中あなたの隣にすわっていたのは、オーガスタス・コズレンコにまちがいありません。一九九六年生まれ、ウクライナ東部のドネツク州スラヴャンスク出身」

「ドネツク？　それは興味深い」

「われわれもそう思いました。母親はリトアニア人。父親はウクライナ人で、機械工場の労働者です。おそらく支持する政党はなく、政治活動もしていません」

「オーギー自身はどういう人物だろう」

「中学生のときにウクライナを出ています。数学の神童でしてね。奨学金を得てトルコ東部の寄宿学校に入学しました。おそらく──そこでスリマン・ジンドルクと出会ったのでしょう。それ以前になんらかの活動を示す言動が見られませんから」

「それでも、本物だと言うんだな。〈ジハードの息子たち〉の成員だったと」

「そうです、大統領。ただし、〝だった〟と過去形で言いきる自信はありません」

わたしにもない。オーギーについて確信が持てることは何もない。何を欲しているのか、なぜこんなことをしているのか、まったくわからない。オーギーという名が本名に由来することだけはわかったが、こちらの予測どおりの賢い男なら、本人もいずれ身元が割れると思っていたはずだ。そして、自分の人物証明となるものが〈ジハードの息子たち〉の一員だったという経歴だけなら、名前をわたしに知らせて裏をとらせようと考えるのもうなずける。結局、なんの進展もない。

「〈ジハードの息子たち〉とは仲たがいしたとオーギーは言っていた」

「言っただけです。まだつながりがあるかもしれないと、あなたはお考えになったのでしょう？　指示を受けて動いている、と」

わたしは肩をすくめる。「たしかに考えた——だが、目的はなんだ？　スタジアムでわたしを殺すこともできたのに」

「たしかに」

「それに、だれかがオーギーの死を望んでいる」

「そのようですね。あるいは大統領、連中があなたにそう信じさせようと思っているのかもしれない」

「そうかな、ダヴィド――あれが偽装ならたいしたものだよ。スタジアムの外の混乱をきみの部下が何人見たか知らないが、橋の上はまったく見ていまい。あれは芝居じゃなかった。どちらのときも、わたしたちはいつ死んでもおかしくなかったよ」

「おっしゃることを疑っているわけではありませんよ、大統領。ほかの可能性も捨てるべきではないと申しあげているだけです。わたしの経験では、こういう連中は並はずれた策士です。こちらは自分の立場や考えをつねに見直さなくてはなりません」

　肝に銘じよう。

「そちらでどう言われているかを教えてくれないか」わたしは言う。

　ダヴィドはしばし黙し、注意深くことばを選ぶ。「アメリカが屈服するという噂です。最後の審判の日にまつわる予言が飛び交っています。この世の終わりである、と。むろん、聖戦士（ジハーディスト）たちがそう言うのはよく耳にしますよ――大魔王が現れる日は近いとか――しかし……」

「しかし？」

「しかし、それがいつなのか、はっきりした日付を聞くのははじめてです。いま言われているところでは、あす、土曜日に起こるらしいのです」

わたしは大きく息を吸う。土曜日まで、あと二時間もない。

「裏で操っているのはだれだろうか、ダヴィド」

「はっきりとはわかりませんね、大統領。ご存じのとおり、スリマン・ジンドルクはどの主権国家にも屈しませんから。いくつもの名前があがっていますよ。あなたならいつもの（ユージュアル・）容疑者（サスペクツ）とおっしゃりそうですね。ＩＳＩＳ。北朝鮮。中国。わたしの国。そしてあなたの国さえも——どうせ宣伝活動だと言う者もいます。軍事的報復を正当化するための自作自演の危機、おなじみのばかげた陰謀論と」

「最有力候補は？」わたしは尋ねる。だが、だいたい見当はついている。巧妙に広められる流言、はじめから情報機関に傍受されることを見こんでの秘密裏のやりとり。裏の裏を掻く防諜、巧緻をきわめる諜報技術。どれも、ひときわ群を抜いた一国を示している。

ダヴィド・グラルニックは——イスラエル諜報特務庁（通称〝モサド〟）の長官は——深く息を吸いこむ。劇的な場面を迎えて画像が揺れ動いたあと、ふたたび顔が鮮明に映る。

「最有力候補はロシアです」ダヴィドは言う。

40

モサドの長官との通信を終え、わたしはオーギーと話す前に考えをまとめる。進め方はいろいろあるが、微妙な駆け引きをしている暇はない。

ダヴィドは土曜日だと言った。あと九十分だ。

椅子から立ちあがってドアのほうを向いたとき、めまいの波に襲われる。体内のコンパスをだれかがまわして遊んでいるかのようだ。机の端をつかんでバランスをとり、息を整える。ポケットに手を入れて薬を探す。薬が必要だ。

ところが、ない。ポケットの薬は飲みきってしまい、残りは鞄のなか、スタジアム駐車場のセダンのなかだ。

「しまった」携帯電話でキャロリンを呼び出す。「キャリー、ステロイドがもっと要る。ホワイトハウスに余分はないし、持っていた薬瓶はいま手もとにない。レーン医師に連絡してくれ。たぶん先生のところに少しは――」

「手配します、大統領」

「頼む」わたしは電話を切り、防音の施されたオフィスを出て、階段近くの娯楽室のほうへそろりそろりと歩いていく。オーギーはソファーにすわっていて、その様子はどこから見ても、テレビの前でくつろぐぼさぼさ頭のふつうのティーンエイジャーだ。

だが、ティーンエイジャーではないし、ふつうでもない。

壁掛けテレビでオーギーが観ているのはケーブルテレビのニュースで、扱っているのはサウジアラビア国王サアド・イブン・サウードの暗殺未遂事件と、混乱が深まるホンジュラスの動向だ。

「オーギー」わたしは言う。「立ってくれ」

オーギーは言われたとおりに立ちあがり、わたしと向き合う。

「わたしたちを襲ったのはだれだ」わたしは尋ねる。

オーギーは顔にかかる髪を掻きあげ、肩をすくめる。「わからない」

「もっとましな答をくれ。きみがだれに送りこまれたのか、まずはそこからはじめよう。スリマン・ジンドルクや〈ジハードの息子たち〉とはもういっしょにやれないと言っていたな」

「そうだよ。それはほんとうだ。やつらとは縁を切ってる」

「では、だれに送りこまれた」

「だれにも。自分たちの意志で来たんだ」

「その理由は?」

「明らかじゃないか」

わたしはオーギーのシャツを乱暴につかむ。「オーギー、今夜は多くの人間が死んだ。そのなかにはきみの大切な人と、幼い家族を残して先立った、わたしの大切なシークレット・サービスの警護官ふたりもいる。だから、質問にさっさと——」

「ぼくたちはあれを止めるために来た」オーギーはそう言って、わたしの手を振り払う。「〝ダーク・エイジ〟を止めるためにか。しかし——なぜだ」

オーギーはかぶりを振り、引きつった苦い笑いを漏らす。「訊いてるのは見返りのことかい。ぼくにとってなんの……得になるのか」

「そういうことだ」わたしは言う。「さっきは話したがらなかったな。さあ、教えてもらおうか。ドネックから出てきた青二才が合衆国に望むこととはなんだ」

ほんの一瞬、オーギーは驚いてあとずさる。だが、実はたいして驚いていない。「もうわかったのか」

「きみは親ロシア派の陣営にいたのか。それとも親ウクライナ派か。この前調べたときは、ドネックにはどちらもおおぜいいたが」

「へえ。で、この前調べたのはいつなんだよ、大統領」オーギーの顔色が変わり、腹を立てているのがわかる。「自分の役に立つときしか調べない。それが――」わたしに向かって指を振る。「それがあんたとぼくのちがいだ。あんたには何も求めてない。そういうことじゃないんだ。ぼくは……たくさんの人が暮らす国をめちゃめちゃにしたくない。そういう理由でじゅうぶんじゃないのか」

それほど単純だろうか。オーギーと相棒は、正しいことをしようとしていただけだというのか。昨今は、そんなことを言われて鵜呑みにする者はいない。

いまのところ、わたしも信じない。何を信じていいのかわからない。

「しかし、きみは〝ダーク・エイジ〟を作った」わたしは言う。

オーギーは首を横に振る。「スリとニーナとぼくの三人で作った。でも、ニーナがひらめきの泉で、原動力だった。彼女がいなければ、ぜったいに作れなかったと思う。ぼくの担当はコーディング、特に実装の部分だ」

「ニーナ？　じゃあ、本名なんだな」

「そうだよ」

「ニーナとスリマンが作り、きみがそれをわたしたちのシステムに侵入させた」

「まあ、そういうことだね」

「で、きみはそれを止められるのか」

オーギーは肩をすくめる。「それはわからない」

「なんだと？」揺さぶれば異なる答が出てくるとばかりに、わたしはオーギーの肩をつかむ。「できると言っただろう、オーギー。前にそう言ったぞ」

「たしかに言ったさ」オーギーはうなずき、光る目でわたしを見る。「前はニーナが生きてた」

わたしはオーギーを離し、壁に向かってこぶしを打ちつける。一歩進めばかならず二歩後退だ。

深いため息を漏らす。オーギーの話は筋が通っている。ニーナは天才だった。だからこそ、最初に狙撃された。効率を考えれば、はじめにオーギーを撃つほうが理にかなっている。オーギーは動いていたので先に始末し、そのあとで停車中の車にいるニーナを撃てばいい。やはり、ニーナが最優先の標的だった。

「できるだけの協力はするよ」オーギーは言う。

「わかった。それで、わたしたちを襲ったのはだれなんだ」これを訊くのは二回目だ。

「せめてそれだけでも力になってくれないか」

「大統領」オーギーは言う。「〈ジハードの息子たち〉は……民主的な組織じゃない。スリが情報を持ってたとしても、ぼくとは共有しなかったと思う。ぼくに言えるのはふたつだけだ。ひとつ、ニーナとぼくが離脱したことをスリが知って、なんらかの手立てでアメリカまでぼくたちを追跡したにちがいないこと」

「そうだろうな」わたしは言う。

「そして、もうひとつ」オーギーは言う。「ぼくが見るかぎり、スリの強みはコンピューターだけだ。スリは恐ろしいやつだ。あんたも知ってのとおり、とてつもない損害を引き起こせる。だけど、意のままに動かせる傭兵はかかえてない」

わたしは壁に手をやる。「つまり……」

「つまり、ほかと手を組んでるんだ」オーギーは言う。「ひとつの国家とだ。合衆国を屈服させたいどこかの国と」

「そして、その国はわたしの身近にいるだれかを抱きこんだ」わたしは付け加える。

41

「よし、オーギー、つぎの質問だ」わたしは言う。「スリマンの狙いはなんだ。やつには何か目的があるはずだ。それとも、やつらか。どんな連中を従えているのか知らないがね。その連中の望みはなんだ」

オーギーが首をかしげる。「なぜそんなことを訊くんだ」

「なぜ訊くかって？　なんの目的もないなら、なぜ前もってウィルスを見せたりする？」

わたしは手を軽くあげて問いかける。「二週間前、あるウィルスが国防総省内部のシステムにいきなり出現した。現れ、そして消えた。きみも知っているだろう。スタジアムできみ自身がわたしに言ったことだ。いきなり現れ、いきなり消えた」指を鳴らす。「こんなふうに」

「いないいないばあ（ピーカブー）だ」

「ピーカブー。そう、技術者たちはまさにそう呼んでいた。ピーカブーとね。なんの前ぶれもなく、最新鋭のセキュリティ警報をまったく作動させずに、突然、このウィルスは国防総省のシステムの隅々まで放たれ、その後、現れたときに劣らぬすばやさで跡形もなく消えた。それが騒動のはじまりだった。わたしたちはそれを〝ダーク・エイジ〟と名づけ、対策本部を設置した。最高のサイバーセキュリティ専門家チームがそれを見つけて削除しようと二十四時間体制で取り組んでいるが、まだ発見してない」

オーギーはうなずく。「戦々恐々としてるんだね」

「あたりまえだ」

「つまり、いきなりウィルスが侵入したと思ったら、同じようにさっさと蒸発した。またやってくるかもしれないし、まだ居残ってるかもしれない。それがシステムにどんな悪さをするのかはまったくわからない」

「そのとおり」わたしは言う。「しかし、このピーカブーが忍びこんで姿を見せたのには理由があるはずだ。だれのしわざであれ、システムを破壊したいのなら、すぐに実行していただろう。はじめから手の内を見せたりしなかったはずだ。予告するのは何かほしいものがあるときか、身代金を要求するときだけだ」

「身代金要求型ウィルス（ランサムウェア）か」オーギーは言う。「うん、その理屈はわかるよ。予告を見て、つぎはなんらかの要求が来ると思った」

「そうだ」

「ああ、それで——それであんたはスリに電話をしたのか」オーギーはなるほどとうなずく。「要求が何かを訊くために」

「あたりだ。スリマンはわたしの気を引きたがっていた。だからわたしは、その思いが届いたことを先方に知らせた。わたしは要求を聞き出したかった。単刀直入に尋ねたり、合衆国が脅しに屈すると思わせたりせずにな」

「でも、スリは要求を明かさなかった」

「そう、言わなかった」わたしは言う。「しらを切ったよ。まるで……驚いてことばも出ないと言わんばかりだった。わたしの電話など予想もしていなかったふうにね。そう言えば、わが国を蔑(さげす)むお決まりのコメントを述べていたな。だが、要求はなかった。ピーカブーのことも認めなかった。結局、わたしはこう脅すしかなかった。そのウィルスがわが国に損害を与えたら、あらゆる手立てを使っておまえを追いつめてやる、と」

「きっと……妙なやりとりだったろうね」

「そうだな」わたしは認める。「技術チームは〈ジハードの息子たち〉のしわざだと確信している。また、ピーカブーは誤作動によるものではなく、意図的に現れたのだと言う。だとしたら、どうして身代金を要求してこないんだ。要求もないのに、なぜわざわざピーカブーを送りこんで混乱を引き起こすのか」

オーギーはうなずく。「そのあと、ニーナがやってきた。要求を伝えにきたとあんたは思った」

「そうだ。きみかニーナが伝えると思った。当然だろう？」わたしは両手をあげ、腹立ちを抑えきれずに言う。「いったい要求はどこへ行った」

オーギーは深く息を吸う。「要求は来ないだろうな」

「来ないって――なぜだ。じゃあ、なぜ予告してきた」

「大統領、あのピーカブーを送ったのは〈ジハードの息子たち〉じゃないんだ」オーギーは言う。「そして、正体不明の黒幕でもない」

わたしはオーギーを見つめる。どういうことか。少し経って、ようやく理解する。

「きみが送ったのか」わたしは言う。

「ああ、ニーナとぼくだよ。警告するために」オーギーは言う。「そうすれば、被害緩和のためのプロトコルを作りはじめられるだろう。それに、ニーナとぼくがあんたに接触したとき、まともに取り合ってもらえる。スリマンはこのことをまったく知らなかった。このウィルスのことを前もって知らせるなんて、スリならぜったいにやらないよ」

わたしは状況を再考する。二週間前、オーギーとニーナがわたしたちに警告してきた。

その後、一週間以上経ってから、ニーナがパリでリリーを探し出して、魔法のことばをささやいた。

オーギーとニーナはわたしに警告しにきた。助けにきた。

それはいい知らせだ。

悪い知らせは？　スリマン・ジンドルクと背後にいる外国の諜報機関は、合衆国があらかじめウィルスについて知ることを望まなかった。

敵は何かを要求するつもりはない。わが国の外交政策の転換を求めているのではない。

囚人の解放も望まない。金も要らない。

交換条件を突きつける気などまったくない。

ウィルスを拡散させたいだけだ。

敵の望みは、この国を壊滅させることだ。

42

「時間はどれだけある?」わたしはオーギーに訊く。「ウィルスの拡散開始はいつだ」

「アメリカ時間の土曜日」オーギーが言う。「それしかわからない」

モサドの長官が言ったことと同じだ。

「なら、いますぐ行かないと」わたしはオーギーの腕をつかんで先を急ぐ。

「行くってどこへ?」

「あとで教えるから――」

急に体の向きが変わり、自分が部屋を激しく回転させているような感覚に襲われる。バランスを失い、肋骨に鋭い痛みが走り、木材が体に食いこみ――ソファーの角だ――目の前で天井がひらめきながらまわっている――

わたしは足を前に踏み出すが、思うように動かず、脚が崩れて、あるはずのところに床がない――全部横向きだ――

「大統領！」ジェイコブソンが手を出してわたしを受け止め、わたしの顔はカーペットからわずか数センチのところで止まる。

「レーン医師を」わたしは小声で言って、ポケットに手を入れる。部屋がわたしのまわりで踊っている。

「電話してくれ……キャロリンに」わたしは声を振り絞って言う。頼りない手つきで携帯電話を差し出し、ジェイコブソンが受けとる。「キャロリンなら……どうにか……」

「ミズ・ブロック！」ジェイコブソンが電話に向かって叫ぶ。指示が出され、命令が飛ぶ。日常から戦闘モードに変わったジェイコブソンの声が、全部かすかなこだまになる。

だめだ。いまはだめだ。

「回復するんでしょうか」

「いつ？」

アメリカ時間の土曜日。もうすぐアメリカ時間の土曜日になる。きのこ雲。大地を赤く焼き払う熱。われらがリーダーはどこにいる。大統領はどこだ。

「いまは……だめだ……」

「大至急だと彼女に言え！」

どうにもならないよ、大統領。

システムを壊されたんだろ、大統領。

どうすればいいんだ、大統領。

どうしてくれるんだ、大統領。

「じっとしてください、いま医者が来ます」

準備ができていないんだよ。いまはまだ。

だめだよ、レイチェル、きみのところへはまだ行けない。いまはまだ。

アメリカ時間の土曜日。

静寂、死者を迎える穏やかな鈴の音、広大無辺の宇宙。

「レーン医師はいったいどこだ？」

そして、まばゆい光。

アメリカ時間の土曜日

43

キャサリン・ブラント副大統領が、おぼろげな夢から急に引きもどされて目をあける。寝室のドアを叩く音がまた聞こえる。

ドアが少し開き、ノックの音が大きくなる。副大統領首席補佐官ピーター・エヴィアンの顔がドアからのぞいている。「お休みのところ申しわけありません、副大統領」エヴィアンが言う。

ブラントは自分がどこにいるのか一瞬わからないが、すぐに思い出す。地下二階でひとりきりで寝ていたところだ。もっとも、このせまい寝室のドアの向こうに警護官たちがいることを考えると、〝ひとりきり〟というのはかならずしも正確ではない。

ナイトテーブルの携帯電話へ手を伸ばし、時刻を見る。午前一時三分。

「いいのよ、ピーター、はいって」落ち着いて声をかける。つねに備えよ。毎日自分にそう言い聞かせている。いつだろうと、昼夜を問わず、予告なしにそれは起こりうる。銃弾、動脈瘤、心臓発作。副大統領の人生とはそういうものだ。

ベッドで体を起こす。エヴィアンがふだんどおりのシャツとネクタイ姿ではいってきて、新聞のウェブサイトを開いた自分の携帯電話を手渡す。

見出しが目にはいる。〝大統領失踪〟。

記事をまとめると、こういうことだ。ホワイトハウスの消息筋によると、大統領がホワイトハウスにいないのはたしかである。しかも、だれも大統領の居所を知らない。

妥当な推測、怪しげな意見、とんでもない勘ちがいまで、至るところで臆測が飛び交っている。血液の病が再発し、大統領は重篤な状態にあるという説。特別調査委員会の聴聞会に向け、人目を避けて準備中という説。引きこもって辞任表明のスピーチ原稿を側近とともに作成中という説。スリマン・ジンドルクから得た不正な金を持って、訴追を避けるために国外逃亡中という説。

〝大統領と副大統領は無事である〟。昨夜この公式声明が、橋上の爆発事故とナショナルズ・パークでの銃撃戦のあとで発表された。それでいい。おそらく正しい対処だ。国の指導者は無事だと国民に伝えるが、居場所は明言しない。だれも勘繰ったり騒いだりはしないはずだ。

だが、記事には配下の者たちが大統領の居所を知らないと書かれている。

自分も知らない。

「キャロリン・ブロックを呼んで」ブラントは言う。

44

ブラント副大統領は、キャロリン・ブロックがきのうと同じスーツを着ていることに気づく。おまけに目を充血させ、眠っていないのは明らかだ。

疲れ知らずの首席補佐官は、ゆうべ帰宅しなかったらしい。

ふたりはホワイトハウスの地下にある危機管理センターの会議室で、長テーブルの両端の席についている。ブラントは、できれば西棟にある自分の専用執務室で話を聞きたかったのだが、昨夜のうちに政府存続計画の手順に従って地下へ移動させられ、そのうえ、ここまで大げさにする理由がいまだにわからない。

「アレックス・トリンブルはどこ？」ブラントは尋ねる。

「いまは手が空いておりません、副大統領」

ブラントの目が険しくなる。側近からたびたび言われるが、それはだれもが最も恐れる目つきであり、相手の返事に満足できないことを鋼の冷たさで無言のうちに伝える手段だった。

「何よ、それ。〝手が空いていない〟?」

「はい」

ブラントの血が煮えたぎる。形の上では、キャサリン・ブラントはこの国で二番目の権力者だ。少なくとも表向きには、だれもがそのように接する。ジョン・ダンカンに跳び越されて、本来受けるはずの指名を掠めとられたのは恨めしかったし、言いたいことを我慢して脇役に甘んじるのは苦痛だったが、ダンカンは約束した職務を与えて協力を求め、重要な決定にかかわるための席を用意した。そして、これまでダンカンは誓いを守っている。それでも、この部屋で実際に力を握っているのはキャロリンだということは、どちらもわかっている。

「大統領はどこにいるの、キャロリン」

キャロリンが両手をひろげる。いつもながら駆け引き上手だ。くやしいが、ブラントはこの首席補佐官の手腕を認めざるをえない。キャロリンは議会に圧力をかけて予定どおりに進行させ、西棟の職員を統制するとともに、大統領のスケジュールを確実に管理する。失言をマイクで拾われて挫折する前の議員時代、おおぜいの人間がキャロリンを将来の下院議長として有望視し、大統領候補も夢ではないと言ったものだ。そつがなく、用意周到で、瞬時に行動し、堅実な選挙戦をおこない、魅力的だが美人コンテストの優勝者のような派手さはない――政界で生きる女はつねにそのような綱渡りを求められるが、キャロリンは史上有数の巧者だと言える。

「大統領はどこかと訊いたのよ、キャロリン」

「それはお答えできません、副大統領」

「答えられないの？　それとも、答えないの？」ブラントは手をひらりと返す。「あなた自身は居場所を知ってるの？　それなら答えられるかしら」

「知っています」

「それで……」ブラントはかぶりを振る。「大統領はだいじょうぶなの？　無事？」

キャロリンは首をかしげる。「シークレット・サービスがついています。お訊きになりたいのは――」

「いいかげんにしてよ、キャロリン。はっきり答えられないの？」

ふたりの視線が一瞬ぶつかる。キャロリン・ブロックは御しやすい女ではない。それに、大統領への忠誠心はだれよりも強い。大統領の代わりに銃弾を受けるしかなければ、そうするだろう。

「わたしの一存で居場所を教えることはできません」キャロリンは言う。

「大統領から言われたのね。わたしに教えるなと」

「もちろん、あなただけに教えないのではありません」

「でも、わたしもその他おおぜいのひとりだってわけ」

「お望みの情報をお伝えすることはできません、副大統領」

ブラントは両手でテーブルを強く叩き、椅子から立つ。「いつの間に」ひと呼吸置く。「大統領はわたしたちから身を隠すようになったの？」

キャロリンも立ち、ふたりはまた見つめ合う。ブラントは返答を期待しておらず、キャロリンもその予想を裏切らない。たいていの人間は、だまって見つめられる居心地の悪さに屈するものだが、キャロリンは必要ならひと晩じゅうでも見つめ返してくるにちがいない、とブラントは思う。

「ほかにも何かありますか、副大統領」いつもと同じ冷静な声がブラントをさらにひるませる。

「ここはなぜ封鎖されてるの？」ブラントは尋ねる。

「昨夜、銃撃戦があったからです」キャロリンは言う。「用心のために――」

「ちがう」ブラントは言う。「ゆうべの騒動はＦＢＩとシークレット・サービスが調べてる。そうよね。偽造通貨の捜査ですって？　とにかく、そう発表された」

らない。

キャロリンは口を開かず、身動きもしない。ブラントはその話がでっちあげに思えてならない。

「たしかにあんな銃撃戦があれば、しばらくは封鎖が必要かもしれない」ブラントはつづける。「数十分か、一時間か、事態を把握するまでのあいだはね。だけど、わたしはひと晩じゅう、ここに留め置かれてる。ずっとこのままなの？」

「ええ、いまのところは」

ブラントはキャロリンのほうへ歩み寄り、すぐ前で立ち止まる。「それはゆうべ首都で起こった銃撃戦のせいだなんて言わないで。封鎖のほんとうの理由を言いなさい。政府存続計画を継続している理由を言いなさい。大統領が命の危険を感じる理由を、いますぐ言いなさい」

キャロリンは二、三度強くまばたきをするが、それ以外は平静を保っている。「副大統領、わたしは政府存続計画の手順に従って封鎖せよと大統領からじきじきに命令を受けました。わたしはその命令に疑問を呈する立場にありません。理由を尋ねる立場にも。それに――」目をそらして唇を噛む。

「それに、あなたもその立場にない――そう言おうとしたの？」

キャロリンは顔を向けて目を合わせる。「はい、副大統領。そう言おうとしました」

ブラントはゆっくりとうなずき、ゆっくりと怒りの炎に焼かれる。

「これは弾劾に関係してるの？」そう尋ねるが、どう関係しているのか想像もつかない。

「いいえ」

「国の安全にかかわること？」

キャロリンは答えず、身じろぎひとつしないままだ。

「〝ダーク・エイジ〟のことなの？」

キャロリンはぎくりとするが、質問には断固として答えない。

「ねえ、ミズ・ブロック」副大統領は言う。「わたしは大統領ではないかもしれないけど――」

いや、いまはね。

「――副大統領という立場にあるのよ。あなたから命令は受けない。それに、わたしは封鎖命令を大統領から聞いてない。大統領はわたしに連絡できるはずよ。連絡先が電話番号簿に載ってるんだから。いつでもわたしに電話して、いったい何がどうなってるのかを話せばいいだけ」

ブラントはきびすを返してドアへ向かう。

「どこへ行くんですか」キャロリンは尋ねるが、声がいままでより力強く、慇懃さが薄れている。

「さあ、どこだと思う？　きょうは忙しいのよ。〈ミート・ザ・プレス〉でのインタビューもある。最初の質問はきっと〝大統領はどこにいるのか〟よ」

そして、その前にもっと大事な用がある。昨夜自宅で電話を受けたあとで、予定に入れた面会だ。生涯で最も興味深い面会になりそうだ。

「危機管理センターから出ないで」

ブラントはドアの前で足を止める。そして振り向き、たったいま、選挙のとき以来はじめて耳にする――ずいぶん久しぶりの――口のきき方をした大統領首席補佐官と向き合う。

「いまなんと言った？」

「聞こえたでしょう」キャロリンはうわべだけの敬意をきっぱりと捨てたらしい。「大統領はあなたが危機管理センターにとどまることを望んでいらっしゃいます」

「あなたこそ聞こえたでしょう。選挙で選ばれてもいない、この小間使い。わたしが従うのは大統領の命令だけよ。大統領から連絡があるまで、西棟の自分の執務室にいます」

ブラントが会議室から廊下へ出ると、ピーター・エヴィアン副大統領首席補佐官が携帯電話から目をあげる。

「どうかしたんですか」遅れないように歩きながら尋ねる。

「どうもしない」ブラントは言う。「この船といっしょに沈むのはごめんよ」

45

嵐の前の静けさ。

この静けさは自分ではなく、彼らのものだ。自分のために働いてくれたコンピューターの天才集団、この十二時間にわたって悦楽に酔った者たちのものだ。みな、ふだんは見向きもしてくれない女たちを愛撫し、その女たちから十通りの性技で奉仕され、青春時代に一度も経験しなかった喜びを教わった。世界屈指の選ばれた者の口にしかはいらないはずのシャンパンをらっぱ飲みした。キャビアもパテもロブスターもフィレ・ミニョンも、手あたりしだい好きなだけ堪能した。

最後のひとりがわずか一時間前にベッドにはいり、いまは全員が眠っている。正午まではだれも起きないだろう。きょうはだれひとり、なんの役にも立たない。

それでいい。役目を果たしたのだから。

スリマン・ジンドルクは火のついた煙草を指にはさみ、ペントハウスのバルコニーにすわる。かたわらのテーブルに載っているのは、スマートフォンとノートパソコンとコーヒー。クロワッサンをちぎりながら、顔をあげて朝の日差しを浴びる。

この静かな朝を楽しもう。自分に言い聞かせる。あす、シュプレー川から日がのぼるころには、平和などどこにもないのだから。

朝食を脇に置く。安らかな気持ちになれない。食欲が湧かず、胃酸が腹のなかで踊っている。

ノートパソコンを引き寄せて画面を更新し、オンラインのトップニュースをスクロールする。

トップ記事はこれだ。サウジアラビアのサアド・イブン・サウード国王暗殺計画が未遂に終わり、その結果、何十人もが逮捕、または容疑者として身柄を拘束された。ネットのニュース速報と、ケーブルテレビをにぎわす〝情報通〟の評論家たちによると、考えられる動機は以下のとおりだ。新国王の民主化寄りの改革。女性の権利を認める政策。イランに対する強硬路線。イエメン内戦でのサウジアラビアの関与。

二番目の記事を読む。昨夜のワシントンDCでの事件、橋上の銃撃戦と爆発、スタジアムでの撃ち合い、ホワイトハウスの一時封鎖。連邦当局はテロを否定した。すべてはFBIと財務省が合同で捜査していた通貨偽造事件の顛末だとされている。まだ数時間しか経っていないため、メディアはいまのところその説明を信じているらしい。

そして、撃ち合いがあったのがスタジアムの停電直後だったことについて——偶然なのか？　そうだ、と連邦当局は言う。スタジアムにひしめく観客と半径四百メートルの範囲にいた人々が電力の大反乱に見舞われたすぐあとに、たまたま連邦捜査官と偽造犯がＯＫ牧場の決闘のごとくキャピトル・ストリートを銃火で照らしたのだ、と。

ダンカン大統領は、このばかげた作り話を永遠に信じてもらえるとは思っていまい。だが、気にかけてはいないだろう。時間を稼いでいるだけだ。

とはいえ、時間がどれだけ残されているかは知らない。

スリマンの電話のひとつが鳴る。使い捨て携帯だ。このテキストメッセージは届くまでに地球をめぐり、複数の匿名プロキシを経由して、十数カ国で遠隔地のサーバーとの接続を確認する。このメッセージの届け先をたどれば、オーストラリアのシドニーからケニアのナイロビ、ウルグアイのモンテビデオまで、あらゆる地域に行き着くだろう。

〝確認。予定どおりか〟というメッセージが来ている。

スリマンはにやりと笑う。まるで予定をすべて知っているような物言いじゃないか。

返事を打つ。〝確認。アルファは死んだか〟

〝アルファ〟とはニーナのことだ。

オンライン記事では、昨夜のスタジアムの騒動と、首都とヴァージニアを結ぶ橋での銃撃や爆発を伝えていたが、死んだ女のことは書かれていなかった。

〈送信〉を押して待つあいだに、メッセージが遠まわりのルートで旅をしていく。

体のなかに動揺の波がひろがる。裏切られた痛み、ニーナの裏切り。そして、喪失の痛みも。たぶん、彼女への思いの強さを自分でもよくわかっていなかったのだろう。比類なき頭脳。敏捷に動く引き締まった体。サイバー戦争でも寝室でも飽くことのない、爆発への渇仰。何時間も、何日も、何週間も、ふたりは協力し、意見を戦わせ、アイディアを出し合い、仮説をあげてはつぶし、試行錯誤を繰り返し、ノートパソコンの前で身を寄せ合い、ときにはワインを飲みながら、ときにはベッドで肌をさらしつつ、理論を組み立てた。

やがて、ニーナの恋愛感情が冷めた。それはかまわない。ひとりの女と関係をつづける気はなかった。しかし、なぜ彼女がオーギーを、よりによってあんなまぬけを選んだのか、それだけは理解できなかった。

やめよう。目に手をやる。いまさらどうにもならない。

返信が来る。

〝アルファは死亡が確認されたと聞いている〟

それでは確認したことにならない。だが、アメリカへ派遣されたチームのプロ意識と力量は折り紙つきだったから、信じるしかあるまい。

スリマンはこう返す。〝アルファが死んでいれば予定どおりだ〟

あまりに早く返信が来たので、こちらからのメッセージと行きちがいになったとスリマンは思う。

〝ベータの生存と拘束が確認されている〟

〝ベータ〟とはオーギーのことだ。では、やつは生き延びたのか。アメリカ人どもといっしょにいる。

思わず笑みを漏らす。

あいだを置かずに、またメッセージが来る。神経をとがらせているらしい。

〝確認。この状況でも予定どおりか〟

スリマンはすぐに答える。〝そう、予定どおりだ〟

向こうはウィルス大拡散の予定を知っているつもりだ。それはちがう。

いまのところは、スリマンにもわからない。いま、すべてはオーギーの手の内にある。

本人が気づいていようと、いまいと。

46

「……起こさないと」

「目覚めたら起きるでしょう」

「妻が起こせと言っている」

はるか上に水面がある。さざ波に日差しがきらめいている。

腕で水を掻き、足で蹴ってそこへ向かう。

空気が肺を一気に満たし、まぶしい光が目を焼き――

何回かまばたきをし、顔にあたる光に目を細めるうちに、視界がゆっくりと焦点を結んでいく。

オーギーを見ると、ソファーにすわったまま手首と足首に拘束具をつけられ、その目は暗く生気がない。

浮かんでいる。時間は意味をなさない。わたしはそう思いながら、オーギーが何かに集中して目を険しくし、唇をわずかに動かすのを見守る。

きみは何者だ、オーガスタス・コズレンコ。信用できるのか？

ほかに道はない。きみがいないと、打つ手がない。

オーギーの手首が、ほとんど気づかないほどかすかにまわる。鉄の手錠を見ているのではない。腕時計を見ている。

腕時計を。

「いま何日の……何時……」わたしは前へ動こうとして、首と背中の痛みに、そして腕の点滴袋につながったチューブに引き止められる。

「起きた、起きたぞ！」キャロリンの夫、モーティの声だ。

「大統領、レーンです」手がわたしの肩に置かれる。医師の顔が光をさえぎる。「血小板を輸血しました。回復していますよ。いまは午前三時四十五分、土曜の朝です。四時間余りのあいだ、意識がありませんでした」

「行かなくては……」もう一度立ちあがろうと身を乗り出し、クッションのようなものが体の下にあるのを感じる。

デボラ・レーンはわたしの肩をそっと押しもどす。「さあ、楽にして。ここがどこかわかりますか」

　わたしは頭のなかの蜘蛛の巣を振り払おうとつとめる。体はふらつくが、ここがどこで、自分が何に直面しているかは、はっきりわかっている。

「行かなくてはいけないんだ、デボラ。時間がない。この点滴をはずしてくれ」

「いえ、ちょっと待って」

「はずしてくれないなら自分でやる。モーティ」モーティが携帯電話を耳にあてているのを見て、声をかける。「キャリーか？」

「いけません！」デボラは笑みを消して言う。「一分でいいからモーティのことは忘れて。わたしに六十秒ください。そして、たまにはわたしの話を聞きなさい」

　わたしは深呼吸をする。「六十秒だな」と言う。「さあ」

「首席補佐官から聞きましたけど、あなたはここにとどまるわけにいかず、どこかほかへ行くそうですね。わたしには止められません。でも、ついていくことならできます」

「だめだ」わたしは言う。「それは認められない」

　デボラは唇を嚙む。「首席補佐官も同じことをおっしゃいました。では、この点滴を」医師は言う。「点滴を車に持ちこんでください。輸液がなくなるまで、はずさないで。あなたの警護官は、ええと……」

「ジェイコブソンです」本人が名乗る。

「そうでした。この人は海軍特殊部隊にいたころ、創傷管理の訓練を受けたそうです。点滴が終わったら、この人に抜いてもらってください」

「そいつはいい」わたしは立ちあがろうとして、頭を立てつづけに蹴られたような感覚に見舞われる。

デボラはわたしを押しもどす。「わたしの六十秒はまだ終わっていませんよ」さらに身を乗り出す。「あなたはあと二十四時間安静にしているべきです。無理なのはわかっていますけどね。でも、体を動かすのはできるだけ控えてください。立たずにすわって。走らずに歩いて」

「わかったよ」わたしは右手を出し、急かすように指を動かす。「モーティ、キャロリンと話したい」

「どうぞ」

モーティが携帯電話をわたしの手に置く。わたしはそれを耳にあてる。「キャリー、もう土曜だ。チーム全員に伝えてくれ。ステージ2への移行を正式に承認する」

来たるべき局面に対して布陣を敷くには、これだけ言えばいい。〝通常〟の緊急事態なら――少なくとも一九五九年よりあとに起こった事態なら――わたしは〝防衛準備態勢（DEFCON）〟の五段階レベルのいずれであるかを評価し、世界じゅうに散らばる全軍事システムか、えり抜きの部隊に対して告げるだろう。だが、今回はちがう。いま直面しているのは、一九五〇年代にはおよそ考えられなかった危機であり、従来型の核攻撃への対処法とまったく異なる方法で態勢を整えなくてはならない。キャリーがステージ2の意味を正確に把握しているのは、ひとつには二週間前にステージ1が宣言されたからだ（ステージ5が平時、1が戦争準備体制）。

電話の向こうからは、キャロリンの息づかいしか聞こえない。

「大統領」キャロリンが言う。「もうはじまっているのかもしれません」

人生で最も短くて長い二分間、わたしは耳を傾けて説明を聞く。

「アレックス」わたしは大声で呼ぶ。「ドライブはやめだ。マリーン・ワンで行くぞ」

47

ジェイコブソンが運転する。SUVの後部座席では、アレックスがわたしの隣にすわり、そのあいだに点滴袋がぶらさがる。オーギーはわたしの向かいの席だ。

膝に置いたパソコンの画面に動画が映っている。都市の一ブロック——ロサンゼルスの工業地帯の一画を上空から撮った衛星動画だ。そのブロックの大部分は煙突がついた大きな建物で占められ、何かの大規模な工場らしい。

あたり一帯が暗い。画面の隅に02:07と表示されている——午前二時を過ぎたばかり、いまから約二時間前だ。

そのあと、オレンジ色の火の玉が屋根と窓から噴出して工場が揺れ、やがて側面が陥没する。ブロック全体が黒とオレンジの煙に呑まれて見えなくなる。

わたしは動画を止め、画面の端にあるウィンドウをクリックする。

ウィンドウが画面全体に拡大し、三つに分かれる。中央の画面はホワイトハウスにいるキャロリンだ。その左はFBI長官代行のエリザベス・グリーンフィールド。キャロリンの右側は国土安全保障長官のサム・ヘイバー。

わたしはノートパソコンに接続されたヘッドフォンを装着しているので、この三人の声は自分にしか聞こえない。まずはオーギーに盗み聞きされずに、三人の報告をしっかり聞きたい。

「いま見たところだ」わたしは言う。「はじめから話してくれ」治療の副作用による胸焼けのせいで声がかすれるが、なんとか集中しようとする。

「大統領」サム・ヘイバーが言う。「爆発があったのは約二時間前です。ご想像どおり、あたり一面が炎に包まれました。まだ消火作業にあたっています」

「どういう会社か教えてくれ」わたしは言う。

「防衛関連の企業です。国防総省から受注している最大手のひとつですよ。ロサンゼルス郡周辺にいくつも工場があります」

「この工場は何か特別なのか」

「偵察機を製造しています」

どう結びつくのかがわからない。防衛関連の企業？　偵察機？

「死傷者は？」わたしは訊く。

「何十人かだと思われます。何百人ということはないでしょう。深夜ですから、ほとんど警備関係者だけでしょう。確実なことはまだわかりませんが」

「原因は？」こちらからはなるべく多く話さないように気をつける。

「はっきり言えるのはガス爆発だということだけです。それだけで敵の攻撃と断定はできません。たまたまガス爆発が起こることはありますから」

オーギーに目をやると、向こうもこちらを見ている。まばたきをしてわたしから目をそらす。

「この話をわたしに聞かせているのは理由があるからだろう」わたしは言う。

「実はそうでして。その企業から国防総省に連絡がありました。技術者たちが言うには、なんらかの原因によって、ポンプの速度とバルブの設定が変えられたようです。要するに破壊工作ですが、そのせいで圧力が生じ、接合部分が破裂したのでしょう。しかし、現場で手動でおこなわれたものではありません。官庁より警備のきびしい場所ですから」

「遠隔操作か」わたしは言う。

「そのとおりです。技術者たちは遠隔操作がおこなわれたと考えています。しかし、まだ明言はできません」

それでも、だれならできたのか、わたしにはわかる。オーギーの様子をうかがうが、当人は腕時計をちらりと見て、観察されていることに気づかない。

「疑わしい相手は？」わたしは尋ねる。

「まだはっきりしません」とヘイバー。「ＩＣＳ－ＣＥＲＴに調べさせています」

ヘイバーが言ったのは、国土安全保障省の産業制御システム部門に属するサイバー攻撃緊急対応チームのことだ。

「ただ、こういうことはさんざんやられていますよ。二〇一一年と二〇一二年には、わが国のガスのパイプライン・システムを中国がハッキングしようとしました」ヘイバーは言う。「今回はやってのけたのかもしれません。ユーザーから認証情報を盗みとれば、システムにはいりこんでやりたい放題ですからね」

中国か。それもありうる。

「おそらく一番の問題は、これが……」

わたしはオーギーをすばやく見るが、本人は窓の外をながめている。

キャロリンが言う。「これが〝ダーク・エイジ〟？」オーギーの前でわたしが多くを語れない事情を汲んでの発言だ。またしても、キャロリンは的確に動いている。わたしの考えを読み、オーギーに聞かれないように、ことばを継いで最後まで言ってくれる。

わたしがその質問をしたいのは、知りたいからだ。

その一方で、国土安全保障長官の反応をうかがいたいからでもある。サム・ヘイバーは〝ダーク・エイジ〟を知る八人のうちのひとりだ。キャロリンは情報を漏らしていない。わたしは八人のうち、すでにそのふたりをリズ・グリーンフィールドも漏らしていない。わたしは八人のうち、すでにそのふたりを除外している。

サムはわたしが除外しなかった六人のうちのひとりだ。

サムが吐息をつき、どうも解せないと言いたげに首を左右に振る。「大統領、先ほどミズ・ブロックから、きょうがその日だとする根拠があると聞きましたが」

「そのとおり」わたしは言う。

「情報源を教えてもらえませんでした」

「そのとおり」わたしは繰り返す。きみには教えない、とにおわせる。

一瞬の間があり、サムはこれ以上言っても無駄だと悟ったらしい。首をかしげるが、それ以外の反応は見せない。「わかりました、大統領。もしそうなら、このタイミングで起こったのはたしかに怪しいですね。それでも、わたしは何かちがう気がします。〝ダーク・エイジ〟はマルウェア――悪意のあるソフトウェアで、われわれが発見したウィルスです」

正確に言えば、発見したのではない。あのふたりが――オーギーとニーナが――みずから示したのだ。けれども、サムはそれを知らない。オーギーの存在すら知らない。

それとも、知っているのか。

「しかしこれは――どちらかと言うと、スピア型攻撃に似た古いやり方だという気がします」サムはつづける。「企業の幹部から情報を奪うときの手口ですよ。うまく誘導してメールの添付ファイルを開かせるか、リンクをクリックさせることで、悪質なコードがインストールされ、認証情報やあらゆる機密情報がハッカーに筒抜けになる。いったん認証情報を盗んではいりこめば、どんなことも可能です――今回のようなことも」

「でも、それが〝ダーク・エイジ〟とは別物だとどうしてわかるんですか」キャロリンが指摘する。「〝ダーク・エイジ〟がスピア型攻撃を利用しなかったとは言いきれないでしょう？　ウィルスがどのようにシステムに侵入したのか、まるでわからないんですから」

「たしかに。まだちがうとは言いきれないな。それに二時間しか経っていない。さっそく調査にかかりましょう。早急（ASAP）に答を出しますよ」

最近のASAPには〝なるべく手間をかけずに〟という意味もある。

「大統領」サムは言う。「パイプラインの安全対策について全ガス会社に指示を出しました。ICS-CERTが緊急事態対応手順に沿って会社側と作業を進めているところです。再発は防げそうです」

「大統領」アレックスが注意を促す。わたしたちのSUVはヴァージニア東部のヘリポートに到着し、そこには緑と白の堂々たる海兵隊のヘリコプターが、周囲の明かりだけに照らされて駐機している。

「サム、とりあえず仕事をつづけてくれ」わたしは言う。「キャロリンとリズにはつねに最新情報を伝えるように。伝えるのはそのふたりだけだ。わかったな」

「了解しました。では失礼します」

サム・ヘイバーの映像が消える。画面が調整されて、キャロリンとリズが大きく映る。

わたしはアレックスのほうを見る。「オーギーをマリーン・ワンへ連れていってくれ。わたしもすぐに行く」

アレックスとオーギーがSUVを離れるまで、わたしは待つ。それから、キャロリンとリズのほうを向く。

わたしは言う。「敵が防衛関連の航空機製造工場を爆破しようとする理由はなんだろう」

48

「わからないよ」わたしが同じ質問をすると、オーギーはそう答える。

マリーン・ワンが静かに宙へあがっていくなか、わたしたちは贅沢なクリーム色の革張りの座席に向かい合わせで坐している。

「そんな動きがあるなんて知らない」オーギーは言う。「ぼくはそういうことにはかかわらなかった」

「パイプライン・システム。防衛関連企業のシステムへの不正侵入。ほんとうにきみじゃないのか」

「大統領、一般論をしてるなら、答はイエスだ。その手のことをやったことはある。スピア型攻撃のことを言ってるんだろ」

「そうだ」

「それならイエスだ。何度かやったよ。もとは中国人が完成させた手口だ。この国のガスのパイプライン・システムに侵入しようとしたんじゃなかったかな」

サム・ヘイバーと同じことを言う。

「そんなの、秘密ってわけじゃないよ。中国が何をやったかなんて」オーギーはつづける。「でも、ぼくたちはこの国に対してそんなことはしていない。いや、正確には、ぼくはしていない」

「スリマン・ジンドルクは、きみがいなくてもパイプラインのハッキングをできるのか」

「もちろんさ。専門のチームをかかえてる。たぶんぼくがいちばん得意だったと思うけど、むずかしい問題については、お互い、だまってるからな。メールにウィルスをくっつけて相手がクリックするのを待つなんて、だれだってできるよ」

サイバーテロの世界は、西部開拓時代以上の危険に満たされている。新しくて恐ろしいフロンティア。だれでも下着姿でソファーにすわったまま、国家の安全をおびやかすことができる。

「ロサンゼルスのことで何か耳にしなかったか」

「いや」

わたしは座席の背にもたれる。「では、この件については何も知らないんだな」

「知らない」オーギーは言う。「それに、なんのためにアメリカの飛行機製造会社を吹っ飛ばすのかわからないな」

これには賛成せざるをえない。製造工場を破壊して、どうするつもりなのか。

もっと深い理由があるはずだ。

「もういい。わかったよ、オーギー」わたしは目をこすり、血小板輸血による疲労と戦いながら、つぎに何が来るのかをずっと読めない苛立ちとも戦う。「じゃあ教えてくれ。きみはどうやってわたしたちのシステムに侵入したのか。そのウィルスはどんな被害をもたらすのか」

ようやくその機会が訪れる。スタジアムで初対面を果たしてからは、銃弾をよけたり、トラックの奇襲をかわしたり、深夜近くにわたしが倒れたりで、この若者と腰を据えて話す機会がなかった。

「これだけはたしかだけど、ぼくたちはメールにウィルスをもぐりこませてだれかが開くのを待つような原始的な仕事はしなかった」オーギーは言う。「ついでに、これもたしかだけど、あんたが考えた〝ダーク・エイジ〟って暗号名は、ぴったりの呼び名だよ」

49

治療による朦朧とした気分を振り払おうと、わたしはマリーン・ワンのなかでコーヒーを無理に流しこむ。体調を整えて、百パーセントの力を出すしかない。つぎのステップが正念場となりそうだ。

ちょうど夜が明けはじめ、雲が燃えるような美しいオレンジに染まる。ふだんなら、このながめに深く心を動かされ、自然が全能であることや、この世界を受け継いだ人間がいかにちっぽけな存在であるかをあらためて思い起こすところだ。しかし、きょうは雲を目にすると、衛星画像で見たばかりのロサンゼルスの火の玉が脳裏に浮かび、のぼる太陽は鳴り響くゴングさながらに時を告げる。

「準備は整っています」ヘッドセットで会話をしていたアレックス・トリンブルがわたしに目を向けて言う。「通信室、異常なし。作戦指令室、異常なし。敷地も精査して異常なし。バリケードとカメラは所定の位置に設置されています」

ヴァージニア州南西部の広大な森林に囲まれた、ヘリコプター発着用の広い正方形の地面に、わたしたちは苦もなく着陸する。ここはわたしの友人であるベンチャー投資家が所有する地所の中央にあたる。本人も認めるとおり、その友人は〝コンピューター技術のあれこれ〟にはまったく疎いのだが、成功しそうなものを嗅ぎ分け、起業したてのソフトウェア会社に数百万ドルを投資して数十億ドルに化けさせた。これは友人の保養地で、マンハッタンやシリコンバレーにいないときに湖で釣りをしたり鹿狩りをしたりする場所だ。四平方キロを超える土地にはヴァージニアマツや野生の草花が茂り、狩りやボート遊び、長めのハイキングやキャンプファイアを楽しめる。レイチェル亡きあと、リリーとわたしは週末に何度かここを訪れ、平底ボートに乗ったり、のんびり散歩をしたりして、喪失と折り合いをつける手がかりを探ったものだ。

「わたしたちが一番乗りだろうな」わたしはアレックスに訊く。

「そうです」

よかった。少しでも早く着いて段取りをつけ、ある程度身ぎれいにしておきたい。ここで落ち度があってはならない。

数時間後には、この先何世代もの世界の歴史を変えるかもしれないのだから。

着陸地点の南側にはボート乗り場までの小道がいくつかあるが、そのほかは鬱蒼とした森しか見えない。北側にはシロマツの丸太で建てられた築十年を超えるロッジがあり、歳月を経て薄茶から濃いオレンジに変わった木の色合いが、夜明けの空とうまく調和している。

ここの最大の利点は——特にアレックスの見方によると——アクセスのむずかしさだ。この地所には南からも西からもはいることができない。高さ十メートル近い電気柵がセンサーとカメラつきで張りめぐらされているからだ。東には大きな湖があり、シークレット・サービスの警護官たちが桟橋で監視している。車で来る場合は、郡道をはずれて標識のない砂利道を走ったあと、シークレット・サービスの車がふさぐ泥道を突破するしかない。この場所を知られてはまずいので、わたしは警備を軽めにしてくれと言った。これから起こることはぜったいに内密にする必要がある。シークレット・サービスが総勢で警備すれば、人目を引きやすくなるからだ。わたしたちは安全性と隠密外交を巧みに両立させている。

わたしはおぼつかない足どりでゆるい斜面を歩きながら、点滴スタンドを手で運ぶ。茂った草の上ではキャスターがなめらかに動かない。このあたりの空気はいままでと打って変わって新鮮ですがすがしく、野生の花々の甘い香りが漂っているので、世界が破滅寸前であることをつい忘れそうになる。

広々とした芝生の一角に、真っ黒なテントがひとつ張られている。黒くなければ、あるいは、垂れ幕で四方が覆われていなければ、屋外のパーティー用のテントに見えるだろう。だが、これは内密の話をだれにも邪魔されずに直接または電信でやりとりするために設置されたテントであり、妨害電波を出してあらゆる盗聴を防いでいる。

きょうは外に漏らせない重要な話が山ほど交わされることになるだろう。

警護官たちがロッジをあけておいてくれた。大半の屋内スペースは田舎風の趣が保たれている。壁に掛けられた狩猟の戦利品、マツ材の額縁入りの絵画、カヌーの形をした書棚。

ひと組の男女が直立不動の姿勢で出迎え、わたしの腕の点滴に気づくが何も言わずにいる。男はデヴィン・ウィットマー、四十三歳。一見大学教授風で、スポーツジャケットにズボン、襟もとの開いたワイシャツを身につけ、長い髪が後ろになでつけられ、痩せた顔を半白の顎ひげが覆っている。ひげ以外の外見は若々しいが、目の下の隈がここ二週間のストレスを物語っている。

女のほうはケイシー・アルバレス、三十七歳。デヴィンより少し長身で、ほんのわずかだが、こちらのほうが企業国家アメリカを強く感じさせる。漆黒の髪を後ろでまとめ、赤い眼鏡をつけ、ブラウスに黒のパンツといういでたちだ。

デヴィンとケイシーは緊急脅威対策班の共同班長であり、このチームは二週間前に国防総省のサーバーにピーカブー出演を果たして〝ダーク・エイジ〟と名づけられたウィルスへの備えとして、わたしが招集した特別部隊の一部だ。わたしは出身や費用にかまわず、いかなる手段を講じても最高の人材だけを求める旨を通達していた。

こうしてサイバーセキュリティの分野における超一流の専門家三十人が集まった。そのなかの何人かは、きびしい秘密保持契約を交わした民間部門――ソフトウェア企業、電気通信の大手企業、サイバーセキュリティを専門とする企業、軍事請負企業――から派遣された。もとハッカーもふたりいて、ひとりは連邦刑務所で十三年の禁固刑に服している。けれども、大半は連邦政府のさまざまな機関――国土安全保障省、CIA、FBI、国家安全保障局（NSA）――に属している。

チームの半分は脅威の緩和、つまり、ウィルスに襲われたときにシステムやインフラへの損害をどう抑えるかに専念している。

しかし、目下わたしが気にかけているのは残りの半分、デヴィンとケイシーが担当する緊急脅威対策班のほうだ。この班が探っているのはウィルスを食い止める方法だが、この二週間、答を見つけられないままだ。

「おはようございます、大統領」デヴィン・ウィットマーが言う。デヴィンはNSAの出身だ。カリフォルニア大学バークレー校を卒業したあと、アップル社などの依頼でサイバーセキュリティ用のソフトウェアの設計をはじめたが、やがてNSAに引き抜かれた。連邦政府のためのサイバーセキュリティ診断ツールを開発し、サイバー攻撃への備えについて産業界や政府が理解を深めるのに貢献した。三年前、フランスの基幹医療システムがランサムウェアに感染したときには、アメリカから派遣されたデヴィンが感染源を突き止めて無力化したものだ。サイバーセキュリティ・システムの穴を見つけてふさぐのにこれほど長けた人物は、アメリカじゅうを探してもほかにいないとわたしは確信している。

「大統領」ケイシー・アルバレスが言う。ケイシーはメキシコ人移民の娘で、両親はアリゾナに定住して家庭を築き、アメリカ南西部で何店舗も食料品店を経営するまでになった。商売に興味がなかった娘はすぐにコンピューターの虜となり、法執行機関で働きたいと思った。しかしペンシルヴェニア大学の院生のとき、司法省への就職をことわられた。そこでケイシーは自分のコンピューターを使って、州および連邦当局が長年果たせなかったことをやってのけた。ある児童ポルノの闇サイトに侵入して、利用者全員の身元を明らかにし、連邦による訴追案件となるようにその情報を司法省へ進呈したうえで、国内最大の児童ポルノ市場とされるサイトを壊滅させた。ケイシーはただちに司法省に迎え入れられ、しばらくそこに在籍したのち、ＣＩＡへ移った。最近ではアメリカ中央軍とともに中東に配属され、テロリスト集団の通信の傍受、解読、妨害にたずさわっている。まちがいなく、このふたりは並はずれた逸材だ。そして、自分たちより優秀と見なされてきた人間と対面しようとしている。

わたしがオーギーを紹介すると、ふたりの顔に畏敬の表情がよぎる。〈ジハードの息子たち〉と言えば、伝説のサイバー・テロリストがそろったオールスター・チームだ。とはいえ、競争心の炎も感じられるから、これはうまくいくだろう。

「デヴィンとケイシーがきみを作戦指令室へ案内してくれる」わたしは言う。「それから、国防総省に残っている緊急脅威対策班のメンバーとも交信できる」

「こっちよ」ケイシー・アルバレスがオーギーに言う。

わたしは少しほっとする。とにかく彼らを引き合わせた。あらゆることをくぐり抜けたあとでは、それ自体が小さな勝利だ。

これでつぎのことに集中できる。

「ジェイコブソン」三人が立ち去ってから、わたしは言う。「点滴をはずしてくれ」

「まだ終わっていませんが」

わたしはにらみ返す。「これから何があるか知っているだろう」

「はい、もちろんです」

「よし。いまいましいチューブを腕につけておくつもりはない。はずすんだ」

「わかりました、大統領」ジェイコブソンは鞄からゴムの手袋を出して嵌め、ほかの必需品を手もとに置く。説明書の文言を暗記しようとする子供のように、ひとりでぶつぶつ言いはじめる――クランプを閉じる、カテーテルを安定させる、フィルムドレッシングおよびテープを刺入方向へ剝がす、そして……

「痛いっ」

「すみません、大統領……感染症の兆候なし……ここだ」そこにガーゼをあてる。「これを押さえてください」

すぐにテープを貼ってもらい、わたしは解放される。真っ先に寝室へ行き、小さなバスルームにはいる。電気シェーバーを出して赤いひげをあらかた剃り落としてから、剃刀とシェービングクリームで仕上げをする。つぎにシャワーを浴び、湯が湯気を立てて顔にあたる感触をしばし楽しむが、ガーゼとテープを濡らさないように左腕をシャワーの外に突き出しているため、右手しか使えないのがもどかしい。それでも、シャワーを浴びたかった。ひげを剃りたかった。気分もよくなったし、少なくともあと一日は身なりを整えていなくてはならない。

キャロリンの夫から借りた清潔な服を着る。ジーンズと靴の替えはないが、サイズがぴったりのボタンダウンのシャツに清潔なボクサーパンツと靴下を渡された。髪を整えたちょうどそのとき、報告があるというメッセージがＦＢＩのリズ・グリーンフィールドから届く。

「アレックス！」わたしは大声で呼ぶ。アレックスがすぐさま寝室に現れる。「出席者はどのあたりだ」

「すぐそこまでいらっしゃっていると思います」

「すべて順調だろうな。ゆうべのことがあるから……」

「みなさま、ご無事でお見えになるはずです」

「念のため、もう一度確認してくれ、アレックス」

わたしはＦＢＩ長官代行の番号にかける。

「ああ、リズ。どうした」

「大統領、ロサンゼルスの件です」リズが言う。「狙われたのは防衛関連企業ではありませんでした」

50

わたしは地下の東端の部屋へ向かう。わたしが訪問中に使えるようにと、親切なロッジの持ち主がCIAの協力のもとでその部屋に防音ドアを取りつけ、安全な通信回線を設置してくれた。この通信室は、オーギーとデヴィンとケイシーがいる地下西側の作戦指令室からドアをいくつか隔てたところにある。

わたしはドアを閉め、安全な回線に自分のノートパソコンを接続してから、キャロリン・ブロック、リズ・グリーンフィールド、国土安全保障省のサム・ヘイバーの三人を三つに分かれた画面に映す。

「話してくれ」わたしは言う。「さあ、早く」

「大統領、防衛関連企業の工場と同じブロックに、カリフォルニア州やCDCと提携している民間の衛生研究所がありました」サム・ヘイバーが言う。

「疾病管理予防センター(CDC)か」わたしは言う。

「そうです。ＣＤＣには研究所対応ネットワークというものがあります。要するに、全国の約二百の研究所が生物テロや化学テロに真っ先に対応できるようになっていまして」

冷たい波が胸に打ち寄せる。

「ロサンゼルス大都市圏のネットワークで最大の研究所が、防衛関連企業の工場の隣にありました。火事で壊滅状態です」

わたしは目を閉じる。「つまり、生物テロ攻撃に対応できる、ロサンゼルスでトップクラスの研究所が焼け落ちたと言うのか」

「そうです」

「最悪だな」わたしはこめかみを揉む。

「はい。つまり、そういうことです」

「ところで、そこは正確には何をする研究所だ。いや、何をしていた、か」

「最初に診断をくだす機関です」サムは言う。「そして最初に処置をします。診断がいちばん重要な部分ですがね。市民がさらされている脅威を正確に理解することが、救助する側の最優先事項なんです。なんの治療をしているかわからなければ、治療できませんから」

少しのあいだ、だれもが無言になる。

「これはロサンゼルスへの生物テロだろうか」わたしは尋ねる。

「ええ、いまのところ、そのつもりでいます。地元の当局と連絡をとっているところです」

「それで、サム——ほかの都市のCDCの業務をロスへ移す予定はあるんだろうな」

「いままさにそうしているところですよ。西海岸のほかの都市から人材を集めています」

予測可能な対応だ。テロリストも予測しうる。これは罠ではないのか。ロサンゼルスにフェイントをかけて、西海岸のほかの都市から何もかもを移させ、それらの都市の守りが甘くなった隙に、たとえばシアトルやサンフランシスコを襲うつもりだとしたら？

わたしは両手をあげる。「自分のいまいましい尻尾を追いかけている気分になるのはなぜかな」

「そういうものですよ」サムは言う。「それがわれわれの仕事です。見えない敵に対して守りを固める。敵をあぶり出す。敵が打つ手を予測する。起こらないことを願いつつも、それに備えて万全の態勢をとる」

「それでわたしの気が楽になるとでも？　ちっともならないが」

「大統領、あともどりはできないんです。最善を尽くすしかありません」

わたしは指で髪を掻きあげる。「では、はじめてくれ、サム。連絡を絶やさないように」

「わかりました」

サムとの交信が終わって、キャロリンとリズだけの画面になる。

「ほかにいいニュースは？」わたしは尋ねる。「東海岸でハリケーンとか。竜巻とか。原油流出事故とか。どこかで火山が噴火したとか」

「ひとつあります」リズが言う。「ガス爆発のことですが」

「新しいことでも？」

リズは首をかしげる。「どちらかと言えば古いのですが」

わたしは説明を受ける。ますますひどい気分になるとは予想もしていなかったのだが。

十分後、わたしが分厚いドアをあけて通信室から出ると同時に、アレックスが近づいてくる。わたしにうなずく。

「みなさま、安全圏内にはいったところです」アレックスが言う。「イスラエルの首相が到着なさいました」

51

イスラエル国首相ノヤ・バラムの一行が予定どおりに着く。一台の先導車のあとから現れたのは、SUVの装甲車二台だ。一台には警護隊が乗っていて、これは首相が無事到着したらこの場を離れるだろう。もう一台に首相本人が乗っている。

ノヤがサングラスとジャケットとスラックスといういでたちでSUVから出てくる。まだ空があるのを確認するかのように、一瞬、天を見あげる。きょうはそういう日だ。

ノヤは六十四歳で、豊かな灰色の髪が肩まで届き、濃い色の目が獰猛にもなれば人懐っこくもなる。わたしが知るなかで指折りの大胆不敵な人物だ。

大統領に当選した夜、彼女から電話があった。ジョニーと呼んでもいいかと訊かれた。そんな名で呼ばれたことは、生まれてから一度もない。驚きと勝利への酔いとでどうかしていたのか、わたしはこう答えた。「もちろん、かまいませんよ！」それ以来、ノヤはわたしをそう呼んでいる。

「ジョニー」ノヤはいまもそう言ってサングラスをはずし、わたしの両頬にキスをする。両手でわたしの手をしっかり握り、緊張した笑みを浮かべて言う。「いまこそ友人を役立てるときね」

「頼りにしているよ」

「イスラエルが見捨てるわけがないでしょう」

「わかっているさ」わたしは言う。「ほんとうに感謝している」

「ダヴィドは助けになった？」

「ああ、とても」

わたしがノヤに働きかけたのは、国家安全保障チーム内の情報漏洩を知ったからだ。だれを信頼すべきかわからなかったので、調査活動の一部をモサドへ外注せざるをえず、長官のダヴィド・グラルニックと直接交渉した。

ノヤとわたしは、二国家解決案とヨルダン川西岸の入植については意見を異にするが、きょう会うきっかけとなった問題では立場が同じだ。合衆国の安泰はイスラエルの安泰を意味する。イスラエルがアメリカを助ける理由はじゅうぶんあるが、助けない理由はひとつもない。

そのうえ、サイバーセキュリティにかけては、イスラエルの専門家は世界の最高峰だ。

防御でかなう者はいない。そのうちのふたりがノヤに同行していて、オーギーとわがチームに加わることになる。

「わたしが一番乗り？」

「そうだよ、ノヤ、一番だ。ほかの人たちが来る前に少し話すのも悪くない。時間があれば、そのあたりを案内しながら――」

「へえ――案内？」ノヤは手を振る。「ただのロッジでしょう？　目新しくはないけど」

わたしたちはロッジの前を過ぎて、庭へはいる。黒いテントにノヤが気づく。ふたりで森のほうへ歩を進める。高さ十メートルの樹木が茂り、黄色や紫の野の花が咲いているのをながめながら、湖へ通じる石敷きの小道を歩いていく。アレックス・トリンブルが後ろからついてきて、無線で何か話している。

わたしはノヤがまだ知らないことをすべて伝えるが、それはあまり多くない。

「ここまでの話だと」ノヤは言う。「大都市への生物テロが計画されているようには思えない」

「たしかに。しかし、対応能力を奪って、あとで何かの病原体を送りこむつもりかもしれない。建物や科学技術インフラの破壊はその一環だ」

「なるほど。それもそうね」

「あのガス・パイプラインの爆発がその証拠だとも言える」

「というと？」

「あるコンピューター・ウィルス——マルウェア——が混乱をもたらしたらしい」わたしは言う。「数分前に確認したところだ。そのウィルスが圧力を過剰にあげて爆発を引き起こした」

「それで？」

わたしは息を深く吐いて歩みを止め、ノヤに向きなおる。「ノヤ、一九八二年にわが国はソ連に同じことをしたんだ」

「そう。ソ連のパイプラインに破壊工作をしたの？」

「FBI長官から聞いたばかりだがね。ソ連が工業用ソフトウェアを盗み出そうとしているのをレーガンが察知した」わたしは説明する。「そこで、盗ませることにしたんだよ。ただし、あらかじめ改竄したものを。つまり、罠にかけたわけだ。だから、ソ連がそのソフトを盗んで使ったとき、シベリアのパイプラインですさまじい爆発が起こった。衛星写真によると、それまで見たこともない大爆発だったらしい」

こうした状況にもかかわらず、ノヤは声をあげて笑う。「レーガンったら」かぶりを振って言う。「はじめて聞いた。でも、あの人ならやりそうね」首を傾けてわたしを見る。

「そうとも言えない」わたしは言う。「その失敗で多くの人間が罰せられたと聞いている。クレムリンにしてみれば、とんだ赤っ恥だ。おおぜいが処罰された。終身刑に処せられた者もいるらしい。詳細はまったくわからない。ただ、そのころ消息不明になったKGB諜報員のなかに、ヴィクトル・チェルノコフという男がいた」

ノヤの笑みが消える。「ロシア大統領の父親」

「ロシア大統領の父親だ」

なるほど、とノヤがうなずく。「父親がKGBだったのは知っていたけどね。死に方までは知らなかった。その理由も」

ノヤは唇を嚙む。何かに集中するときの癖だ。

「じゃあ……これを知ってどうするつもりなの、ジョニー」

「大統領──失礼します。申しわけありません、首相」

わたしはアレックスを振り返る。「どうした、アレックス」

「大統領」アレックスは言う。「ドイツの首相が到着なさいました」

52

ドイツ連邦共和国首相ユルゲン・リヒターがイギリスの王族を思わせる身のこなしでSUVからおり、三つぞろえのピンストライプのスーツに身を包んだ姿を現す。やや太鼓腹だが、上背があり――百九十センチを超す――完璧な姿勢が体型の難を帳消しにしている。

リヒターはノヤ・バラムを見つけ、威厳のある長い顔を輝かせる。腰を折った大げさな挨拶を、ノヤが笑いながら手を振ってやり過ごす。それからふたりは抱擁する。ノヤのほうが三十センチ背が低いので、キスを交わすためにノヤが伸びあがり、リヒターがかがみこむ。

わたしが差し出した手をリヒターは握り、もう一方の手を肩に置く。一九九二年のオリンピックにドイツ代表で出場した、もとバスケットボール選手の大きな手だ。「大統領」リヒターが言う。「わたしたちが会うのはつらいときばかりだな」

この前わたしがリヒターと会ったのはレイチェルの葬儀のときだった。

「奥さんのお加減はどうだね、首相」わたしは尋ねる。いまはリヒターの妻も癌を患い、アメリカで治療中だ。

「ああ、強い女だよ、大統領。気づかってくれてありがとう。妻は戦いにぜったい負けないんだ。わたしが相手のときは百戦百勝だからね」リヒターは笑ってくれとノヤを見やり、ノヤがそれに応える。リヒターは豪放磊落でつねにユーモアを求める。注目を集めようとしてインタビューや記者会見で物議を醸したことが何度かあり、きわどい発言をする人物として知られるが、ドイツの有権者からはその自由奔放な流儀が評価されている。

「来てくれて感謝するよ」わたしは言う。

「友が困っていたら、もうひとりの友が助けるものだ」リヒターは言う。

たしかにそうだ。しかし、この友を招いたおもな理由は、これがアメリカだけの問題ではなく、ドイツの――ひいてはNATO全体の――問題でもあるとわかってもらうためだ。

わたしは敷地内をざっと案内するが、やがて携帯電話が振動する。ことわってその場を離れ、電話に出る。三分後には地下におりて、安全な回線につないだノートパソコンで交信している。

こんどもあの三人だ。わたしが信頼するキャロリンとリズ・グリーンフィールド。そして、国土防衛にたずさわるサム・ヘイバー。サムのことも、わたしは心から信頼したいと思っている。

三十年前、サム・ヘイバーはＣＩＡの作戦要員だったが、その後ミネソタへ帰り、連邦下院議員に当選した。知事に立候補して落選し、どうにかＣＩＡ副長官の地位を得た。前大統領から国土安全保障長官に任ぜられ、仕事ぶりを高く評価された。ＣＩＡ長官職を希望してわたしに願い出たが、わたしはその任にエリカ・ビーティを選び、サムには国土安全保障省にとどまるよう求めた。承諾を得られたのはうれしい驚きだった。サム・ヘイバーはいわゆる暫定的な地位にいて政権の橋渡しをしたあと、別の職務に移るだろうというのが大半の見方だった。しかし、サムは二年以上この仕事をつづけ、仮に不本意だとしても、それを人に悟られてはいない。

サムの目つきが険しいのはいつものことであり、見慣れたクルーカットの下の額にはつねに皺が刻まれている。どこをとっても威圧感がある。国土安全保障長官としては悪くない特徴だ。

「正確にはどこだ」わたしは訊く。

「ロサンゼルス近郊の小さな町です」サムが言う。「そこにカリフォルニア州最大の浄水施設があるんです。一日に二十億リットル近くの水をＬＡ郡とオレンジ郡へ供給しています」

「で、何が起こったんだ」

「民間の衛生研究所が爆発に巻きこまれたあと、われわれは州と地元の当局と連絡をとり、重要な公共インフラ――ガス、電気、通勤鉄道路線――に目を光らせていましたが、最優先で調べたのは水道でした」

当然と言える。生物テロをするうえで真っ先に狙われやすい公共設備は水道だ。病原体を水に入れれば、野火よりも速くひろがる。

「南カリフォルニア・メトロポリタン水道局に加えて、国土安全保障省と環境保護庁の職員が緊急調査をおこなった結果、ブリーチが見つかりました」

「ブリーチとは?」わたしは言う。「わかることばで説明してくれ」

「コンピューターのソフトウェアがハッキングされたんです。薬剤投入の設定が変えられてしまいました。さらに、浄水過程で異常を検出して知らせる機能も失われました」

「つまり、薬剤が使われるべき汚れた水に薬剤がはいらず、しかもその異常を検知するはずの警告機能が……」

「働かない。そのとおりです。発見が早かったのがさいわいでした。設定が変わって一時間以内に気づきましたから。未処理水は浄水池にとどめてあります」

「汚れた水はその施設から一滴も出なかったんだな」

「そうです。水道の本管をまだ通っていません」

「その水は何か病原菌を含んでいたのか。そういったたぐいのものを」

「現時点ではわかりません。その地域の緊急対策チームが——」

「ふだんなら頼りにするはずの研究所が四時間前に焼け落ちたんだったな」

「そのとおりです」

「サム、よく聞いてくれ」わたしは画面へ身を乗り出す。「汚れた水はロサンゼルス郡とオレンジ郡の住民に供給されなかったと、きみは百パーセントの自信を持って、そう言えるか？」

「言えます。敵がブリーチしたのは浄水施設だけでした。そのうえ、こちらはサイバー攻撃がいつはじまったのか、薬品投入のソフトウェアと検知システムがいつ破壊されたのかを、正確に特定することができます。未処理水が施設の外へ出るのは物理的に不可能です」

わたしはほっと息を吐く。「それでいい。とにかくよくやった。みごとだよ、サム」

「ありがとうございます。優秀なチームに恵まれました。しかし、いい知らせばかりではありません」

「あたりまえだ。いいニュースだけのはずがない」わたしは苛立ちを振り払う。「悪いほうを聞かせてくれ、サム」

「悪いニュースは、こちらの技術者のなかに、このようなサイバー攻撃を経験した者がひとりもいないことです。現時点でまだ薬剤投入装置の設定を復元できていません」

「直せないのか」

「そうなんです。ロサンゼルス郡とオレンジ郡へ水を供給する最大の浄水施設が、事実上の休止状態にあります」

「そうか——ほかにも浄水施設はあるだろう」

「ええ、たしかにありますが、長期の断水に対応するにはどうしても無理があります。それに、ハッキングはこれで終わりではないかもしれません。ロサンゼルス近郊の別の施設もやられたらどうなるでしょうか。むろん、厳重に監視してはいます。関連するあらゆるシステムを閉鎖して、未処理水が本管へ流れるのを防ぐつもりです」

「だが、そうなれば浄水施設も閉鎖するしかあるまい」わたしは言う。

「そうですね。ただちに多くの浄水施設を閉鎖させることになるでしょう」

「きみは何を言っているんだ、サム。ロサンゼルスが大規模な水不足に陥るぞ」

「わたしが言っているのはまさにそういうことですよ、大統領」

「被害を受ける人口は？　ロサンゼルス郡とオレンジ郡で」

「千四百万人です」

「なんということだ」わたしは手で口を覆う。

「熱いシャワーや芝生のスプリンクラーだけじゃありません」サム・ヘイバーは言う。

「問題は飲料水です。そして、病院や手術室や災害の初期対応で必要な水です」

「では――あのミシガン州フリントと同じ水道危機が起こるのか（二〇一五年から一六年にアメリカを震撼させた水汚染）」

「ミシガン州フリントと同じことが起こります」サムは言う。「百四十倍の規模で」

53

「でも、すぐじゃないでしょう」キャロリンが言う。「きょう起こるというわけでは」

「きょうとは言わないが、まもなくですよ。ロサンゼルス郡だけとっても、人口は大半の州より多く、しかもこれは郡最大の給水源です。きょうが水道危機のはじまりになる。まだミシガン州フリントのような事態ではない——しかし、まぎれもない本物の危機です」

「連邦緊急事態管理庁を動かそう」わたしは言う。

「すでに手配ずみです、大統領」

「連邦災害宣言を出す手もある」

「宣言書なら用意してあります」

「だが、ほかに考えがあるんだな」

「はい。解決案が」

そう来るだろうと思った。

「大統領、ご存じのとおり、われわれの傘下にはサイバーセキュリティの分野でずば抜けて有能な適任者が多くいます。しかし、ロサンゼルスの件ではどうも役に立ちそうにありません。こんなウィルスは見たことがないと言っているくらいですから。技術者たちは対処法を知りません」

「最高の人材が必要だということか」

「はい。大統領が編成なさった緊急脅威対策班が必要です」

「デヴィン・ウィットマーとケイシー・アルバレスはこちらにいるが」

サムはすぐに返事をしない。わたしはサムに情報を隠したままだ。互いにそれを知っている。きょうを攻撃の日とする情報源があるのに、その情報源を伝えていない。これは尋常なことではない。それればかりか――向こうはすでに予想していたようだが――わたしはいま、わが国のサイバーセキュリティの最高権威ふたりを従えて秘密の場所にいると告げている。サムにとっては、まったく納得がいかないだろう。ほかの相手ならともかく、国土安全保障長官である自分になぜ話さないのか、と。

「大統領、ウィットマーとアルバレスが無理なら、せめてほかのメンバーを送ってください」

わたしは顔をこすり、考えをめぐらす。

「これは〝ダーク・エイジ〟ですよ。偶然の一致であるはずがありません。これがはじまりです。どこまで及ぶかはわかりません。ほかの浄水施設か。配電網か。ダムの放水か。ロサンゼルスに人材が必要です。今回は幸運でした。二度目は運に頼れません」

画面の前にいると閉所恐怖症を引き起こしそうな気がして、わたしは椅子から立ちあがる。歩いたほうがいい。血のめぐりがよくなる。体じゅうに血をめぐらして、最善の決断をくださなくては。

ガス爆発……被害に遭った衛生研究所……浄水施設での工作。

待てよ。ちょっと待て——

「幸運だったのか？」わたしは尋ねる。

「浄水施設の異常を見つけたことがですか？　ほかに言いようがありませんね。発見までに何日もかかっていたかもしれません。高度な技術を要するハッキングでした」

「そして、生物テロに対応すべき研究所が破壊されたからこそ、浄水施設のコントロール機能を手作業で点検しようと思い立った」

「そのとおりです。それこそが予防の第一歩ですから」

「わかっている」わたしは言う。「そこが引っかかるんだ」

「どういうことでしょう」

「サム、もしきみがテロリストだったら、どの順でやる？　給水源の汚染が先か、それとも、研究所の破壊が先か」

「はあ……そうですね、わたしなら――」

「わたしがテロリストだったらこうする」わたしは言う。「まず給水源を汚染する。すぐには気づかれないだろう。何時間か、あるいは何日間か。それから研究所を破壊する。というのも、もし研究所を最初につぶしたら……生物テロに緊急対処するはずの研究所を先に叩いたら……」

「手の内を見せることになる」キャロリンが言う。「連邦政府はまず給水源などの点検をするはずですから」

「まさにわたしたちがしたことだ」わたしは言う。

「敵は手の内を見せた」サムが半ばひとりごとのようにつぶやき、考えこむ。

「わざと手の内を見せたんだ」わたしは言う。「そっと教えたんだよ。すべての給水設備の検査を望んだ」

サムは言う。「でも、なんのために――」

「おそらく、敵はロサンゼルスの水を汚染するつもりなどない。汚染すると思わせたいだけだろう。全国で一、二を争うサイバーセキュリティの専門家をロサンゼルスへ、つまり国の反対側へ追いやるのが狙いだ。そうすれば、こっちがズボンをおろしているときにウィルスをぶちかませる」

わたしは両手を頭のてっぺんに置き、もう一度考える。

「その推測に従うのは、とんでもなく大きな賭けですよ、大統領」

わたしはまた歩き出す。「リズ、何か意見があるか」

リズ・グリーンフィールドは、急に訊かれて驚いたらしい。「わたしならどうするかをお尋ねですか」

「そうだよ、リズ。アイビーリーグの大学を卒業したんだろう。きみならどうする」

「ええ――ロサンゼルスは主要な大都市圏です。わたしなら冒険はしません。システム修復のチームをロスへ派遣します」

わたしはうなずく。「キャロリンは？」

「大統領、おっしゃることは理解できますが、わたしもサムとリズに賛成せざるをえません。派遣を拒んだことがもし公になったら――」

「やめろ！」わたしはコンピューターの画面を指さして叫ぶ。「きょうは駆け引きなど、どうでもいい。あとのことを心配するな。これは並みの勝負ではないんだよ。きょうわたしがくだす決断は、どれも一か八かの賭けだ。下に網を張らずに、高く渡した針金に乗って綱渡りをするようなものだ。どちらを採っても、失敗すれば非難囂々だ。そこに安全な手はない。正しい手とまちがった手があるだけだ」

「それならチームを派遣してください」キャロリンが言う。「デヴィンとケイシーではなく、国防総省にいる緊急脅威対策班の何人かを」

「あのチームは一枚岩としてまとまっている」わたしは言う。「自転車を半分に切っても、走れるわけがない。だめだ——全部か、ゼロかだ。ロスへ対策班全体を送るか、送らないか」

室内が静まり返る。

サムが言う。「ロスへ送ってください」

「送りましょう」キャロリンが言う。

「賛成です」リズが加わる。

きわめて見識の高い三人が同じ答を示している。その判断はどれだけ理性に基づき、どれだけ不安に基づいているのだろうか。

三人は正しい。熟練の識者たちは送れと言う。

わたしの直感は送るなと言う。

さて、どうする、大統領。

「いまはチームを派遣しない」わたしは言う。

「ロサンゼルスの件は罠だ」

54

土曜日の午前六時五十二分。リムジンが北西地区十三番ストリートの路肩に寄せて停まっている。

キャサリン・ブラント副大統領はリムジンの後部座席で胃のむかつきを覚えるが、空腹のせいではない。

偽装は完璧だ。北西地区Gストリート交差点付近の〈ブレイクス・カフェ〉で夫とオムレツを食べるため、毎週土曜日午前七時に予約を入れてある。店は席を用意し、いまごろは注文に備えているところだ——フェタチーズとトマト入りの白身だけのオムレツ、かりかりに焼いたハッシュドポテト。

だから、いまここにいるのは、ごくふつうのことだ。万が一だれかに見られても、だれも不自然だとは言うまい。

さいわい、夫はまたゴルフに出かけて街にいない。それとも釣りだったか。どちらなのか、もうわからない。マサチューセッツに住み、平日は留守にする上院議員時代のほうが楽だった。ワシントンでいっしょに生活するのは、互いに骨が折れる。キャサリンは夫を大事にしていて、いまでもいっしょに楽しいときを過ごすが、夫のほうは政治にまったく興味がなくてワシントンを毛ぎらいし、おまけに事業を手放してからは何もすることがない。それがふたりのあいだに緊張をもたらし、一日十二時間働く日々を以前よりつらいものにしている。こうなると、連れ合いがうまい具合に留守がちのほうが愛情が湧く。ファースト・ハズバンド——大統領の夫——になるのを、あの人はどれくらい喜ぶだろうか。

それは意外に早くわかるかもしれない。今後半時間の成り行きしだいで。

朝食をともにするはずの夫の代わりに隣にすわっているのは、副大統領首席補佐官のピーター・エヴィアンだ。エヴィアンが携帯電話を掲げて時刻を知らせる。六時五十六分。

キャサリン・ブラントはエヴィアンに向かって、すばやくうなずく。

「副大統領」エヴィアンが前の座席にいる警護官たちに聞こえる声で言う。「予約の時刻まであと何分かありますから、私用電話をしてもいいでしょうか」

「どうぞ、ピート。かまわないから」

「では、外に出ます」

「ごゆっくり」

うわべを装うためだけにエヴィアンが電話をかけるのは承知している。母親へ電話をして、長い通話記録を残すつもりだ。

エヴィアンが車をおり、携帯電話を耳にあてて十三番ストリートを歩き去ると同時に、ジョギングをする三人組が北西地区Gストリートの角から現れ、エヴィアンとすれちがって副大統領のリムジンのほうへ走ってくる。

副大統領の車列に近づくにつれ、ジョガーたちが速度を落とす。連れのふたりよりはるかに年嵩で不健康そうな先頭の男が、リムジンを見て何かを指示する。ふたりが走るのをやめて歩きだし、車のそばで持ち場についている警護官たちとことばを交わす。

「副大統領」運転手が耳を軽く叩いて言う。「そこに下院議長がいらっしゃいます。ジョガーのひとりです」

「レスター・ローズが？　まさか」ブラントは大げさに見えない程度に驚く。

「軽くご挨拶をなさりたいそうです」

「感動のあまり、粗相をしてしまいそう」ブラントは言う。「よろしければ、わたしから返事を――」

警護官は笑わない。振り向いてまだ待っている。

――」

「まあ、ことわるのも失礼でしょう。車にはいってもらってちょうだい」

「わかりました」ヘッドフォンを通してその旨が伝えられる。

「ふたりだけにして、ジェイ。あなたとエリックを火遊びに巻きこみたくないから」

こんどはさすがに忍び笑いが返ってくる。「かしこまりました」

用心するに越したことはない。シークレット・サービスの警護官といえども、ほかの人間と同様、召喚状には逆らえない。下院議長を護衛する議会警察の警察官も同じだ。仮にそんな事態になっても、全員が宣誓して同じことを言うだろう。まったくの偶然でした。下院議長がたまたまジョギングで通りかかったら、ちょうど副大統領がカフェの開店を待っていらっしゃったんです、と。

前の座席の警護官ふたりがリムジンからおりる。汗と体のにおいが車内に押し寄せると同時に、レスター・ローズが後部座席へ滑りこんで、ブラントの隣にすわる。「副大統領、ちょっと挨拶をしたくてね」

ドアが閉まる。車内にいるのはふたりだけだ。

ローズのジョギングウェア姿はいただけない。腹まわりを十センチばかり減らす必要があるし、もっと長いジョギング用パンツを穿くようにだれかが教えてやるべきだ。ともあれ帽子はかぶっているので——くすんだ紺の帽子で、議会警察(キャピトル・ポリス)の赤い文字が染め抜かれている――白髪の形作る珍妙きわまりない頭を見ずにすむ。ローズは帽子を持ちあげ、額を汗止めバンドでぬぐう。こんなまぬけ野郎に汗止めバンドとは。

いや、ちがう。ローズはまぬけ野郎ではない。非情な策士だ。下院の乗っ取りを画策し、傘下の議員たちのことを議員本人よりも知りつくし、長期にわたる政治のゲームを勝ち抜き、悪口や非礼がいかに些細なものであろうと盾突く者をけっして忘れず、熟慮を重ねたすえにのみチェスボードの駒を動かす男だ。

ローズがブラントへ顔を向け、危険な青い目を険しくする。「キャシー」

「レスター、手短にね」

「わたしは下院で票を持っている」ローズは言う。「下院はしっかりひとつにまとまっている。このくらい手短ならいいかね」

ブラントが長年かかって習得した技に、すぐには反応しないというものがある。そのほうが時間を稼ぐことができ、より慎重にも見える。

「無関心のふりをするな、キャシー。きみが興味を持たなかったら、わたしたちはいまここにいないはずだ」

その点は認めるしかない。「上院はどうなの」ブラントは訊く。

ローズは肩をすくめる。「上院議長はきみだよ。わたしじゃない」

ブラントは作り笑いを浮かべる。「でも、支配してるのはあなたの党よ」

「きみは十二票集めてくれ。わたしの味方の五十五人が有罪に投票するのは保証するよ」

ブラントは座席で体をずらし、ローズとまっすぐ向き合う。「あなたはなぜわたしにそんなことを話してるの、下院議長」

「自分で引き金を引かなくてもいいからだ」ローズは座席の背にゆったりともたれる。「わたしとしては、弾劾する必要はない。ほうっておくだけで大統領は傷つき、力を失う。あの男はもう死に体だよ、キャシー。再選は無理だろう。わたしはあと二年にわたって大統領を思いのままにできる。そんなわたしがなぜ大統領の弾劾を求め、上院の決議で罷免されるのを見届け、きみのような新顔の対立候補を有権者に与えるのだろうか」

ブラントもそう考えたことがあった。大統領は消えるより傷つくほうがレスター・ローズの役に立つ。「大統領を追い出すことであなたは党内で不動の地位を得る。それが理由よ」

「そうかもしれないな」ローズはその考えを楽しんでいるようだ。「だが、もっと大事なことがある」

「あなたにとって、先々ずっと下院議長でいるよりも大事なことなんてあるの？」

ローズは横のキャビネットから勝手に水のボトルをとり、蓋をあけてたっぷり飲んでから、満足そうに息を吐く。「ああ、ひとつある」

キャサリンは両手をひろげる。「ぜひ教えて」

ローズの顔に笑みがひろがり、やがて消える。

「それは、ダンカン大統領ならぜったいにしないことだ」ローズは言う。「だが、知恵を無限に働かせるブラント大統領ならどうかな」

55

「最高裁にひとつ席が空く」ローズが言う。

「へえ」ブラントがはじめて耳にする話だ。判事たちが何を考えているのか知らないが、大半がゆうに八十歳を超えるまで席を譲らない。「だれが辞めるの？」

ローズは向きなおり、目を細くしたポーカーフェイスでブラントを見る。考えてるのね、とブラントは思う。わたしに教えるべきかどうかを。

「一週間前、ホイットマンが主治医から大変悪い知らせを受けた」ローズが言う。

「ホイットマン判事が……」

「悪い知らせだった」ローズは言う。「みずから辞任するどうかはともかく、ホイットマン判事が現大統領の任期末までつとめあげることはないだろう。早々に職を退くことになる」

「お気の毒に」ブラントは言う。

「そうかい」ローズの顔に苦笑いがよぎる。「それはともかく、長いあいだ、どういう状況だったか知っているか。ジョン・ポール・スティーヴンスを最後に、最高裁判所には中西部出身者がいなくなった。たとえば第七巡回区、つまり中部地域の連邦裁判所の出身者はひとりもいない」

合衆国連邦巡回区控訴裁判所の第七巡回区。記憶が正しければ、管轄地域はイリノイ州、ウィスコンシン州……

……そしてインディアナ州。レスター・ローズの出身州だ。

なるほど。

「候補はだれなの、レスター」

「元インディアナ州司法長官」ローズは言う。「女性だ。穏健派だよ。人望もある。四年前、上院からきみも含めたほぼ満場一致の承認を受けて控訴裁判所に奉職した。有能で若く――四十三歳だ――すばらしい業績を残すはずだ。三十年はつとめられるからね。わたしの党にいるが、きみたちが気にしている件についてはきみのほうに投票するだろう」

ブラントは口をあんぐりあける。前へ身を乗り出す。

「信じられない、レスター。あなたの娘を最高裁へ入れろというの？」

レスター・ローズの娘について知っていることを思い起こす。結婚して、子供が数人。

ハーヴァード大学を卒業し、ハーヴァード・ロー・スクールへ。ワシントンで仕事をしていたが、故郷のインディアナへ帰り、父親の恐怖政治を緩和する穏健派として州の司法長官に立候補した。つぎは知事になるものとだれもが思ったが、その後振るわず、連邦の控訴裁判所判事に任命された。

そしてたしかに、当時上院議員だったキャサリン・ブラントは、控訴裁判所判事への指名に賛成票を投じた。報告によれば、父親とは似ても似つかぬ人物で――それどころか、所属政党の方針にも従わないという。頭がよくて分別もあるのだろう。

ローズが両手で新聞の見出しを囲む。「超党派、超党派、超党派。ダンカン政権が行きづまったあとには新時代が来る。娘は難なく承認されるだろう。わたしの側の上院議員たちが賛成するのはまちがいないし、きみの側にとってもいい話だろう。娘は妊娠中絶賛成派だよ、キャシー。きみたちみんなが関心を寄せている問題らしいな」

それほど……無茶な話ではないのかも。

「大きな勝利を得て、きみは大統領になる。さあ、うまく立ちまわれ、キャシー。十年近く政権の座にいられるぞ」

ブラントは窓の外を見る。はじめて立候補を表明して、本命候補となり、見て感じて味わうことができた、あのときの快感を思い起こす。

「さもないと」ローズが言う。「いずれ、きみは再起不能になる。わたしがこのままダンカンを在職させたら、ダンカンは再選挙で大負けし、きみもそこで終わる」

つぎの選挙については、おそらくローズが正しい。どう言われようと、そこで終わるつもりはないが、再選を果たせなかった大統領の元副官として、四年後にみずから出馬しても、苦しい戦いになるだろう。

「あなたはそれでかまわないの？」ブラントは訊く。「わたしが二期半大統領をつとめても」

ローズはドアのほうへにじり寄って、ノブへ手を伸ばす。「だれが大統領になろうと、わたしの知ったことじゃない」

ブラントはあきれてかぶりを振るが、特段驚きはしない。

「といっても、きみは上院で十二票を集めなくてはならない」ローズは指を振って言う。

「何かいい考えがありそうな口ぶりね」

ローズ下院議長はドアのノブから手を離す。「実は副大統領、あるんだよ」

（下巻につづく）

本書は、二〇一八年十二月に早川書房より単行本
として刊行された作品を文庫化したものです。

窓際のスパイ

Slow Horses

ミック・ヘロン
田村義進訳

ミスをした情報部員が送り込まれるその部署は〈泥沼の家〉と呼ばれている。若き部員カートライトもここで、ゴミ漁りのような仕事をしていた。もう俺に明日はないのか？　だが英国を揺るがす大事件で状況は一変。一か八か、返り咲きを賭けて〈泥沼の家〉が動き出す！　英国スパイ小説の伝統を継ぐ新シリーズ開幕

ハヤカワ文庫

繊細な真実

A Delicate Truth

ジョン・ル・カレ
加賀山卓朗訳

極秘の対テロ作戦に参加することになった外務省職員。新任大臣の命令だが不審な点は尽きない。一方、大臣の秘書官は上司の行動を監視していた。作戦の背後に怪しい民間防衛企業の影がちらついていたのだ。だが、秘書官の調査には官僚の厚い壁が立ちはだかる！　恐るべきはテロか、それとも国家か。解説／真山　仁

ハヤカワ文庫

ティンカー、テイラー、ソルジャー、スパイ〔新訳版〕

Tinker, Tailor, Soldier, Spy

ジョン・ル・カレ
村上博基訳

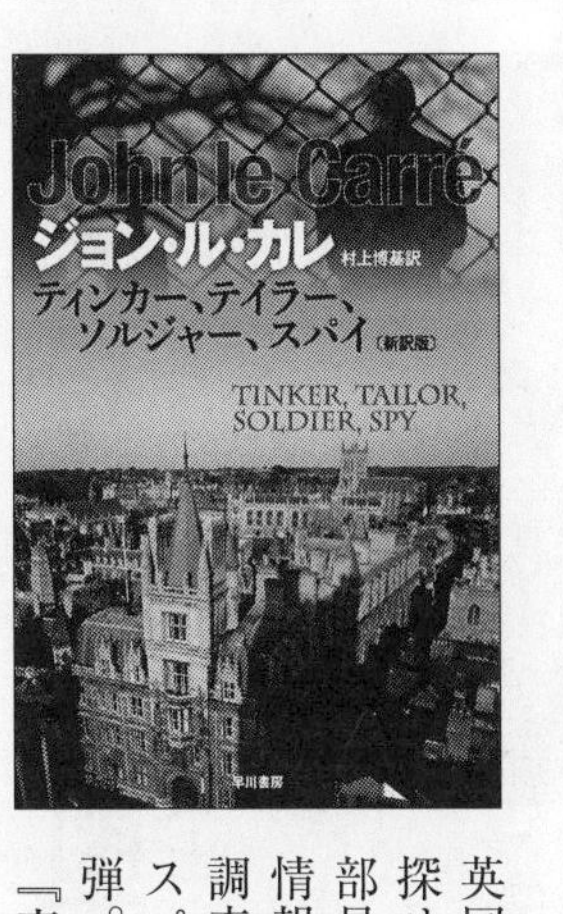

英国情報部の中枢に潜むソ連のスパイを探せ。引退生活から呼び戻された元情報部員スマイリーは、かつての仇敵、ソ連情報部のカーラが操る裏切者を暴くべく調査を始める。二人の宿命の対決を描き、スパイ小説の頂点を極めた三部作の第一弾。著者の序文を新たに付す。映画化名『裏切りのサーカス』解説／池上冬樹

ゴッドファーザー（上・下）

The Godfather

マリオ・プーヅォ

一ノ瀬直二訳

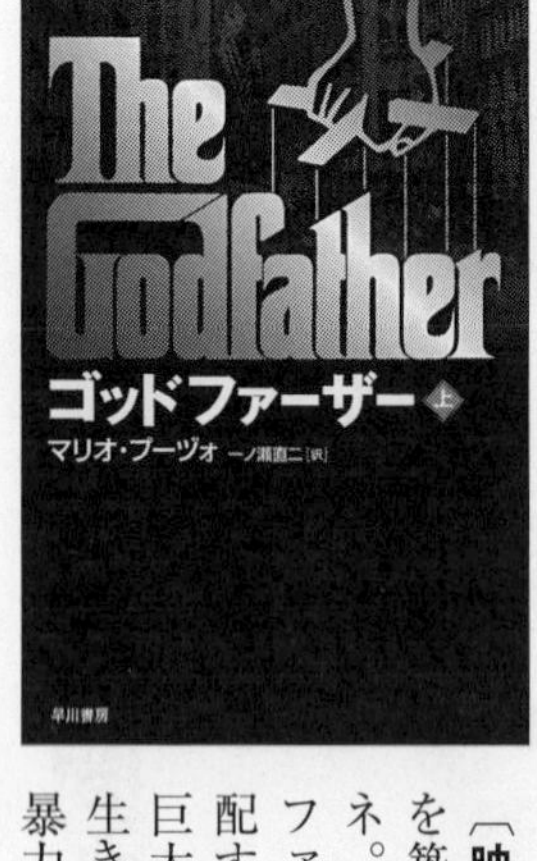

〔**映画化原作**〕全米最強のマフィア組織を築いた伝説の男ヴィトー・コルレオーネ。人々は畏敬の念をこめて彼をゴッドファーザーと呼ぶ……アメリカを陰で支配する、血縁と信頼による絆で結ばれた巨大組織マフィア。独自の非合法社会に生きる者たちの姿を描き上げる、愛と血と暴力に彩られた叙事詩！　解説／松坂健

ハヤカワ文庫

HM=Hayakawa Mystery
SF=Science Fiction
JA=Japanese Author
NV=Novel
NF=Nonfiction
FT=Fantasy

大統領失踪（だいとうりょうしっそう）
〔上〕

〈NV1474〉

二〇二〇年十二月十日 印刷
二〇二〇年十二月十五日 発行
（定価はカバーに表示してあります）

著者 ビル・クリントン
ジェイムズ・パターソン
訳者 越前敏弥（えちぜんとしや）
久野郁子（くのいくこ）

発行者 早川浩
発行所 株式会社 早川書房
郵便番号 一〇一‐〇〇四六
東京都千代田区神田多町二ノ二
電話 〇三‐三二五二‐三一一一
振替 〇〇一六〇‐三‐四七七九九
https://www.hayakawa-online.co.jp

乱丁・落丁本は小社制作部宛お送り下さい。
送料小社負担にてお取りかえいたします。

印刷・中央精版印刷株式会社　製本・株式会社フォーネット社
Printed and bound in Japan
ISBN978-4-15-041474-0 C0197

本書は活字が大きく読みやすい〈トールサイズ〉です。